KB162863

「왜 나하고 아크가 부부라는 건데요!?」

아리안

아크

해골기사님은
지금 이세계모험중 VII

Skeleton Knight, going out to the parallel universe

Enki Hakari 하카리 엔키 illust KeG

유리아나

섹트

「쪼매 더 간데이!?」

페르피뷔스로테

해골기사님은 지금 이세계 모험 중

Skeleton Knight,
going out to the parallel universe

VII

Skeleton Knight,
going out to the parallel universe

VII

❧ CONTENTS ❧

◈ 서장 ·········· 005

◈ 제1장 추기경의 정체 ·········· 016

◈ 제2장 교국의 태동 ·········· 069

◈ 제3장 인간족과의 공동전선 ·········· 163

◈ 막간 드래곤로드 페르피뷔스로테 ·········· 241

◈ 제4장 엘프족의 결단 ·········· 257

◈ 종장 ·········· 338

Ennki Hakari illust.KeG

용의 턱

라타 마을
루비에르테

풍룡산맥

라라토이아

디엔트

칼카트 산악지대

메이플

왕도
올라브

캐나다 대삼림

그레이트 슬레이브 호수

콜럼비아 산맥

사그네강

셀스트

다르투아

아네트 산맥

새스커툰

호반

티오셀라

텔나소스 산맥

린부르트

리브루트강

라이델강

알드리아만

랜드프리아

세계지도

아스파니아
왕국

신성 레브란
제국

레브란 대제국

델프렌트 왕국

사루마 왕국

로덴
왕국

캐나다
대삼림

힐크교국

노잔 왕국

린부르트 대공국

Map

서장

북대륙 남서부. 네 개의 나라가 서로 다투는 땅의 거의 중앙에 자리 잡은 국가, 노잔 왕국.

북쪽의 델프렌트 왕국, 남쪽의 사루마 왕국. 그리고 서쪽의 힐크 교국에게 삼면을 둘러싸인 그 나라는 지금, 존망의 갈림길에 서 있었다.

어느 날 이른 아침, 갑자기 나타난 10만 이상의 언데드 군단이 노잔 왕국의 왕도 소우리아를 덮친 게 발단이었다. 노잔 왕국은 그때부터 방벽을 끼고 농성전을 벌이는 중이었다.

밤낮을 가리지 않고 쳐들어오는 미증유의 수많은 언데드.

언데드들에 맞서서 이레나 걸린 공방 끝에, 현재까지 전선을 지킨 핵심이기도 했던 왕도 소우리아의 제2방벽 일부가 무너지는 사태를 맞이했다.

군의 지휘를 맡은 국왕 아스파루프 노잔 소우리아는 제2방벽에서의 전선을 재빨리 제1방벽으로 물리도록 결단을 내렸다.

제1방벽 내의 구시가지 대부분은 평소에는 귀족과 부유층이 지내는 저택 등이 늘어서서 조용한 분위기를 풍긴다. 그러나 이제는 국왕의 조치에 따라 받아들인 신시가지의 피난민들이 길가에서 밤을 새우며 모여 있었다.

왕도의 주민들은 우뚝 솟은 마지막 보루인 제1방벽을 불안하게 올려다보며, 방벽 너머에서 펼쳐졌을 전투의 향방에 귀를 곤두세웠다.

그런 모습은 구시가지의 복판쯤에 세워진 장엄한 건물——힐크교의 교회 부지에 북적거리는 피난민들도 마찬가지였다. 피난민들은 몸을 맞대면서 한마음으로 신의 구원을 바라고 기도를 올렸다.

팽팽한 긴장감이 잔물결처럼 가득 찬 그곳에서 혼자 호화로운 법의로 몸을 감싼 남자가 부드러운 미소를 띠더니, 덜덜 떨며 기도하는 사람들을 향해 뭔가 말을 건넸다.

검은 머리를 머릿기름으로 깔끔하게 가다듬고 온화한 웃음을 머금은 그 남자의 이름은 팔루모 아바리티아—— 힐크교에서 교황에 버금가는 권력을 지닌 일곱 추기경 중 한 명이자 리베랄리타스 추기경의 자리를 맡은 인물이다.

그처럼 힐크교의 최상위에 있는 추기경이 홀로, 점점 불안해하는 사람들 속에 섞여 다정하게 말을 걸며 돌아다니는 광경은 그야말로 신의 가르침을 전하는 성직자의 귀감이었다.

그러나 그런 행동은 어디까지나 겉모습에 지나지 않았다.

(크하하하, 이겁니다 이거. 막다른 곳에 몰린 사람들의 초조함이 피부에 달라붙는 듯한 공기……. 눈 앞에 펼쳐진 절망을 필사적으로 외면하려 하지만, 결코 벗어날 수 없는 죽음에 삼켜지는 공포심이 잇달아 전염되는 이 느낌. 정말이지 상쾌하군요…….)

팔루모 추기경은 사람들을 위로해 주는 한편, 희열로 일그러진 입가를 소매로 가렸다. 그러면서 몸이 떨리는 쾌락에 빠졌다.

바로 이 순간, 이 장소에 있는 게 그의 즐거움이며 더없는 행복이었다.

그러나 팔루모 추기경의 몹시 행복한 시간은 갑자기 끝을 알렸다.

왕도 소우리아의 방벽 바깥── 수많은 언데드가 쳐들어온 그 장소에서 느닷없이 어마어마한 빛의 기둥이 하늘로 솟아올랐고, 높은 하늘에는 거대한 빛의 마법진이 그려졌다.

방벽 내에 있는데도 불구하고 눈이 멀듯한 광휘에 휩싸인 도시는 금세 시끄러워졌다. 서서히 빛이 가라앉자, 다들 일제히 눈부신 광원을 찾다가 그것을 목격하게 되었다.

하늘에 그려진 거대한 빛의 마법진이 대지를 태울 것처럼 작열하는 화염을 내뿜었다. 소용돌이치는 화염 속에서는 멀리 떨어져 있어도 또렷하게 보일 만한 크기의 인간── 그러나 분명히 인간의 규격을 심하게 벗어난 존재가 나타났다.

그자는 온몸에 화염을 두르고 커다란 여섯 개의 날개를 펼쳐서 자신의 존재를 과시하듯이 하늘에 떠 있었다.

온몸을 감싼 진황색 갑옷, 장엄한 날개를 본뜬 방패 그리고 아름다운 진홍색 검을 든 채 땅을 내려다보는 모습은 말 그대로 신화에 나오는 하늘의 사자 그 자체였다.

──천사.

거룩하고 난폭한 힘의 세찬 물줄기 같은 존재── 그것이 뿜어내는 기운은 말과 이치 따위를 뛰어넘어, 하늘을 우러러보는 사람들에게 의심할 나위 없이 명백한 경외감과 두려움을 안겨 주었다.

언데드 군단의 침공을 받아 신음하는 땅에 불쑥 모습을 드러낸 하늘의 사자── 옆에서 보면 신에게 기도가 닿아 구원의 손길을 뻗친 듯이 여겨지리라.

그러나 실제로 목격한 절대적인 존재를 눈앞에 둔 사람들은 하찮은 인간을 구하기 위해서만 나타난 게 아니라는 사실을 피부로 느꼈다.

절망의 공포에 젖어 교회로 모여든 사람들도 마찬가지 심정이었다. 일제히 하늘을 올려다보고 천사를 향해 모두 머리를 조아리며 저마다 기도와 참회의 말을 부르짖으며 용서를 빌기 시작했다.

그런 와중에 혼자 그 광경을 멍하니 바라보며 우두커니 선 남자가 있었다.

(뭐야, 저건……? 천사라도 된다는 거냐…… 그럴 리가!?)

팔루모 추기경은 부들부들 몸을 떠는 스스로를 꾸짖더니, 제 생각을 떨쳐버리려는 듯이 머리를 흔들었다.

(이 세상에 천사는 물론── 신도 존재하지 않는다!! 저건 좀더 다른 뭔가다!!)

이를 드러낸 팔루모 추기경이 하늘에 떠 있는 천사를 노려보았지만, 주위 사람들은 그의 변모를 알아차리지 못한 채 그저 기도의 말만 바칠 뿐이었다.

이윽고 천사는 조금씩 작아지더니, 높은 방벽 너머로 모습을 감추었다.

도시에 찾아든 잠깐의 적막——.

다음 순간—— 방벽 밖에서 대기를 불태우는 듯한 업화의 소리와 뜨거운 열기가 주변에 밀어닥쳤고, 사람들의 입에서는 비명 같은 웅성거림이 일었다.

멀리서 공기를 뒤흔드는 듯한 전장의 소리가 울리는 가운데, 팔루모 추기경의 표정이 눈 깜짝할 사이에 새파래졌다.

(무슨 일이 벌어지는 거냐!? 수하의 기척이 자꾸 없어지다니……!?)

거칠어지는 호흡을 필사적으로 가다듬은 팔루모 추기경은 천사가 사라진 방향의 방벽을 쏘아보았다.

교황이 직접 만들어내고 자신에게 맡긴 언데드 군단.

무수한 사령병사를 통솔하고자 주어진, 거미와 인간을 융합시킨 이형의 모습을 띤 사령기사—— 수백, 수천에 달하는 그들과의 연결이 차례차례 끊어지는 느낌을 받은 팔루모 추기경은 몹시 동요하였다.

(저 가짜 천사 짓인가!? 저게 사령기사와 사령병사를 처치한다는 거냐!? 어째서냐, 왜 지금 이 순간에 저런 존재가 이곳에 나타난 거냐!? 인간의 구원? 말도 안 돼!)

눈앞에서 벌어지는 현실에 당황한 팔루모 추기경은 아픈 머리를 감싸안고 신음을 흘렸다.

그러나 교황으로부터 확실하게 넘겨받은 수하의 지배권은 계속 사라졌다. 그 현상에 팔루모 추기경은 지끈거리는 머리를 흔들고, 두통의 원인이 된 천사가 나타난 곳으로 무거운 발걸음을 옮겼다.

(이 속도로 소멸하면 조만간 왕도를 함락시킬 전력이 없어진다. 어떻게 해서든 원인을 밝혀내고, 가능하다면 내 손으로 제거할 필요가 있겠군…….)

도시 곳곳에서 사람들은 천사를 본 방향을 향해 엎드렸다. 팔루모 추기경은 그 사람들 사이를 누비듯이 나아갔다. 그리고 자신의 계획이 소리를 내며 무너진다는 초조함과 다른 추기경들은 교황의 침공 계획을 착실하게 진행한다는 생각에 이를 갈았다.

노잔 왕국 왕도 소우리아, 제1방벽 내의 구시가지.

아직 제1방벽 바깥의 신시가지에 남아 있던 주민들이 허둥지둥 피난해오는 떠들썩한 소리가 가도 여기저기에서 울려 퍼졌다. 도시는 이미 전장의 공기에 삼켜진 상태였다.

그런 가운데 방벽 옆에 세워진 석조 양식의 견고한 망루에는 이 나라의 국왕인 아스파루프 노잔 소우리아를 비롯한 주요 인물들이 비좁은 실내에서 이마를 맞대고 깊은 한숨을 토해냈다.

언데드와의 농성전은 이레째를 맞이하여 제2방벽 일부가 뚫리는 위기에 빠졌다. 노잔 왕국의 운명은 그야말로 바람 앞의 등불 같은 상황이었다.

표정을 굳히고 어깨를 늘어뜨린 아스파루프 국왕이 망루에 설치된 작은 창문을 통해 바깥—— 부서진 남문 근처의 제1방벽으로 시선을 돌리자, 그것은 아무런 조짐도 없이 갑자기 일어났다.

망루의 작은 창문으로 태양의 빛을 몇 배나 밝힌 듯한 눈부신 섬광이 쏟아졌다. 외부의 모습을 살피려던 국왕은 무심코 눈을 감고 신음했다.

"뭐, 뭐냐!? 무슨 일이 벌어진 게냐!?"

그러나 국왕의 의문에 대답할 수 있는 신하는 아무도 없었다. 어슴푸레한 실내로 내리비친 눈 부신 빛에 다들 눈을 가늘게 뜨고 손으로 빛을 가렸다.

곧이어 어슴푸레한 실내를 비추던 섬광이 사라졌고, 겨우 눈이 빛에 익숙해졌을 무렵에는 창밖을 살펴도 조금 전에 본 섬광의 원인을 찾을 수 없었다.

병사들과 신하들도 비로소 눈이 뜨였는지, 서로 억측이나 추측을 나누면서도 창밖을 내다보며 고개를 갸웃거렸다.

원인을 알아내려고 해도 그럴듯한 장소는 제2방벽의 바깥으로 여겨졌다.

그러나 제2방벽의 일부 붕괴를 계기로, 왕도의 수비 부대에는 벌써 후퇴 지시를 내렸다.

무너진 방벽에서는 수많은 언데드가 들어오고 있으리라. 지금부터 원인을 규명하기 위한 부대를 보낸들 헛되이 죽게 할 뿐이어서 섣부른 명령은 내릴 수 없었다.

이윽고 아스파루프 국왕은 제2방벽 너머에서 울리는 전화의 떠들썩한 소리에 일제히 숨을 삼키는 기적을 느꼈다.

확실히 무슨 일이 벌어지고 있건만 그것이 뭔지 알 수 없었다 —— 조사도 하지 못하는 몹시 답답한 상태는 이루 말하기 힘든 불안감을 불러일으키기에는 충분했다.

아스파루프 국왕은 실내에 퍼지는 모두의 말 못할 불안감을 민감하게 피부로 눈치챘다. 그러나 그들의 불안감을 지워줄 만한 자료가 눈에 띄지 않는 현 상태에서는 아무 말도 할 수 없었다.

주름이 깊어진 미간을 더욱 찌푸린 아스파루프 국왕이 주먹을 쥐고 작은 창틀을 내리칠 때, 좁은 실내에 헐레벌떡 뛰어들어온 젊은 전령병 한 명에게 모든 시선이 모였다.

"크, 큰일 났습니다! 제2방벽 밖의 언데드 군단이—— 천사가 나타나서!"

장군은 전령병의 긴박한 얼굴과 갈피를 잃은 보고에 짜증이 나서 버럭 고함을 쳤다.

"멍청한 놈! 국왕 폐하의 어전이다, 보고를 분명히 해라!"

장군의 한마디에 전령병은 자세를 바로잡고 사죄를 한 뒤 경례를 올렸다.

"죄송합니다! 보고 드리겠습니다! 제2방벽 남문 밖에서 낯선 기병이 단기로 언데드 대군에 돌격. 같은 시각, 전장에 천사로 여겨지는 존재가 강림 후 부근 일대의 언데드를 섬멸 중입니다!"

전령병이 가져온 보고에 실내의 사람들—— 국왕과 장군을 포함한 전원이 어안이 벙벙해진 표정을 짓더니 보고 내용을 잘못 들었는지 서로 시선을 주고받으며 확인했다.

술렁거리는 실내에서 가장 먼저 소리를 지른 이는 다름 아닌 군을 통괄하는 장군이었다.

"뭐냐, 그 보고는!? 이 자리에 와서 기껏 한다는 말이 전장에 '천사'가 강림했다고!?"

관자놀이에 핏대를 세우고 호통치는 장군에게 전령병은 목을 움츠리며 짧은 비명을 흘렸지만, 금세 등을 꼿꼿하게 펴더니 자신이 올린 보고 내용을 부정하지 않았다.

"틀림없습니다! 천사님의 모습은 저뿐만 아니라 도시 주민 대부분이 목격했습니다! 제가 전령으로 달려간 시점에는 이미 천사님이 전체 언데드의 3분의 1을 섬멸했습니다!"

젊은 전령병의 말에 나라의 주요 인물들은 저마다 믿지 못하거나 보고 내용을 믿고 희망의 빛을 찾아내는 등 다양한 반응을 보였다.

그런 가운데 아스파루프 국왕은 천천히 창밖으로 시선을 옮겼다. 그리고 조금 전에 본 눈부신 섬광의 정체를 떠올린 다음 눈을 지그시 감은 채 작게 신음했다.

"추기경이 말한 것처럼 신께서는 정말로 우리를 살펴보고 계셨던 건가⋯⋯."

아스파루프 국왕은 감탄도 안도도 아닌 한숨을 내뱉으며 방벽 너머로 의식을 돌렸다.

전령의 말을 곧이곧대로 믿는다면, 멸망을 기다릴 뿐이었던 노잔 왕국의 미래에 희망의 빛이 비친 것이다. 그러자 이번에는 각지로 원군을 부르기 위해 흩어진 두 명의 왕자와 피난을 보낸 왕녀의 안부가 신경 쓰여서 아스파루프 국왕은 무심코 쓴 웃음을 지으며 머리를 흔들었다.

(아직 상황은 방심할 수 없는 상태다. 당장은 마음을 놓을 때

가 아니겠지…….)

속으로 자숙하는 아스파루프 국왕에게 또 다른 전령이 허겁지겁 달려왔다.

"다수의 언데드가 제2방벽이 붕괴된 곳을 통해 신시가지로 전진하고 있습니다!"

전령의 보고에 아스파루프 국왕은 고개를 크게 끄덕이고 주위의 신하들에게 시선을 던졌다.

"주민들을 구시가지로 서둘러 피난시켜라! 장군, 이미 후퇴한 부대를 재편하여 신시가지의 언데드들에게 맞서 싸우시오! 방금 들은 보고대로라면, 지금이 아니면 왕도 소우리아를 해방할 길은 없다! 부정한 자들을 이 왕도에서 멸하라!"

아스파루프 국왕의 호령에 다들 일제히 묵례하더니 바쁘게 움직이기 시작했다.

신하들의 대처를 바라보던 아스파루프 국왕은 망루에 설치된 작은 창문을 통해 시선을 다시 왕도로 옮기며 주먹을 꽉 움켜쥐었다.

천사의 강림이 대체 무엇을 의미하는지는 둘째치고, 이때 반격하지 않으면 노잔 왕국에 미래는 없다는 게 현실이다.

구시가지에도 식량 비축을 위한 창고는 갖추었지만, 부지 면적은 신시가지가 넓은 데다 대부분의 비축고도 그쪽에 지어져 있었다. 제2방벽이 언데드의 군세에 돌파된 현재, 좋든 싫든 관계없이 조만간 식량 확보에 나서야만 했다.

아스파루프 국왕은 또 전장으로 향하는 병사들의 건투를 신에게 기도하는 한편, 강림했다는 천사에게 자비를 빌었다.

——릴, 부디 무사하거라.

아스파루프 국왕은 신하들이 빠져나간 실내에서 조그맣게 중얼거렸다. 그러나 아스파루프 국왕은 자신이 무사하기를 바란 그 인물이 이제 막 왕도 지척까지 돌아왔다는 사실을 여전히 알지 못했다.

제1장 추기경의 정체

노잔 왕국 왕도 소우리아.

왕국의 중심도시이자 침략자를 막기 위해 지어진 도시를 둘러싸는 높은 방벽 밖—— 왕도 주위에 펼쳐진 그곳은 본래, 왕도에 사는 농민들의 경작지가 있는 한가로운 장소였다.

그러나 갑자기 왕국을 습격한 10만을 넘는 언데드 군단에 의해 많은 밭이 마구 짓밟혀 이제는 지난날의 모습을 찾아볼 수 없었다.

그리고 농성전 이레째에 뚫린 남쪽 도시문 바깥에는 몇만이나 되는지 모를, 녹아내리며 일그러진 갑옷 잔해가 어지럽게 흩어져 있었다. 또한 엉망으로 망가진 경작지에는 대량의 재가 쌓였고, 여기저기에서 희미한 불길이 하늘을 향해 검은 연기를 뱉어냈다.

그야말로 전쟁터였다——.

그처럼 죽음이 널리 퍼진 전장에 발을 붙이고 홀로 선 인영이 있었다.

백색과 청색을 바탕으로 아름답게 꾸민 백은의 전신 갑주를 몸에 걸친 기사 한 명은 오른손에는 검신이 날카로운 빛을 뿜어내는 커다란 검을 쥐었고, 왼손에는 정교한 문양이 새겨진 둥근 방패를 들었다── 그는 칠흑의 망토를 바람에 펄럭이면서 주변을 느릿하게 둘러보았다.

"흐음. 조금…… 아니, 너무 심했나 보군……."

기사는 달라진 주위 경치에 혼잣말을 중얼거리며 크게 한숨을 내쉬었다.

자신은 왕도를 에워싼 10만 남짓한 언데드의 절반이라도 날려 버릴 수 있다면 감지덕지라는 심정으로 천기사의 광역 섬멸 스킬을 썼지만 결과는 보는 바대로다.

왕도를 덮친 언데드 군단에 돌파당한 남문을 통해 들이닥친 놈들 이외에는 모조리 정화·소멸하여 일대에는 타다 만 갑옷의 잔해만 흩어져 있을 뿐이다.

멀리 떨어진 장소에 있던 언데드 병사들이 몇몇 보이지만, 지휘 계통을 잃은 탓인지 지금은 그저 비틀거리는 발걸음으로 멍하게 돌아다니는 상태다.

이전에 타지엔트에서 마주친 언데드 병사들도 명백히 다른 명령 체계로 움직이는 두 세력이 있었다. 아무래도 언데드 병사 개개인은 뚜렷한 의사를 갖지 않은 듯싶었다.

나머지 언데드를 긁어모으면 나름대로 수백 정도는 되겠지만, 당장은 내버려 둬도 이렇다 할 위협은 주지 못하리라.

문제는 왕도 내에 밀려든 언데드 무리다.

천기사의 스킬을 쓴 부작용이 아직 몸과 의식 속에 조금 남아 있기는 해도, 줄곧 이런 장소에 서서 쉴 수도 없는 노릇이다.

기사는 왕도 소우리아의 파괴된 남문으로 시선을 옮겼다. 그때 갑자기 뒤에서 낯익은 여성이 약간 험악한 목소리로 말을 걸었다.

"잠깐만요, 아크. 설마 혼자 왕도로 들어갈 생각은 아니죠?"

아크라 불린 기사는 목소리가 들린 방향을 돌아보았다. 그러자 아크의 시선 앞에서 키가 큰 아주 아름다운 여성이 성큼성큼 다가오는 참이었다.

다만 그 여성은 인간족이 아니었다. 바람에 나부끼는 눈처럼 하얗고 긴 머리, 뾰족한 귀와 황금색 눈동자, 그리고 옅은 자주색 피부를 지닌 풍만한 몸을 독특한 문양이 그려진 법의로 감쌌다.

이 세계에서 다크엘프족이라고 불리는 종족에 속하는 여성은 사자를 본뜬 손잡이의 검을 빈틈없이 허리에 찬 채 이리저리 경계의 시선을 던지며 다가왔다.

"오오, 아리안 양인가. 일단 왕도 주변의 길을 뚫었소."

아크의 말에 여성은 기가 막힌다는 표정으로 머리를 흔들었다.

"이게 어딜 봐서 길을 뚫은 거예요…… 아무것도 안 남았잖아요."

아크는 여성의 말에 그대로 동의할 수밖에 없어서, 그 자리의 분위기를 얼버무리듯이 웃었다.

"하하하, 이번에는 좀 지나쳤나 보군……. 미안하오."

아크가 그렇게 말하며 사과하자, 눈앞에 서 있는 여성——아리안의 예쁜 눈썹 한쪽이 치켜 올라갔다.

"이번뿐만이 아니라 이번에도 그렇겠죠? 어떡할 거예요? 10만에 가까운 언데드 군대를 저만큼 요란하게 날려 버렸으니. 릴 양이 데려온 원군 부대의 병사가 다들 움츠러들었다고요!"

아리안은 검집에 넣은 검 끝으로 아크를 쿡쿡 찌르며 따졌다. 아크는 하릴없이 하늘을 올려다보았다.

"큐~웅."

이때 불쑥 아크의 시야를 가리듯이 하늘에서 털 뭉치가 내려왔다.

"오오, 폰타구나. 조금 비켜 주겠느냐?"

아크가 하늘에서 내려온 털 뭉치—— 폰타에게 말을 걸자, 금세 눈앞의 시야가 확 트였다.

몸길이 60cm 정도인 폰타는 등이 초록색 털로 덮였지만, 배와 꼬리는 하얗고 얼굴은 여우를 닮았다. 그러나 앞다리와 뒷다리 사이에 비막이 달려 있으며, 정령마법으로 바람을 일으켜 날아다니는 희귀한 생물이다. 엘프족에게는 정령수로 불린다.

몸길이의 절반은 됨직한 솜털 꼬리를 가졌기 때문에 보통은 솜털 여우라고도 부른다.

그런 폰타는 평소의 정위치인 투구에 달라붙더니, 한 번 짖은 후 특징적인 꼬리를 살랑살랑 흔들며 아리안에게 동그랗고 귀여운 눈동자를 향했다.

그 모습을 본 아리안은 커다란 한숨을 내뱉고 어깨를 으쓱였다.

"진지한 얘기예요. 이 일로 엘프족 위협론이 퍼지기라도 하면, 지금보다 더 엘프족에 대한 비난이 거세질 가능성도 있어요……. 이제 와서 말한들 어쩔 수 없다는 건 알지만요."

왠지 포기한 듯한 아리안의 말에 아크는 머리를 숙였다.

그런 아크와 아리안의 대화에 끼어든 이는 한 명의 소녀였다.

"과연 그럴까요? 아크 님의 힘을 접하고, 우리 실력도 어느 정도 목격한 그들이 섣불리 적대적인 행동을 취할 만큼 무모하지는 않을 겁니다. 게다가──."

그렇게 말하면서 다가오는 소녀── 그녀 역시 외모를 통해 인간족이 아니라는 사실을 알 수 있었다.

온몸을 감싼 검정 일색의 복장, 이마에 두른 짙은 빛깔의 하치가네, 머리에 달린 짐승 귀, 그리고 허리 뒤에서 좌우로 흔들리는 검고 긴 꼬리가 보였다.

인간족에게 수인족으로 불리는 종족── 일찍이 아크처럼 이 세계로 건너왔으리라 여겨지는 인물, '한조'라고 일컬은 그 자가 당시에 박해를 당하던 묘인족을 모아서 일으킨 닌자 집단 '인심일족(刃心一族)'의 후예.

그 가운데 아직 젊은데도 실력을 인정받은 '여섯 닌자'의 한 명, 그게 바로 그녀── 치요메다.

날렵한 동작으로 소리도 없이 다가오는 모습은 정말 고양이의 움직임을 떠올리게 한다.

치요메가 푸른 눈동자로 의미심장하게 다른 장소를 바라보았고, 아크도 그녀의 시선을 좇듯이 고개를 돌렸다.

그러자 불타버린 벌판처럼 된 시선 앞의 전쟁터와 약간 어울리지 않는 옷차림의 소녀 한 명이 익숙하지 않은 발걸음으로 아크 일행에게 달려오고 있었다.

그 소녀는 치요메보다 어렸고, 나이는 열 살쯤인 듯했다. 밝은 금발은 조금 곱슬머리이고, 어깻죽지까지 뻗은 머리는 소녀가 뛸 때마다 귀엽게 들썩거렸다.

소녀는 잘 만든 가죽 갑옷을 걸쳤지만, 안에 입은 옷은 별로 전장에 입고 올 만한 게 아니었다. 수수한 드레스 차림에 무기도 지니지 않았다.

언뜻 전장을 헤매는 마을 여자아이처럼 보였지만, 소녀의 정체는 릴 노잔 소우리아—— 이름을 듣고 알 수 있듯이 노잔 왕국의 왕녀였다.

그 소녀가 바로 이번에 왕도 소우리아의 방어를 위해 아크 일행에게 원군을 의뢰한 장본인이기도 했다.

고귀한 신분의 소녀는 맨몸으로 전쟁터를 달렸다. 그리고 그 뒤에서는 말을 탄 남녀 두 명의 호위기사와 꽤 멀리 떨어진 거리에 있는 백 기 남짓한 기마병들이 아크 일행을 살피며 신중하게 발걸음을 내디뎠다.

"기다려주십시오, 릴 공주님!"

앞에 뛰어가는 왕녀를 향해 큰소리로 외치는 여기사—— 니나의 표정에서는 어떻게 봐도 아크를 경계하는 눈빛이 드러났다.

그러나 니나의 말이 들리지 않는지 흥분한 릴 왕녀는 작은 몸을 힘차게 움직이며 달려오더니, 커다란 잿빛 눈동자로 아크를 올려다보았다.

"괴, 굉장하다, 아크 경! 엘프족은 이렇게 강자들만 있는 종족이로구나!"

릴 왕녀는 나이에 걸맞은 천진난만한 반응을 보였지만, 그녀의 눈빛에는 어렴풋이 긴장감이 감돌았다. 그 모습을 본 아크의 머릿속에 방금 아리안이 했던 말이 꽂혔다.

그래도 아크에게 우호적인 태도를 보이려는 릴 왕녀는 적어도 왕족으로서의 기개를 보여 주는 듯싶어서 깊은 감동을 받았다.

아크는 가급적 릴 왕녀를 놀래키지 않도록 느릿한 동작으로 검을 검집에 넣더니, 그 자리에서 한쪽 무릎을 꿇고 손을 가슴에 대며 머리를 숙였다.

"칭찬해 주시니 지극히 영광이옵니다. 약정에 따라 릴 왕녀 전하의 길을 가로막는 자는 저희가 없애 드리죠. 다만 길을 지나치게 넓힌 일은 모쪼록 용서하십시오……."

"큥!"

아크는 약간 연극조의 자세와 목소리로 릴 왕녀를 대했고, 마지막에는 투구 위의 폰타가 마무리 짓듯이 꼬리를 흔들면서 짖었다.

잠시 잿빛 눈동자를 휘둥그레 뜬 릴 왕녀는 살짝 웃음을 터뜨렸다. 곧이어 입가에 작은 미소를 떠올린 릴 왕녀가 자세를 바로잡고 가슴을 폈다.

"아크 경의 활약, 내가 확실히 지켜보았노라! 수고했다!"

아크를 똑바로 바라보는 릴 왕녀의 잿빛 눈동자에는 아까처럼 긴장감은 비치지 않았다.

그러나 뒤에서 겨우 쫓아온 호위기사 두 명—— 아크를 향한 자하르와 니나의 표정에는 릴 왕녀 이상의 긴장감이 어른거렸다.

"릴 공주님! 이 장소는 위험합니다. 저희 곁에서 너무 멀리 떨어지지 마십시오!"

전쟁터에 홀로 뛰쳐들어간 릴 왕녀의 행동을 나무란 이는 여기사 니나였다.

니나는 '위험'하다는 말을 내뱉을 때 분명 아크를 의식하여 입을 열었다.

보통은 니나 같은 반응이 당연하리라—— 아니, 그녀보다 더 노골적인 경계심을 드러내는 집단이 있었다. 호위기사 자하르와 니나의 훨씬 후방에서 꾸물꾸물 진군하는 기마대—— 그들은 아크에게 접근하기를 명백히 꺼리는 눈치였다.

전쟁터에 갑옷의 잔해가 수없이 흩어져서 뜻대로 기마를 움직이기 힘들다는 점을 고려하더라도, 그들의 발걸음이 무거운 이유는 얼굴과 태도를 보면 대충 짐작할 수 있었다.

그런데도 릴 왕녀의 요청을 받아 파견된 부대로서는, 왕녀의 곁을 지켜야 한다는 신념만으로 나아가는 것이리라.

그런 분위기를 릴 왕녀도 알아차렸는지, 그녀는 두 명의 호위기사와 그 뒤에 대기하는 기마병들을 돌아보고 애써 밝은 목소리로 자신의 권한을 행사했다.

"다들 두려워하지 않아도 된다! 아크 경이 적 대부분을 물리쳤느니라! 가도에 숨어 있는 적은 나중에 처리하고, 지금은 왕도의 아버님에게 가겠다!"

릴 왕녀의 강경한 태도에 두 명의 호위기사는 처음에는 당황했지만, 금세 저마다 표정을 바꾸어 왕녀에게 대답했다.

가장 먼저 입을 연 이는 역시 니나였다.

"릴 공주님, 그자들도 왕도에 들이실 셈입니까? 저런 힘을 왕도에서 펼치면 심각한 피해를 볼 겁니다! 그들은 너무나——."

니나는 시선을 아크에게 향한 채 다음 말을 내뱉으려 했다. 그때 줄곧 잠자코 듣고 있던 또 한 명의 호위기사 자하르가 니나의 말을 끊듯이 손을 들어서 막았다.

"아크 님, 왕도의—— 아니, 왕국의 위기를 구해준 일은 감사하오. 하지만 그 힘을 왕도에서 쓰지 않겠다고 약속해줄 수 없겠나? 당신의 힘은 인간족이 가진 힘을 지나치게 뛰어넘었소."

긴장한 목소리로 말하는 자하르 그리고 릴 왕녀와 아크 사이에서 시선을 헤매는 니나는 무언의 항의를 내비쳤다.

옆에서는 어깨를 으쓱인 아리안이 어쩔 수 없다는 듯이 고개를 가로저으며 작은 한숨을 토해냈다.

당장 자하르와 굳게 약속한들, 자신이 저지른 일로 압도적인 무력에 주눅 든 그들에게는 아크의 말 한 마디 한 마디가 협박처럼 들릴 가능성이 있다.

그러나 이 자리에서 수긍하지 않으면 더욱더 경외의 대상으로만 여겨지리라.

——이런 때는 될수록 내뱉을 말을 조심해야 할까.

왠지 거북한 분위기 속에서 아크는 그런 생각을 떠올리며 한번 헛기침했다.

꽤 멀리 떨어진 기마대의 병사들이 아크의 작은 헛기침에 숨을 삼키는 기척이 전해졌다.

"당연히 릴 왕녀와 맺은 약정은 지킬 거요. 우리에게도 나름의 사정이 있고, 왕도 소우리아가 이대로 사라지는 건 곤란하오. 게다가 그 힘은 쓰고 싶어도 그리 간단히 쓸만한 게 아니니까……."

아크는 커다란 한숨을 내쉬고 어깨를 으쓱였다.

거짓말은 하지 않았다. 천기사의 전투 기술【익스큐셔너 미카^{집행자 염원(焔源)의 치천사(熾天使)}

엘】은 대기 시간 때문에 당분간 사용하지 못한다. 더구나 쓸 수 있다고 해도 자꾸 몇 번이나 쓰기 싫다는 게 본심이다.

자신의 육체에 천사를 강림시켜 권능을 휘두른다는 특성 탓인지, 아크는 내면에 거대한 뭔가가 파고들어 존재 자체를 뒤바꾸려는 듯한 느낌이 들었다. 그런 정신적 부하는 솔직히 이 세계로 건너와 경험한 고통 가운데, 로드 크라운의 샘물을 마시고 처음으로 육체를 되찾은 순간에 버금갔다.

새삼스레 고통을 안겨주는 주된 원인이 자신의 육체나 전투 기술에 기인한다는 점은 옆에서 보면 완전히 자멸 캐릭터다.

아크는 그런 생각을 하면서도 자하르와 니나의 모습을 살폈다.

아직 아크의 말을 순순히 받아들일 수 없는지, 자하르와 니나는 판단하기 어려워하는 눈치였다. 그래서 아크는 그들의 결론을 재촉하기 위해 다시 입을 열었다.

"그보다 괜찮나? 나는 방벽 밖의 언데드를 대부분 없앴지만, 뚫린 성문으로 들어간 수천의 무리는 여태껏 도시에서 멀쩡할 텐데?"

아크의 말을 들은 두 명의 호위기사와 뒤에 대기하는 기마병들은 물론 이들을 지켜보던 릴 왕녀도 퍼뜩 제정신을 차리고 왕도를 돌아보았다.

여전히 방벽 바깥에서 연기를 내는 불길이 뭔가를 태우는 듯했다. 그리고 왕도의 거리로부터 희미한 칼싸움 소리가 바람을 타고 귀에 들려왔다.

릴 왕녀는 곧바로 두 명의 호위기사에게 시선을 옮겼다.

"지금은 여기서 아크 경의 헌신을 의심할 때가 아니다! 자하르, 니나, 당장 왕도로 들어가서 아버님을 뵙겠다! 나를 따라오너라!"

릴 왕녀는 다짜고짜 그 말만 내뱉더니, 혼자 왕도로 뛰어들려는 것처럼 작은 몸을 돌려 힘껏 발걸음을 내디뎠다.

그 모습을 본 니나는 허둥지둥 릴 왕녀의 뒤를 쫓았다.

"잠시만요, 릴 공주님! 왕도는 아직 위험합니다! 하다못해 저희가 국왕 폐하를 찾아갈 동안, 호위병사들과 함께 이곳에 남아주십시오!"

애원하는 듯한 니나의 태도와는 달리 자하르는 잠자코 고개를 숙이고 나서, 후방의 기마대 병사들을 향해 신호를 보내며 아크에게 말을 걸었다.

"왕도는 우리가 릴 공주님보다 먼저 들어간다! 꾸물대지 마라! 아크 님, 릴 공주님을 잠시 그대들에게 부탁해도 괜찮겠소?"

아크는 니나를 흘끗 곁눈질하면서도 자하르의 제안에 고개를 끄덕였다.

"알겠소. 릴 님은 우리가 책임지고 맡도록 하지. 시덴!"

아크가 멀리 떨어져서 대기하던 시덴을 다시 불렀다.

그러자 시덴은 아크에게 대답하듯이 한 번 울음소리를 내더니, 커다란 몸집으로 전쟁터를 달리기 시작했다.

몸길이 4m를 넘는 거구와 대지를 울리는 여섯 개의 다리. 온몸에 두른 검붉은 갑옷 같은 비늘, 머리에 달린 두 개의 하얀 뿔. 시덴은 등의 하얀 갈기를 바람에 나부끼면서 질주해 왔다.

전장에 흩어진 잔해를 전혀 신경 쓰지 않는지, 진로 위의 모든 것을 짓밟으며 달리는 드립트프스의 모습은 그야말로 살아 있는 전차라고 부르기에 딱 어울리는 광경이었다.

"쿵! 쿵!"

"규리이이이잉!"

시덴은 느릿느릿 움직이는 기마대를 간단히 앞질렀다. 곧이어 아크 옆에서 발걸음을 멈춘 시덴이 투구 위의 폰타와 대화를 나누듯이 울음소리를 냈다.

"치요메 양, 릴 님과 함께 시덴을 타주지 않겠소? 나와 아리안 양은 곁을 지켜야 하니 말이오."

아크의 제안에 작게 고개를 끄덕인 치요메는 놀라는 릴 왕녀를 안은 채 시덴의 등에 훌쩍 올라탔다. 안장에 앉은 치요메가 고삐를 쥐었다.

자하르는 기마대 앞으로 나아가 그들을 이끄는 위치에 선 후, 가까이 있던 니나에게 뭔가를 속삭였다.

그러자 니나는 고개를 끄덕이고 자신의 말을 릴 왕녀가 탄 시덴에게 바싹 붙였다.

아무래도 니나가 감시역으로 따라붙는 듯하다.

"왕도에는 여전히 많은 언데드들이 있다! 방심하지 마라!"

자하르의 말에 기마대의 병사들이 기합을 넣듯이 함성을 질렀다.

그리고 니나를 동반한 릴 왕녀의 호위대가 된 아크 일행은 뒤에서 그들을 따라갔다.

──그나저나 드디어 노잔 왕국의 왕도로 들어가는구나.

부서지고 아직 얼마 지나지 않은 왕도 소우리아의 남문.

아크의 마지막 일격은 성문이 처음에 입은 피해 규모를 더욱 늘렸다. 그 때문에 성문은 150기 남짓한 기마대가 나아가더라도 꽤 여유로울 만큼 넓어져 있었다.

이 거대한 도시문을 고치려면 대체 어느 정도의 금액이 필요할까?

일단 국왕과 교섭의 자리를 가질 경우, 언데드 군단을 소탕하기 위해 어쩔 수 없었다는 이유로 도시문의 수리비 청구를 피하고 싶은 심정이다…….

아크는 그런 생각을 하면서 자하르가 이끄는 기마대에 이어 도시문을 지났다. 기마대는 파괴된 성문 앞은 잔해가 흩어져서, 말을 탄 상태로 가기란 위험하다고 판단한 듯했다.

말에서 내려 도시문을 빠져나간 전방의 광장에는 언데드병이 여럿 있었다. 그러나 자하르가 지휘하는 기마대의 병사들에게 금세 처리되었다.

주위에는 인기척이 없었고, 한산한 거리가 펼쳐진 경치는 왠지 유령도시^{고스트타운}를 떠올리게 했다.

"성문이 뚫리고 전선은 아마 제1방벽까지 밀려났을 거다! 최단거리로 돌파한다!"

광장을 확보한 자하르가 전 부대에 명령을 내리더니, 대로를 향해 말머리를 돌리고 그대로 기마대를 이끌며 빠르게 나아갔다.

아크와 아리안은 시덴의 양옆을 지키며 기마대를 쫓는 것처럼 뛰었다.

이따금 가도 모퉁이에서 언데드병이 몇몇 나타났지만, 대응하는 기마병들이 어렵지 않게 없앴다.

수는 적어도 이형의 괴물인 거미 인간도 일행을 드문드문 습격했다.

거미의 커다란 몸통에는 인간의 형태를 띤 상반신 두 개가 얹혀 있었다. 마치 녹여서 뒤섞은 듯한 몸에는 인간의 팔이 네 개나 달렸는데, 손마다 무기를 쥔 모습은 괴이하다고 할 수밖에 없었다.

그 거구로부터 뿜어지는 인간을 초월한 힘은 정말 위협적이었지만, 탁 트인 방벽 바깥의 평야와 달리 좁은 거리에서는 떼지어 몰려들지 못했다. 그 때문에 이미 아크와 아리안에게는 상대가 되지 않았다.

"【와이번 슬래시】!"

아크는 거미 인간을 보자마자 원거리에서 견제 공격을 했다.

검을 휘둘러 쏘아낸 충격파가 거미 인간에게 똑바로 날아갔다. 당황한 거미 인간은 손에 든 방패로 그 공격을 막았지만, 거구를 떠받치는 거미 다리가 잘려서 움직임을 멈추었다.

『──맹렬한 불길이여, 모든 것을 집어삼키고 불태워라──.』

그럼 곧장 간격을 좁힌 아리안이 중거리에서 결정타를 먹인 후 숨통을 끊으러 갔다.

검에 두른 화염이 뱀처럼 휘어지며 거미 인간을 채찍으로 때리듯이 덮쳤다.

거미 인간의 시야는 상당히 넓다. 그러나 첫 공격을 막은 거미 인간의 사각에서 능숙하게 기습한 아리안의 실력은 역시 대단하다고 해야 할까. 치명상을 입히면 나머지는 태우든 삶든 마음대로 할 수 있다.

건물 위에서 빈틈을 노리는 적은 시덴을 탄 치요메나 오감이 뛰어난 아리안이 금방 눈치채고 견제하므로 현재는 허를 찔릴 위험은 없었다.

"『수둔(水遁), 수수리검(水手裏劍)!』 아크 님, 오른쪽 지붕입니다!"

재빨리 적의 존재를 알아차린 치요메는 시덴의 고삐를 쥐면서 술법을 읊었다.

부대의 맨 끝에 자리 잡은 아크는 다른 병사들 몰래 전이마법으로 적과의 거리를 좁힐 수 있어서 여러모로 좋았다.

"알았소! 【디멘션 무브】! 【실드 배시】!!"

아크가 건물 지붕에 달라붙은 거미 인간을 발견하고 그 앞으로 전이했다. 그러자 거미 인간은 눈에 띄게 동요하는 듯싶었지만, 아랑곳하지 않은 아크는 갖고 있던 방패로 거미 인간을 때려 지붕에서 떨어뜨렸다.

『네놈은 대체 누구냐아앗!!』

경악으로 두 눈을 휘둥그레 뜬 거미 인간의 머리에 들쭉날쭉 박힌 여러 개의 눈알. 그러나 그 눈알들은 건물 밑에서 기다리던 아리안의 검기(劍技)로 금세 이 세상의 빛을 볼 수 없게 되었다.

낙하로 인한 충격과 참격에 의한 치명상. 거기에 더해 기마대 병사들의 추가 공격까지.

단말마의 비명을 지른 거미 인간은 거구를 부르르 떨더니, 곧이어 가도 위에 녹아내리며 시커멓고 질척질척한 얼룩을 남긴 채 사라져 갔다.

자하르가 이끄는 기마대는 왕도에 들어서서 목적지로 향하던 당초에는 거미 인간의 압도적인 힘과 무시무시한 이형의 모습을 목격하고 공황 상태에 빠졌다. 그러나 지금은 아크 일행의 도움도 받아서 차츰 대처 가능하다는 판단을 내렸다. 그 때문에 명령을 잘 따르는 본래의 병사다운 움직임을 보여 주었다.

그런 가운데 한 명의 시선이 지붕에 있던 아크에게 꽂혔다. 문득 아크가 시선을 느낀 방향으로 고개를 돌리자, 그곳에는 깜짝 놀란 표정을 지으며 자신을 올려다보는 니나가 있었다.

──니나가 릴 왕녀 곁을 따라왔다는 사실을 까맣게 잊었군.

적을 제거하는 데에 집중해서, 순간적으로 아크는 몸에 익은 마법을 써버렸다. 아무래도 니나에게 전이마법을 사용하는 장면을 들킨 모양이었다.

아크는 누가 또 보지 않았나 주위를 두리번거렸지만, 다른 병사들은 전방과 측면을 경계해서 모르는 듯했다.

치요메의 등을 꽉 붙잡은 릴 왕녀도 앞서가는 기마대에 눈길을 보내는 중이었다.

그러나 아크의 행동에 고개를 가로저으며 관자놀이를 누른 아리안은 깊은 한숨을 내뱉고 시덴에게 갈 길을 재촉하듯이 뭔가를 지시했다.

이제 와서 새삼스레 병사들에게 전이마법을 들키지 않았다고 안도하더라도 무의미할 것이다. 이미 니나가 직접 본 이상 같은 기사인 자하르와 그녀의 주인인 릴 왕녀, 더 나아가 조만간 만날 노잔 왕국의 국왕에게도 이 이야기는 흘러 들어가리라.

"흐~음, 나중에 아리안 양의 잔소리를 각오해야겠군⋯⋯."

아크가 어깨를 으쓱이자, 폰타는 신경 쓰지 말라는 듯이 앞다리로 투구를 탁탁 때리며 짖었다. 그리고 씩씩하게 꼬리를 흔들면서 아크를 위로하는 몸짓을 보였다.

"큥!"

"그래, 지금은 목적지에 가는 걸 먼저 생각해야지."

아크는 맞은편 건물 지붕에서 나타난 거미 인간을 흘끗 쳐다보더니, 손에 쥔 검을 곧바로 휘둘렀다.【와이번 슬래시】의 참격이 거미 인간을 덮쳤고, 아크가 그 공격을 좇는 것처럼 눈 깜짝할 사이에 전이마법을 써서 건너편 지붕으로 위치를 옮겼다. 간격을 좁힌 아크는 거미 인간에게 치명적인 일격을 가했다.

아크가 벤 거미 인간의 상반신이 절규하면서 지붕 위를 굴렀고, 커다란 하반신은 지면에 떨어졌다.

그 광경을 곁눈질한 아크는 주변을 둘러보며 지붕에서 기마대의 진행방향을 살폈다.

"흠, 제1방벽이란 저걸 말하는 건가……."

시야 앞—— 왕도 소우리아에 늘어선 건물들의 지붕이 이어지는 경치 속에서 높은 방벽의 모습이 눈에 들어왔다.

아크는 돌아서서 자신들이 침입한 남문 방향을 보고 위치와 거리를 어림짐작했다.

"절반쯤 왔나. 이제 얼마 남지 않았군."

"큥."

아크의 혼잣말에 폰타가 맞장구를 치듯이 짖었다. 그러자 아크는 지붕에서 다시 시덴의 곁으로 전이하여 부대의 후방으로 돌아갔다.

니나는 그런 아크에게 또 놀란 표정을 지었지만, 지금 이 자리에서 언급할 일은 아니라고 판단했는지 잠자코 경계하는 시선만 보냈다.

이윽고 대로를 똑바로 나아가던 부대가 조금 트인 제1방벽 앞의 광장에 이르자, 아까 지난 남문보다 약간 작은 규모의 굳게 닫힌 도시문이 나타났다. 튼튼해 보이는 철격자 뒤에 목제문을 설치한 이중의 도시문은 그야말로 최후의 보루였다.

그리고 도시문 옆에는 이전에 감시를 위해 쓰였을 망루가 우뚝 솟아 있었는데, 방벽 위에는 왕도의 병사들이 많이 보였다.

언데드를 짓밟으면서 대로를 돌진하는 기마대를 진작 발견했을 병사들은 함성을 지르며 일행을 맞아주었다.

그중에는 맨 끝에서 따라온 드립트프스 시덴을 보고 비명을 토해내는 자들도 있었다. 그러나 시덴의 등에 탄 릴 왕녀가 손을 흔들어 자신의 존재를 과시하면서 금방 환호성으로 바뀌었다. 무거운 분위기였던 거리는 그 덕분에 활기를 되찾았다.

병사들의 환호에 기마대의 사기도 눈에 띄게 오른 사실을 알 수 있었다.

광장에 들어온 자하르는 당장 부대를 세 개로 나누었다. 그리고 근처의 언데드를 소탕하여 안전을 확보하도록 명령을 내린 후 앞으로 나섰다.

아크는 그런 자하르를 흘끗 쳐다보면서 병사들을 거들어주려는 생각에 검을 들었다. 그러나 방벽의 떠들썩한 병사들 사이에서 뭔가 변화를 느끼고 그쪽으로 시선을 옮겼다.

병사들이 웅성거리는 근원지인 방벽 위의 망루로 이어지는 입구—— 그곳에서 왕국 병사들과는 다른 복장을 걸친 인물이 허둥지둥 나왔다.

중년으로 보이는 남자의 옷차림은 주위 병사들하고는 달랐지만 화려하지도 않았다.

그리고 남자를 뒤쫓듯이 나타난 자들의 차림새도 어딘가 귀족 같은 분위기를 풍겼다. 병사들의 딱딱한 태도를 보더라도 틀림없었다.

아크는 그 인물을 본 기억이 없었다. 다만 남자가 등장한 순간 두 명의 호위기사인 자하르와 니나는 자세를 바로잡았고, 시덴의 등에 탄 릴 왕녀는 기뻐하는 표정을 지었으므로 금세 짐작이 갔다.

"아버님! 릴 노잔 소우리아가 이제야 돌아왔어요!"

그 말을 들은 방벽 위에 있던 릴 왕녀의 부친—— 국왕이 분명할 중년 남자는 큰 소리로 뭔가 지시를 내렸고, 병사들 몇 명이 당황하며 달렸다.

"개문, 개문!!"

곧이어 어딘가에서 굳게 닫힌 도시문을 열라는 호령이 떨어졌다. 그러자 무거워 보이는 철격자가 올라가더니, 그 뒤의 거대한 목제문 한쪽이 삐걱거리면서 천천히 움직였다.

"릴 공주님, 어서 들어가십시오! 나머지 인원은 주변을 경계하는 한편, 순서대로 후퇴하여 서둘러 들어가라!"

선두에서 지휘하던 자하르가 시덴에 탄 릴 왕녀와 고삐를 쥔 치요메에게 재촉하듯이 말했다. 이어서 부근에 전개한 기마대의 병사들에게도 당장 성문으로 진입하도록 시켰다.

자하르의 말을 들은 치요메는 작게 고개를 끄덕이고 시덴을 성문을 향해 몰았다.

아크와 아리안이 그 뒤를 따라가듯이 빠른 걸음으로 성문을 지났다. 앞에서는 많은 병사와 멀찍이 둘러싼 왕도의 주민들이 감탄하고 기뻐하며 맞이했다.

"엄청난 인원이군⋯⋯."

"그러네요. 더 이상 물러설 곳이 없다는 느낌이에요."

아크의 혼잣말에 맞장구를 친 아리안은 제1방벽 내의 광경에 눈썹을 찌푸렸다.

제2방벽이 뚫린 현재, 제1방벽은 말하자면 최전선이다. 그처럼 최전선이나 마찬가지인 장소에 이렇게 주민들이 북적거린다는 사실은 더는 사람들을 수용할 여유가 없다는 증거이리라.

이 상태에서 농성전을 계속할 경우, 며칠이나 버틸 수 있을지 의심스럽다.

꽤 강행군하며 원군으로 달려왔지만, 아슬아슬한 타이밍이었다고 해야 할까.

아크와 아리안이 그런 생각을 하자, 국왕인 듯한 남자가 조금 전의 망루에서 뛰쳐나오더니 시덴을 탄 릴 왕녀에게 다가갔다.

그것을 알아차린 릴 왕녀도 시덴의 안장에서 훌쩍 내려선 후 종종걸음으로 달렸다.

"릴!"

"아버님!"

서로의 존재를 확인하듯이 얼싸안은 두 사람은 기쁨을 음미하는 것처럼 보였다.

국왕이자 릴 왕녀의 부친이기도 한 남자는 딸의 이마와 뺨에 입맞춤한 다음, 뭔가 조그맣게 기도의 말을 읊으며 하늘을 올려다보았다. 그 모습을 통해 릴 왕녀를 향한 남자의 남다른 애정을 짐작할 수 있었다.

릴 왕녀도 부친의 행동에 딱히 싫어하는 표정을 짓지 않고 받아들였다.

이윽고 평정을 되찾은 국왕은 엄한 시선으로 자신의 사랑스러운 딸을 바라보았다.

"릴, 왜 돌아왔느냐? 분명 디모 백작에게 가라고 했을 텐데."

국왕은 작아도 강한 어조로 내뱉은 후, 날카로운 시선을 릴 왕녀의 뒤에서 한쪽 무릎을 꿇은 채 고개를 숙인 두 명의 호위 기사에게 던졌다.

그때 다시 천천히 닫힌 목제문이 요란하게 삐걱거리는 소리가 방벽 내에 울려 퍼졌다. 그와 함께 국왕의 조용한 노여움을 접한 사람들의 적막이 그 자리를 가득 채웠다.

국왕의 매서운 눈길이 뜻하는 바는 다름이 아니라, 어째서 릴 왕녀를 이 위험한 왕도로 보냈냐는 지극히 당연한 부모의 분노다.

일행의 대표이기도 한 호위기사 자하르는 압박감을 주는 국왕의 꿰뚫는 듯한 시선을 느꼈다. 그래서 머리를 더욱 깊숙이 숙이며 사죄의 말을 입에 담았다.

"송구하옵니다, 국왕 폐하. 모두 제 불찰——."

그러나 자하르의 말을 부인하고 목소리를 높인 이는 둘 사이에 끼어들듯이 자신의 작은 몸을 내던진 릴 왕녀였다.

"아니에요, 자하르와 니나는 잘못이 없어요! 제 의지로 이곳에 오기로 결심했어요! 저 혼자 아무것도 하지 않고…… 망해 가는 나라를 지켜봐야 한다니——."

릴 왕녀는 두 호위기사의 책임은 자신에게 있음을 아버지인 국왕을 향해 호소했다. 그러면서 아버지의 바람을 저버린 사실에도 마음이 아팠는지, 릴 왕녀는 어느새 울먹이고 있었다.

왕족이라고 해도 아직 어린 소녀다.

그럼에도 주위 사람들의 시선을 의식하여, 말문이 막힌 입을 어떻게든 열기 위해 필사적으로 눈동자에 힘을 주며 앞을 응시했다. 그 모습에 국왕은 눈을 가늘게 뜨고 왕녀의 머리를 부드럽게 쓰다듬었다.

"미안하구나, 릴…… 나도 국왕이기 이전에 딸을 걱정하는 한 사람의 아버지란다."

국왕은 딸인 릴 왕녀의 약간 곱슬한 금발을 어루만지면서 그녀의 귓가에 조그맣게 속삭였다. 그러고는 국왕 본래의 표정으로 되돌린 후 아크 일행을 바라보았다.

"그나저나 이 자들의 신원과 목적을 알려줄 수 있겠느냐?"

조금 전과 달리 국왕은 위엄에 가득 찬 목소리로 물었다. 그러더니 아리안, 치요메, 그리고 아크에게 차례차례 날카로운 눈초리를 던졌다. 아크는 가볍게 고개만 숙여 예를 표했다.

그러나 국왕의 물음에 대답한 이는 눈가에 맺힌 눈물을 닦은 릴 왕녀였다.

"그들은 제가 왕도를 구하기 위해 고용한 자들이에요! 그들의 힘이 없었다면 저는 지금 이곳에 서 있지 못했을 거예요!"

릴 왕녀의 설명을 들은 국왕은 아크 일행에게 또 한 번 눈길을 옮겼다.

"수인족과 엘프족인 게냐……?"

국왕은 치요메, 그리고 그녀의 옆에서 상황을 지켜보던 아리안의 모습에 고개를 살짝 갸웃거린 후 아크에게도 시선을 돌렸다. 그 때문에 아크는 폰타가 올라탄 자신의 투구를 벗으며 얼굴을 드러냈다.

물론 로드 크라운의 샘물을 미리 마시고 이 자리에 있었다. 당연히 투구 속에서 나타난 것은 섬뜩한 해골이 아니라, 갈색 피부와 검은 머리에 붉은 눈동자를 가진 중년의 다크엘프 얼굴이었다.

아크와 아리안을 본 국왕은 잠시 표정에 의문을 띄우더니, 새삼 의아하게 여기면서 물었다.

"전해 들은 엘프족의 외모와는 조금 다른 듯싶은데, 그대들은 루앙숲에서 왔는가?"

아리안은 이전에도 들었던 똑같은 질문에 고개를 가로저었다.

"아니요, 우리는 캐나다 대삼림 출신이에요. 난 다크엘프지만, 투박한 갑옷을 걸친 그 남자는 뭐…… 좀 별난 엘프족이죠."

아리안의 뭔가 어설픈 소개에 쓴웃음을 지은 아크는 샘물의 효력이 떨어지기 전에 다시 투구를 썼다.

"엘프족인 데다 멀리 떨어진 숲에서 지내는 그대들이 왜 우리 인간족의 나라를 구하려는지 이유를 들어봐도 되겠소?"

굳은 얼굴로 아크 일행을 응시한 국왕은 서슴없이 엘프족의 속셈을 물었다.

　그러자 줄곧 릴 왕녀의 뒤에서 대기하던 자하르가 천천히 입을 열었다.

　"국왕 폐하, 그 일에 관해서는 잠깐 드릴 말씀이——."

　자하르는 한쪽 무릎을 꿇은 자세에서 살짝 허리를 들어 국왕에게 가까이 가더니, 다른 이들이 전혀 알아들을 수 없는 목소리로 그의 귓가에 대고 사정을 설명하는 모양이었다.

　국왕의 표정이 순식간에 경악으로 물들었다. 이어서 아크를 흘끗 쳐다본 국왕은 그 시선을 도로 자하르에게 향했다.

　"사실이냐?"

　국왕은 메마른 목소리를 조그맣게 내뱉으며 두 눈을 휘둥그레 떴다.

　그처럼 놀라는 반응을 보건대, 자하르는 아크가 벌인「원군」으로서의 활약을 국왕에게 들려주었으리라—— 국왕의 목덜미에는 식은땀이 흐르고 있었다.

　대화를 나누는 국왕과 자하르의 눈치를 살피는 듯한 사람들의 적막이 주변을 가득 채웠다. 그런 가운데 그 적막을 깨뜨린 누군가가 인파를 밀어젖히며 목소리를 높였다.

　"이게 무슨 일입니까, 아스파루프 국왕님!?"

　큰 소리로 말하면서 국왕에게 성큼성큼 다가온 이는 한 명의 남자다.

　검은 머리를 깔끔하게 빗질한 남자는 주위와 동떨어진 화려한 옷을 걸쳤는데, 그 옷에 새겨진 의장은 어딘가 성직자의 법의를 떠올리게 했다. 또한 남자는 이 세계에서는 보기 드문 안경을 쓰고 있었다.

불쑥 나타나서 국가 원수인 국왕에게 다짜고짜 따지듯이 묻는 인물을 본 아크는 그의 정체에 의혹을 품었다. 그 대답은 곧 국왕의 입에서 나왔다.

"팔루모 경, 교회의 신자들은 괜찮은 거요?"

국왕에게 팔루모 경이라고 불린 그 남자―― 아무래도 '교회'의 관계자인 것 같았다. 온화해 보이는 얼굴이었지만, 구석구석 드러나는 초조함과 그런 감정을 숨기지도 않은 채 국왕을 대하는 태도를 통해 상당히 신분이 높은 인물임을 짐작할 수 있었다.

그리고 '교회'라는 말을 듣고 언짢아할 이는 이 자리에 적어도 두 명.

이 땅에서 교회의 이름으로 상당한 권력을 지닌 존재란 하나밖에 없으리라. 일단 힐크교의 관계자라고 여겨도 확실하다.

귀를 쫑긋거리며 반응한 아리안과 치요메는 화려한 복장의 30대 남자를 노려보았다.

그 시선을 느꼈는지 남자는 국왕의 물음에는 대답하지 않고 돌아섰다. 곧이어 아리안과 치요메를 발견한 남자가 경악한 표정을 지었다.

"국왕이여! 이게 대체 어떻게 된 겁니까!? 거리에서도 드문드문 눈에 띈 수인은 물론, 엘프까지 인간족의 영역에서 뭘 하고 있습니까!?"

여태껏 간신히 꾸몄을 남자의 부드러운 표정이 돌변했다. 남자는 방관하는 사람들을 꾸짖는 것처럼 언성을 높였다.

그리고 갑자기 달라진 남자의 태도를 아스파루프 국왕과 신하들은 비난하지 못했다. 뭔가 난감해하고 동요하는 분위기가 뒤섞인 와중에 서로 얼굴을 마주 보았다.

그들의 모습을 통해 양자의 역학관계를 옆에서도 똑똑히 알 수 있었다.

"비천한 엘프와 수인을 당장 붙잡아, 우리 힐크교의 관리하에 두겠습니다! 이번 일은 국왕의 해명을 제대로 듣고 싶군요! 누가 저들을 어서 묶어라!!"

내뱉듯이 말하는 팔루모에게 국왕을 비롯해 왕도의 위기에 원군으로 달려온 기마대 병사들과 두 명의 호위기사, 그리고 아크 일행을 고용한 릴 왕녀는 몹시 당황했다.

아크가 일촉즉발의 사태로 발전하나 걱정했을 때 먼저 입을 뗀 이는 뜻밖에도 아리안과 치요메였다.

"비천한 엘프와 수인이라—— 그러는 당신은 인간족도 아니고, 하물며 살아 있는 사람조차 아니네요."

황금색 눈동자를 험악하게 빛낸 아리안은 허리에 찬 자신의 검을 힘차게 뽑았다. 그에 호응하여 단검을 빼 든 치요메도 작게 코웃음을 치며 얼굴을 찡그렸다.

그 둘의 행동에 놀란 것은 아크뿐만이 아니다—— 국왕과 릴 왕녀, 자하르 일행도 마찬가지다. 더구나 그들이 받은 충격은 더 컸다.

그런 상황에서 재빨리 움직인 인물은 니나다.

아리안의 발검보다 반 박자 늦기는 했지만, 검을 뽑은 니나가 국왕과 릴 왕녀를 지키듯이 앞으로 나서며 노려보았다.

"국왕 폐하의 어전입니다! 검을 거두십시오, 그렇지 않으면 역모를 꾀한다고 보겠습니다!!"

니나의 날카로운 힐난에 눈썹을 찌푸린 아리안이 쓴웃음을 지었다.

"역모라니…… 우리는 딱히 당신들 왕의 부하도 뭣도 아니에요."

약간 어이없다는 말투로 대답하는 아리안에게 아크는 영문을 모르겠다는 시선을 보냈다.

그러자 아크의 뜻이 전해졌는지, 팔루모로부터 시선을 떼지 않은 아리안이 작게 입을 열었다.

"저기 있는 화려한 옷차림의 남자. 인간 흉내를 내지만 언데드예요, 저거."

아리안의 말에 놀란 아크가 다시 팔루모를 바라보자, 그 시선을 알아차렸는지 상대도 똑같이 쏘아보았다. 투구 위의 폰타는 팔루모의 눈빛에 반응하는 것처럼 위협하며 으르렁거렸다.

"우으으으……."

으르렁대는 폰타에게 정신이 팔린 팔루모가 검을 든 아리안으로부터 눈을 떼었다.

그 순간, 흐르는 듯한 동작으로 아리안이 달려나갔다. 팔루모와의 거리를 단숨에 좁힌 아리안은 눈에는 보이지도 않을 속도의 빛줄기를 검에서 뿜어냈다.

"갸아아아아아아!!! 내, 내 팔이이이이이이!!!"

팔루모의 비명이 메아리쳤고, 검은 피 분수가 주변에 흩날렸다. 그와 함께 팔루모의 왼팔이 바닥에 뒹굴었다.

눈 깜짝할 사이에 벌어진 일로 그 자리는 시끄러워졌다. 자하르와 니나, 다른 병사들도 당황하면서 무기를 쥐었다.

"뭘 하는 거냐! 난 힐크교의 추기경이란 말이다!! 그런 내게 흉악한 짓을 저지른 그 야만인들을 얼른 잡지 못할까! 아니, 죽여라아!!"

팔루모 추기경은 고래고래 소리를 질렀다. 주위에 늘어선 자하르의 병사들이 슬금슬금 아크 일행을 에워싸듯이 움직였다.

그나저나 신분이 높은 남자일 거라는 짐작은 했지만, 설마하니 사제나 사교를 뛰어넘어 추기경의 직위를 가진 인간이었을 줄이야. 자세한 서열은 몰라도 거의 정점의 위치에 가까운 직위일 터다.

그런 인물의 정체가 언데드라니, 힐크교는 과연 어떤 종교인 걸까.

게다가 고함을 치는 팔루모 추기경은 아무리 살펴도 인간으로만 보인다. 그렇다고 아리안과 치요메가 하는 말이 거짓말 같지는 않았다.

그러나 느긋하게 딴생각을 할 겨를은 없을 듯싶었다——.

급변한 사태에 혼란스러워진 국왕과 릴 왕녀도 병사들에게 제대로 명령을 내리지 못하는 눈치다. 병사들도 당장은 거칠게 떠들어대는 팔루모 추기경의 지시를 느릿느릿 따를 뿐이다.

어떻게든 녀석이 본성을 드러내도록 만들어야 하는데, 병사와 주민은 물론 국왕 등 나라의 주요 인물에게 위해를 가할 수는 없는 노릇이다.

"흐음, 이것 참. 귀찮게 됐군……."

거드름을 피우듯이 혼잣말을 내뱉은 아크는 등에 멘 검을 한 손으로 뽑아 들었다. 그리고 대검으로 사람들을 가볍게 물리치는 것처럼 빙빙 돌린 후 어깨에 걸쳐 보였다.

검을 휘두른 충격으로 바람이 윙윙거린 게 적잖이 효과를 보았는지, 병사들은 일제히 비명을 지르며 물러났다. 그중에는 너무 놀란 나머지 털썩 주저앉아 머리를 감싸면서 웅크린 자까지 있었다.

지나치게 두려워해도 문제지만, 이럴 때는 여러모로 도움이 된다.

"아크 님! 이게 무슨 짓이오!?"

주변이 몹시 혼란해진 가운데, 검을 거머쥔 자하르가 아크에게 큰소리로 이 사태에 납득할 만한 이유를 요구했다.

그러나 지금은 뭐라고 말한들 그들에게는 도저히 받아들일 수 없는 이야기이리라.

아크와 자하르를 곁눈질로 바라보던 아리안은 입가에 엷은 미소를 띤 채 팔루모 추기경에게 시선을 돌렸다.

"언제까지 그 어설픈 연기를 계속할 참인가요? 우리는 엘프족과 수인족이에요. 당신이 인간이 아니라는 것쯤은 바로 분간할 수 있다고요!"

그렇게 말하자마자 다시 거리를 한달음에 좁힌 아리안이 두 번째 검섬을 날렸다. 그러나 팔루모 추기경이 이번에는 그 공격을 잽싸게 멀찍이 물러서며 피했다.

팔루모 추기경의 도약력은 어떻게 봐도 인간의 능력이 아니었다.

그 광경을 목격한 사람들은 몇 번째일지 모를 경악한 표정을 짓더니 더욱 혼란에 빠져들었다.

눈앞의 인물이 살아 있는 자인지 언데드인지—— 엘프족이라면 언데드 특유의 '불결함'을 보고 판별하는 게 가능하다. 반면에 수인족은 인간보다 뛰어난 오감으로 냄새를 맡고 구분한다.

그러나 인간족에게는 그런 수단이나 능력이 없다. 조금 전이라면 바로 앞에 선 팔루모 추기경이 언데드라고 의심할 여지는 눈곱만큼도 없었으리라.

아크도 일단 엘프족이기는 하지만, 언데드 특유의 '불결함'을 알아차리지는 못한다. 따라서 방금 팔루모 추기경의 이상한 도약력을 보지 않는 한, 그의 정체를 판단하기란 어렵다고 말할 수밖에 없다.

그렇다 해도 그동안 마주친 언데드 중 의지를 가진 개체는 거미 인간, 그리고 타지엔트에서 갑자기 나타난 정체불명의 괴물 정도였다.

둘 다 겉모습이 인간과는 동떨어진 이형의 괴물이었지만, 이처럼 왼팔을 잘리고 인상을 쓰는 팔루모 추기경은 틀림없는 평범한 인간이었다.

그러나 그 인식은 금세 뒤집혔다.

"칫, 짜증 나는 하등종족 주제에……. 오늘은 정말 불쾌한 날이다. 이 몸이 직접 계획을 뒤처리하게 될 줄이야."

눈썹을 찌푸린 팔루모 추기경은 푸념 섞인 말을 내뱉더니, 줄곧 고통으로 일그러진 표정을 쓱 굳혔다. 그러자 잘린 왼팔에서 살이 솟아오르며 새로운 팔이 생겨났다.

"뭐, 뭐냐 저건!?"

누군가의 비명 비슷한 외침을 들은 팔루모 추기경이 입가에 흉악한 미소를 띠었다.

『기뻐해라. 여기 있는 모두를 일곱 추기경 중 한 명, 팔루모 아바리티아 리베랄리타스가 친히 죽음으로 향하는 길 안내를 해 주마! 안심하고 가거라!!』

뱃속에서 울리는 듯한 꺼림칙한 목소리와 함께 팔루모 추기경의 온몸은 다른 생물이 옷 속에서 기어 다니는 것처럼 꿈틀거렸다. 곧이어 팔루모 추기경의 육체가 인간의 껍데기를 깨듯이 부풀었다.

그리고 성직자의 화려한 법의를 찢으며 등에서 튀어나온 두 개의 살덩어리 돌기가 서서히 형태를 바꾸어 또다시 팔을 만들어냈다. 체모가 전신에서 자라났고, 부어오른 얼굴은 원숭이나 올빼미처럼 보이기도 했다.

새카맣고 홀쭉한 부리에는 엄니가 즐비했는데, 엉덩이 부위에는 이전에 황야에서 잡은 샌드웜을 닮은 2m 남짓한 가느다란 촉수 같은 꼬리가 달려 있었다.

몸 전체가 팽창한 근육으로 뒤덮인 육체는 거뜬히 3m를 넘어 4m에 가까웠다.

둥글고 커다란 안경을 걸친 듯한 눈알은 핏발이 섰다. 팔루모 추기경은 붉은 눈동자로 사람들을 훑어보았다.

전체적인 외모의 인상으로 말하자면 팔이 네 개나 있는 거대한 다람쥐원숭이 같았지만, 녀석의 무시무시한 모습에서는 귀

여운 구석을 티끌조차 찾을 수 없었다.

평범한 인간이었던 존재가 처음 보는 괴물로 변했다—— 그 충격은 많은 마수와 다양한 종족이 사는 이 땅의 사람들에게도 몹시 놀랄 만한 정도였던 모양이다.

주위 사람들의 표정이 공포와 경악으로 물들었다. 그저 덜덜 떠는 자, 비명을 지르고 엉덩방아를 찧는 자, 바닥을 기듯이 그 자리에서 벗어나려는 자 등으로 소란스러워졌다.

사태의 흐름을 따라가지 못하는 국왕과 릴 왕녀도 눈앞의 공포에서 떨리는 다리로 살짝 뒷걸음질 치는 게 고작인 듯싶었다.

그런 국왕과 릴 왕녀에게 팔루모가 시선을 옮기더니, 부리처럼 생긴 입속에서 탁한 웃음소리를 울린 후 거구를 천천히 두 사람의 정면으로 향했다.

『하하하하. 우선 이 나라를 지도에서 지우는 것부터 시작하지…….』

불길한 말을 내뱉은 팔루모는 순식간에 가속하여 뛰어오르듯이 곧장 노잔 왕국의 아스파루프 국왕을 노리고 거리를 좁혔다.

한순간 허를 찔린 꼴이 된 자하르는 팔루모의 말과 행동이 무엇을 의미하는지 깨달았다. 검을 고쳐 쥔 자하르가 병사들에게 목청껏 지시를 내렸다.

"국왕 폐하를 지켜라앗!! 녀석의 목표는 국왕 폐하다!! 모두 놈을 막아아!!!"

그 목소리에 화들짝 놀란 병사들이 겨우 움직이기 시작했다.

"릴 공주님, 물러나십시오!!"

크게 외친 니나도 릴 왕녀를 감싸는 것처럼 검을 들고 앞으로 나왔다.

팔루모는 앞길을 가로막으려는 병사들이 별다른 장해도 아니었는지, 진로상의 병사 둘을 한꺼번에 양손으로 으깨었다.

곧이어 그 뒤에서 외마디 소리를 지른 병사를 팔루모가 등 뒤의 높이 치켜든 주먹으로 날려 버리자, 병사는 찌부러진 고깃덩이처럼 변하여 가까운 건물 벽에 달라붙었다. 그러나 흘낏 돌아보지도 않은 팔루모는 국왕에게 접근하기 위해 무섭게 돌진했다.

——빠르다!

아리안도 서둘러 팔루모를 뒤쫓았지만, 신장 차와 도약력 때문에 상대보다 이동력이 뒤떨어졌다.

병사들 역시 전혀 방패의 역할을 해내지 못했다.

마지막에 나선 자하르의 일격을 훌쩍 뛰어서 피한 팔루모가 그대로 아스파루프 국왕 앞에 이형의 몸으로 내려섰다.

『먼저 네놈부터 지옥으로 보내주지, 국왕!!』

"아버니임!!"

희열을 느끼며 끈적한 목소리로 웃는 팔루모의 말에 릴 왕녀가 비명을 질렀다. 릴 왕녀는 당장 국왕에게 달려가려 했지만, 니나가 그런 그녀를 필사적으로 말렸다.

팔루모가 들어 올린 주먹의 움직임이 몹시 느리게 보였다.

이 자리에서는 어떻게 해도 제때에 따라잡지 못한다. 그리고 지금은 엉뚱한 생각을 할 틈도 없다.

"폰타, 떨어지지 마라! 【디멘션 무브】!"

다음 순간, 아크가 국왕과 팔루모 사이에 끼어들듯이 전이했다. 아크는 갖고 있던 방패를 머리 위로 들어 올려 이제 막 팔루모가 내리친 주먹을 향해 쑥 내밀었다.

공기를 뒤흔드는 충격과 소리에 이어, 방패를 쥔 아크의 두 발이 땅에 파묻히며 왕도의 돌바닥이 부서졌다.

아크가 이를 악물고 주먹의 충격을 방패로 있는 힘껏 튕겨냈다. 그러더니 이번에는 손에 쥔 검을 팔루모를 향해 베어 올리듯이 휘둘렀다.

허공을 가르는 소리가 울렸지만, 팔루모는 그 자리에서 순식간에 비켜났다. 그 후 다시 국왕과의 거리를 유지하고자 뒤로 크게 돌면서 뛰어올랐다.

거구를 자랑하는 팔루모의 무게 탓인지, 그가 착지한 후방의 돌바닥은 둥글게 금이 가 있었다.

"홋, 정말이지 가는 곳마다 괴물과 맞닥뜨리는군."

그렇게 중얼거린 아크는 방패를 든 왼팔의 마비를 풀어주듯이 흔들렀다.

아크의 느긋한 말에 분노한 팔루모가 두 눈을 부릅떴다. 핏발이 선 붉은 눈이 점점 새빨갛게 물들었고, 표정은 갈수록 섬뜩하게 바뀌었다.

『네 이놈, 대체 누구냐!? 방금 그건 교황님과 같은 전이술! 게다가 내 공격을 한 손으로 막다니, 인간족이 그런 게 가능할 리 없다!!』

팔루모는 부리처럼 생긴 입에서 끈적한 침을 튀기며 고함을 쳤다. 그 말을 들은 아크와 아리안, 치요메의 시선이 서로 뒤얽혔다.

녀석이 지금 한 말이 사실이라면, 힐크교의 교황이라는 인물은 아크와 마찬가지로 전이마법을 쓸 수 있다는 뜻이다. 아크에게는 몹시 편리한 마법이지만, 적대시하는 자가 사용할 경우 그보다 골치 아픈 마법은 없으리라.

추기경 같은 거물이 나온 시점에서 일련의 교회와 관련된 소동의 흑막이라고 여겼지만, 그의 말을 듣건대 교회의 정점인 교황이 주모자일 현실성이 생겨났다.

──애당초 아무리 병참이 불필요한 언데드 병사라고 해도 10만에 가까운 병력이다. 일국의 책임자 정도가 아니라면 도저히 준비하기 어려운 숫자이리라.

깊은 한숨을 토해낸 아크는 꼬리를 무는 잡념을 억누르고 상대를 바라보았다.

무기를 든 아리안과 치요메가 팔루모의 사각을 공격하려고 천천히 움직였다. 그 모습을 시야 끝에서 본 아크가 그녀들을 거들어주기 위해 앞으로 나섰다.

"나는 인간족이 아니다. 이래 봬도 알맹이는 엘프족이지. 열등한 종족이 상대라서 미안하군."

아크가 놀리듯이 어깨를 으쓱여 보이자, 팔루모는 온몸의 털을 곤두세웠다.

『엘프!? 네놈도 엘프족이냐!!』

팔루모는 그렇게 외치자마자, 양손의 주먹을 지면에 세차게 쳤다. 그리고 부서진 돌바닥의 잔해 일부를 등에 달린 또 다른 두 개의 손으로 움켜잡더니, 양옆에 파고드는 아리안과 치요메를 향해 눈 깜짝할 사이에 던졌다.

"큭!" "읏!"

허를 찌른 그 공격에 아리안과 치요메는 초인적인 타고난 반사신경으로 간신히 피했다.

그러나 그녀들의 후방에서 무기를 들고 팔루모를 에워싸려던 병사 몇 명은 잔해를 얻어맞는 순간 산산조각이 났다.

조금도 한눈을 팔지 않은 팔루모가 정확히 아리안과 치요메를 공격한 모습을 보건대, 둥근 눈의 시야각은 꽤 넓은 듯싶다.

너무나 일방적인 팔루모의 파괴력을 목격한 병사들은 사기를 잃더니 안절부절못했다.

포위망이 느슨해진 광경에 팔루모는 흉악한 미소를 지은 후, 다시 아크를 쳐다보다가 퍼뜩 뭔가를 떠올렸다는 듯이 눈을 깜박거렸다.

"그렇군. 생각났다. 백은의 기사, 네놈이 차로스를 죽인 그 백은의 기사냐!"

팔루모는 왠지 혼자 납득했다는 것처럼 고개를 끄덕였고, 아크는 상대방이 무슨 말을 하는지 이해할 수 없어서 검을 든 채 고개를 갸웃거렸다.

"큥?"

목덜미에 감긴 폰타도 아크의 흉내를 내며 고개를 갸웃거렸다.

"차로스가 누구냐? 내가 아는 한 차로스라는 자를 죽인 기억은 없다만?"

아크는 팔루모의 입에서 튀어나온 '차로스'라는 낯선 이름을 듣고 되물었다. 그러나 문득 어떤 상대에게 짚이는 구석이 있었다.

——확증은 없어도 타지엔트에서 마주친, 의지를 가진 정체 불명의 괴물.

그 짐작을 알아차린 듯이 팔루모가 코웃음을 치며 아크를 손가락으로 가리켰다.

『그렇다! 타지엔트에서 일곱 추기경 중 한 명인 차로스를 처리한 건 네놈이겠지!? 녀석은 일곱 추기경 중 가장 약했지만, 그래도 평범한 인간에게 쓰러질 정도는 아니었다! 하지만 내 공격에 맞설 수 있는 자라면 얘기는 다를 테지!!』

상황을 살피던 아리안과 치요메가 팔루모의 말에 두 눈을 조금 크게 떴다.

눈앞에서 웃는 괴물 같은 놈들이 어림잡아 적어도 다섯 명은 있는 모양이다.

그리고 타지엔트에서 싸운 그 이형의 괴물이 역시 차로스였다는 사실—— 거기에 더해 이미 힐크 교국에 아크의 존재가 불확실한 형태이기는 해도 알려진 게 밝혀졌다.

"그렇군, 그 거대한 악취미적인 애벌레는 그쪽의 동료였다는 건가."

그나저나 힐크 교국이란 언데드의 나라일까.

『크하하하, 애벌레라! 땅을 기어 다니는 녀석한테는 확실히 잘 어울리는 말이군. ……그런데 엘프족인 네놈들이 인간족의 도시에서 뭘 하는지 말해 주실까?』

팔루모는 흉악한 얼굴을 일그러뜨리며 유쾌하다는 듯이 웃었다.

그리고 차로스를 아크가 처치했다는 것을 알게 된 지금도 여유로운 모습을 보였다. 팔루모의 태도는 차로스가 일곱 추기경 가운데 가장 약했다는 이야기에 신빙성을 더했다.

타지엔트에서 격돌한 차로스라는 괴물은 결코 강하지는 않았지만, 팔루모의 말처럼 약한 존재도 아니었다.

그런 차로스보다 강하다고 자칭하는 팔루모 추기경.

방벽 밖에서 요란하게 쓴 천기사의 전투 기술. 그 부작용이 아직 몸에 남아 있는 느낌이 드는 상태에서의 싸움은 무척 고전할지도 모른다.

아크는 내심 그런 생각을 하면서도 팔루모의 양옆으로 시선을 던졌다.

──그러나 이번에는 이 자리에 믿음직한 동료들이 있다.

아리안의 황금색 눈동자가 투구 속에 감춰진 아크의 시선과 엇갈렸다. 이어서 아크는 맞은편의 치요메에게도 눈길을 보냈다. 아리안과 치요메는 살짝 고개를 끄덕였다.

"우리에게는 나름의 사정이 있다. 원숭이 대장인 그쪽한테 그걸 말해줄 마음은 없다."

아크는 스스로도 어설픈 도발이라고 여겼지만, 딱히 남을 조롱하는 데에는 익숙하지 않아서 어쩔 수 없었다.

다만 상대방은 그게 아닌 듯싶었다.

『네 이노옴!! 열등한 종족 나부랭이가 교황님께 힘을 받은 내게 감히 원숭이라고오!!』

팔루모의 반응은 그야말로 격분하는 원숭이였다.

터질 것처럼 근육을 부풀린 팔루모는 핏대를 올리면서 분노의 말을 쏟아냈다.

그리고 팔루모가 핏발이 선 둥근 눈을 더욱 크게 뜬 순간, 거구의 몸이 뛰어올라 아크와의 거리를 단숨에 좁혔다.

아무래도 보기 좋게 걸려들어 무턱대고 공격하려는 모양이었다.

아크는 팔루모가 내려설 곳으로 예상되는 장소를 정확히 노리고 검을 쥐었다. 그러더니 검신에 빛이 모여들어 번쩍이는 검을 곧장 내리치며 전투 기술을 썼다.

"【저지먼트】!"

팔루모의 착지점에 눈부신 마법진이 펼쳐졌고, 그곳에서 빛의 검이 하늘 높이 우뚝 솟았다. 마침 아크에게 향하던 팔루모는 그 빛의 검에 꿰뚫릴 상황이었다.

그러나 팔루모는 공중에서 주위로 우렁찬 포효를 지른 후, 두꺼운 양팔을 치켜들고 깍지를 끼자마자 파성추처럼 빛의 검을 힘껏 때렸다.

팔루모를 맞추어야 했을 빛의 검이 주변 일대에 유리가 깨지는 소리를 울리며 흩어졌다.

"뭐냐!?"

아크도 팔루모가 피할 것쯤은 어느 정도 짐작했지만, 설마 【저지먼트】를 정면에서 맨손으로 부수리라고는 생각지도 못했다.

솔직히 겉모습만 따지자면 털북숭이 괴물 원숭이처럼 생겨서, 언데드라기 보다는 물리공격에 특화된 마수 계통이지 않을까 착각한 듯싶다.

『하하하하. 처음 보는 마법의 위력은 상당하지만, 고작 그뿐이구나!!』

간단히 내려선 팔루모는 그렇게 비웃으면서도 거리를 단번에 좁히고 다시 아크를 덮쳤다.

아크는 첫 일격을 방패로 받아넘기고, 곧바로 이어진 두 번째 공격은 뒤로 물러나면서 피했다.

팔루모의 등에 달린 팔에서 뿜어진 세 번째 공격이 아크의 지척까지 파고들었다. 그러나 그전에 아크가 혼신의 힘으로 검을 휘두르자, 팔루모는 즉시 공격 범위를 벗어났다.

그때 거리를 좁혔던 아리안과 치요메가 동시에 팔루모를 습격했다.

『――맹렬한 불길이여, 모든 것을 집어삼키고 불태워라――.』

아리안이 능숙하게 구사하는 화염의 정령마법―― 그녀가 쥔 검에서 불꽃이 넘쳐흘렀고, 그 불꽃은 검신을 뒤덮으며 채찍처럼 길게 뻗었다. 이윽고 뱀의 형상을 띤 불꽃은 살아 있는 것처럼 팔루모를 공격했다.

그러나 팔루모가 휘두른 강력한 팔이 아리안의 불꽃뱀을 튕겨냈다.

아크가 조금 전에 사용한 【저지먼트】는 성기사의 마법공격 계통으로 분류되는 전투 기술이다. 그 공격에 맨손으로 맞설 수 있다는 말은 다른 마법도 마찬가지라는 뜻이다.

――그래도 성과는 얻었다.

아리안이 후려친 불꽃뱀을 털어낸 팔루모의 팔에는 약간 문드러진 자국이 보였다.

마법을 물리적으로 제거하는 것은 가능하더라도 그에 따른 고온의 열을 막지는 못하는 듯싶다. 더구나 이전에 싸웠던 타지엔트의 괴물—— 차로스 같은 두드러진 재생반응도 보이지 않는다.

『수둔(水遁), 수창첨(水槍尖)!!』

이번에는 치요메가 팔루모에게 접근하여 인술을 발동했다.

치요메의 오른손이 희미하게 빛나더니, 뱀처럼 꾸불거리는 물줄기가 화려한 물보라를 일으키면서 생겨났다. 치요메는 순식간에 형태를 바꾼 물줄기가 한 자루의 긴 창으로 변하자, 그 물의 창을 크게 휘둘러 올리고 던졌다.

『수인이 마법을 쓴다고!? 건방지구나아!!』

팔루모는 짜증 난다는 듯이 고함을 지르며 치요메를 노려보았다.

가늘고 뾰족한 물의 창을 팔루모가 방금처럼 손으로 막아내나 싶었는데, 아무래도 찌르는 공격을 싫어하는지 훌쩍 뛰어서 피하려고 했다.

그러나 팔루모의 행동을 미리 읽은 치요메가 준비한 기습이 그를 덮쳤다.

가볍게 피한 팔루모의 등 뒤를 찌르는 듯한 공격이었다. 그것은 치요메가 멀리 우회하여 쏘아낸 인술로 만든 물의 늑대 두 마리였다.

투명한 물로 이루어진 늑대는 거리가 멀어지면 한눈에 알아보기 어려운 특성을 가졌다.

처음에 치요메가 화려한 물의 창을 만들어낸 이유는 이 공격을 상대에게 들키지 않도록 하기 위해서인 모양이었다.

치요메의 이런 교묘한 전투 방식은 역시 닌자답다고 해야 할까——.

두 마리의 수랑(水狼)은 야생 늑대와는 달리 표적의 목을 물지 않았다. 수랑들은 치요메의 의지를 따라 팔루모의 시야에서 가장 낮은 위치—— 양 발목에 덤벼들었다.

현재 팔루모는 신장이 4m 남짓한 데다, 부풀어 오른 근육에 가려져서 발밑은 의외로 잘 보이지 않는 사각이었으리라. 그에 더해 수랑의 투명한 몸과 낮은 자세가 더욱 눈에 띄기 힘들게 했다.

『그와앗! 빌어먹을! 수인 떨거지가!!』

한쪽 발목에 수랑의 엄니가 박혔다. 그 공격이 통했다는 사실을 가리키는 것처럼 팔루모는 얼굴을 찌푸렸다.

그러나 다른 수랑이 나머지 발목을 물기 전에 팔루모가 한쪽 발로 높게 뛰어올랐다. 얼핏 그 위기를 벗어난 듯이 여겨졌지만, 치요메가 수랑만으로 느슨하게 공격할 리도 없었다.

수랑은 치요메의 의지를 따라 변화무쌍하게 상대를 몰아넣을 수 있는, 이른바 사냥개 같은 인술이다.

치요메는 쫓긴 사냥감이 달아난 곳을 정확히 겨냥하고 이미 기다리는 중이었다.

근처의 건물을 발판 삼아 몸을 날린 치요메는 팔루모에게 두 번째 인술을 펼쳤다.

『수둔, 수창첨!!』

도약한 순간의 관성으로 날아오른 팔루모를 향해 날카롭고 맑은 물의 창이 단단히 노린 것처럼 상대에게 빨려 들어갔다.

물의 창은 팔루모의 어깨를 덮은 뻣뻣한 털을 꿰뚫었다. 아리안의 불꽃뱀과는 달리 공격 면적은 아주 작아도 관통력은 상당하다.

『그아아아아!! 젠장할!』

공중에서 자세를 무너뜨린 팔루모가 비명을 질렀다.

확실히 팔루모의 압도적인 힘은 인간족이나 엘프족에 상관없이 위협적이지만, 그동안의 움직임을 살펴보면 몹시 단조롭다고 할 수 있다.

옆에서는 한눈에 알아볼 정도였는데, 아마 아리안과 치요메 그리고 그레니스에게는 아크 자신의 동작도 그처럼 단순무식하게 비쳤으리라.

읽히기 쉬운 공격은 그녀들에게 위협도 뭣도 아니다.

──정말 「맞지만 않으면 무서울 게 없다」라는 말의 본보기다.

이제 떨어져 내리는 팔루모의 숨통을 끊으면 된다.

"【세이크리드 실】"

성기사의 전투 기술은 언데드 계통에 효과가 있다. 아크는 발동과 동시에 빛의 입자가 『칼라드볼그』를 휘감는 모습을 흘끗 쳐다본 후, 추락하는 거구의 팔루모에게 시선을 옮겼다.

아크가 검을 쥔 채 단숨에 거리를 좁히며 아래에서 베어 올리자, 팔루모는 몸을 비틀어 공격을 피하려고 했다. 그러나 거구인 데다 쓸데없는 팔까지 달린 몸은 맞히기 쉬운 과녁이었다.

팔루모의 등에 달린 두 개의 팔 중 하나를 잘라낸 아크는 치켜든 검 끝을 곧바로 되돌리면서 이번에는 미끄러지듯이 옆으로 그었다.

빛의 입자를 두른 검에 베인 상처는 언데드 신체에는 맹독인 모양이었다. 팔루모의 상처 부위는 병마에 좀먹힌 것처럼 탄화되어 허물어졌다.

『그와아아아아아아아아아아아아!!!』

이형의 괴물로 변한 팔루모의 포효와도 비슷한 비명에 공기가 흔들리며 고막을 때렸다.

팔루모의 앞가슴이 갈라지며 거무칙칙한 피 보라를 뿌렸다. 아크가 다시 뒤이어 참격을 날렸지만, 팔루모는 필사적으로 구르다시피 공격 범위를 벗어났다.

역시 그렇게 쉽사리 죽어 주지는 않을 듯하다.

『네 이놈, 네 이노옴······.』

팔루모가 부리처럼 생긴 입에서 점액 같은 침을 흘리며 저주하는 듯한 말을 내뱉었다. 커다란 눈을 이리저리 굴리는 팔루모는 뭔가를 찾는 낌새를 보였다.

그런 팔루모의 시선이 멈춘 곳은 잘려서 나뒹굴던 자신의 등쪽 팔이었다.

그러나 그 팔을 발견하자마자 팔루모의 눈에 비친 장면은 아리안이 그의 팔을 발로 차고 비웃는 모습이었다.

『──세차게 타올라라 불꽃이여, 남는 것은 재뿐이리라──.』

아리안의 중얼거리는 듯한 말에 반응했는지, 굴러다니던 팔 일부분에 마술처럼 불이 붙었다. 그러더니 금세 커다란 불길로 바뀌면서 팔이 순식간에 재가 되었다.

팔루모는 그 광경을 목격하기 무섭게 온몸의 털을 곤두세우며 분노의 포효를 질렀다.

잘려 날아간 팔을 찾는 팔루모의 태도로 짐작하건대, 재생은 할 수 없어도 떨어진 팔을 잇는 수복 능력은 있었을 것이다.

그러나 그마저 아리안이 재로 만들어서 이루지 못했다.

『네 이녀어어어어언!!!』

절규하듯이 부르짖은 팔루모는 그대로 아리안을 향해 무시무시하게 돌진했다.

중량급의 돌진은 그리 간단히 멈출 수 있는 게 아니다.

"아리안 양! 【와이번 슬래시】!"

아크는 아리안에게 도망치도록 재촉하며 견제를 위한 원거리 공격을 했다.

『칼라드볼그』의 휘두르기에서 뿜어진 충격파는 똑바로 돌진하는 팔루모의 측면을 직격했다. 그러나 그 순간 팔루모가 충격파를 대수롭지 않게 받아넘겼다.

돌진 위력을 약간 줄였지만, 그 효과는 미미했다.

오히려 튕긴 충격파가 근처 건물의 지붕 일부를 박살 내고 떨어뜨렸다.

별로 넓지 않은 공간에서는 중거리 계통의 공격은 쓰기 어려우므로 어쩔 수 없다.

아크는 내심 혀를 차면서도 아리안 앞으로 전이하여 팔루모의 공격을 막고자 【디멘션 무브】를 발동시키려 했다. 그때 아리안이 아크에게 아주 잠깐 시선을 던지고 씩 웃어 보였다.

아리안의 표정이 뜻하는 바는 금방 밝혀졌다.

『──어머니인 대지여, 땅에 묻히는 모든 존재에게 안녕을 주고 은혜의 땅으로 돌려보내기를——.』

바람을 타고 울리는 희미한 노랫가락 같은 주문. 그 주문이 아리안의 입에서 이어지더니, 그녀가 손에 든 검을 지면에 천천히 찔러넣었다.

왕도를 덮은 돌바닥 틈새에 파고든 검 끝을 기점으로 하듯 부채꼴로 퍼지는 전방의 지면이 크게 물결쳤다. 빈틈없이 깔린 돌바닥은 잇달아 움직인 후 얼마 지나지 않아 틈새로부터 진흙을 뿜어내면서 주변 일대를 침식하기 시작했다.

늪처럼 부드러워진 지면은 대지 자체가 살아 있는 듯이 꿈틀거렸다. 그리고 지면 위의 모든 존재를 깊은 늪에 빠뜨릴 기세로 집어삼켰다.

그 범위는 급속히 넓어져서 일부 건물은 기울어지기도 했다. 주위에서 싸움을 지켜보던 병사들이 비명을 지르며 물러났다.

그런 늪의 중심에 빠져든 이는 아리안에게 돌진한 팔루모였다.

팔루모의 거구가 무릎 아랫부분까지 파묻혔고, 무게 때문에 점점 더 깊숙이 가라앉았다.

『뭐냐 이건!? 빌어먹을, 다리를 뺄 수 없다니. 아니, 내 몸속에 뭔가, 뭔가가 들어온다아아아아아!!!』

늪의 중심에서 그렇게 부르짖으며 허둥대는 거대한 안경원숭이 괴물.

그 늪에 빠진 두 다리를 타고 하얀 곰팡이 같은 게 팔루모의 몸을 좀먹듯이 뒤덮었다. 그에 맞추어 팔루모의 움직임이 둔해지고 느려졌다.

곧이어 늪도 더 이상 넓어지지 않았다. 여태껏 생물처럼 꿈틀거리던 늪은 원래의 흙색으로 바뀌어 평범한 땅이 되었다.

늪에 삼켜진 가옥 등 거리의 피해도 상당한 듯싶었다. 그러나 아크는 설마 아리안이 이런 광범위계 공격 마법을 도시 한복판에서 쓰리라고는 예상하지 못했으므로 솔직히 놀랐다.

"이 마법을 맞고도 아직 형태를 유지할 수 있다니, 쓸데없이 튼튼하게 만들어진 언데드네. 정말 뜻밖이야. 하지만 죽은 자라면 슬슬 얌전히 흙으로 돌아가지그래……."

지면에 꽂은 검을 뽑아든 아리안이 검 끝에 묻은 흙을 한 번 휘둘러 털어내고서 싱긋 웃었다.

『그럴 리가…… 말도 안 돼…… 내가, 이 몸이이이이이이이!!』

말라 죽은 나무처럼 털북숭이 거구의 앞가슴 피부까지 하얗게 변하여 허물어지기 시작했다. 팔루모는 그래도 여전히 핏발이 선 눈을 뒤룩거리면서 현실을 받아들이지 못하고 울부짖었다. 아리안이 그런 팔루모의 정면을 향해 똑바로 나아갔다.

『──맹렬한 불길이여, 모든 것을 집어삼키고 불태워라──.』

정령을 부르는 아리안의 말이 이어지자, 그녀가 쥔 검에서 다시 화염이 솟구쳤다. 그리고 주변의 공기를 흔들며 형태를 이룬 불꽃뱀이 머리를 쳐들었다.

검을 거머쥔 아리안은 부르짖는 팔루모의 외침을 무시한 채 흐르는 듯한 동작으로 그의 앞가슴을 꿰뚫었다.

앞가슴에 깊이 박힌 검 끝을 이동하는 것처럼 불꽃 뱀이 팔루모의 체내로 들어갔다. 잠시 후 거구의 몸 곳곳에서 불길이 치솟았고, 그 기세는 눈 깜짝할 사이에 거세졌다. 화톳불 같던 불길은 어느새 불기둥으로 바뀌어 있었다.

『~~~~~~~~~~윽!!!』

화염 속에서 불타는 팔루모가 내지르는 단말마는 왕도 소우리아 전체에 저주를 걸듯이 꺼림칙하게 메아리쳤다.

그러나 그 울림도 금세 잦아들었고, 그저 거대한 불기둥이 고깃덩어리를 불태우는 소리만 들려왔을 뿐이다.

"후우, 이제 겨우 끝인가."

"큥."

혼잣말을 내뱉은 아크가 손에 든 검을 검집에 넣자, 목덜미에 감겨 있던 폰타도 비로소 한숨을 놓겠다는 것처럼 온몸을 부르르 떨며 굳은 몸을 풀었다. 그때 폰타가 솜털 꼬리를 이리저리 휘두르며 투구에 들러붙은 흙먼지를 털어주는 자동세척 서비스는 덤이었다.

아크는 그런 폰타를 눈을 가늘게 뜨고 바라보면서도 다시 주위로 눈길을 돌렸다.

그럭저럭 제1방벽에 피해는 없었지만, 망루 근처의 광장과 주변 가옥 몇 채가 흙에 파묻혀 엉망이 되었다.

그래도 남대륙에서 겪은 타지엔트의 참상에 비하면 훨씬 나으리라.

다만 그 사실이 이곳에서 살아가는 자들에게 아무런 위로도 되지 않는다는 것은 확실하다.

"훌륭합니다, 아리안 님."

"치요메 양도 대단했어요."

무기를 거둔 아리안과 치요메는 저마다 상대방의 건투를 칭

찬하면서 주먹을 살짝 맞부딪치고 웃었다.

아리안은 치요메를 친구라고 했지만, 지금 그녀들의 모습을 굳이 말하자면 전우라는 인상이 강했다.

이따금 둘이서 대련을 했던 까닭에 이번에도 그 경험을 살렸으리라.

아크는 아름다운 여성과 소녀가 그렇게 대화하는 장면을 보자니 몹시 눈 호강을 누리는 기분이었지만, 자기 혼자만의 생각인 듯했다.

주위에 있던 인간족은 모두 그들을 멀찍이 둘러싸고 경외의 눈빛으로 바라보았다.

인간족의 시선을 무시한 아리안은 아크에게 다가온 후 아직 세차게 타오르는 팔루모의 몸뚱이를 돌아보며 입을 열었다.

"비교적 요란하게 처리한 셈이지만, 이걸로 아크의 인상이 조금은 옅어지면 좋겠네요."

아리안은 가볍게 한숨을 내뱉고 아크를 올려다보았다. 그 말에 아크는 겨우 납득이 갔다.

아무래도 아리안은 방벽 밖에서 날뛴 아크의 인상을 될수록 약하게 만드는 효과를 노렸던 모양이다.

분명 도시 일부를 파괴할 정도의 마법에 더해, 팔루모 추기경의 정체도 충격을 주어서 아리안이 뿜어낸 인상은 사람들의 가슴에 강하게 남으리라.

그러나──.

"호오, 아리안 양이 보기 드물게 화려한 움직임을 보여준 이유가 그 때문이었나. 폐를 끼쳤군……. 하지만 그게 잘 되겠소? 왕국 사람들한테는 나 외에도 괴물이 또 있었다는 인상을 강하게 남길 뿐인 듯싶은데……."

아크가 아리안에게 그처럼 대답하자, 그녀는 어깨를 작게 으쓱이며 시선을 피했다.

"괜찮아요. 나중에 인간족의 국왕하고 많은 얘기를 나눌 거잖아요? 위협이 효과적이어서 대화를 간단히 진행할 수 있지 않겠어요?"

아리안의 천연덕스러운 대꾸에 아크는 병사들에게 지켜지듯이 둘러싸인 채 멍한 표정으로 서 있는 이 나라의 국왕 아스파루프를 바라보았다.

어쨌든 너무 지나친 효능은 독이 되기도 쉽지만, 맨 먼저 무모한 짓을 저지른 아크로서는 아리안의 행동에 이러쿵저러쿵 말할 입장도 아니다.

"그나저나 팔루모라는 남자. 우리라서 이 정도 피해로 그쳤지, 이런 괴물이 다섯 마리나 더 남았다잖아요. 타지엔트에서 아크가 쓰러뜨린 차로스라는 녀석보다 자신이 강하다고 했는데 실제로는 어때요?"

아리안이 살피는 듯한 시선을 아크에게 향하며 묻자, 그 대답에 흥미를 느끼는지 어느새 옆까지 다가온 치요메도 커다란 귀를 쫑긋 세웠다.

아크는 남쪽 대륙에서 마주친 차로스로 여겨지는 기분 나쁜 괴물과의 일전을 떠올렸다.

"스스로 내 무용을 뽐낼 마음은 털끝만큼도 없지만, 차로스라는 자가 훨씬 성가신 존재였소."

일단 아크는 자신이 싸운 경험을 바탕으로 솔직한 감상을 말한 후 자신에게 질문을 던진 아리안을 마주 보았다.

아크의 대답을 들은 아리안은 턱을 어루만지며 뭔가를 생각하는 몸짓으로 맞장구를 쳤다.

"그렇군요……."

"물론 이번에는 아리안 양과 치요메 양이 연대해서 수월했지만 말이오."

질문의 의도를 잘 파악하지 못한 아크가 그녀들이 차로스와의 전투에 없었던 사실도 덧붙이자, 아리안은 손을 휘휘 내저으며 작게 웃었다.

"그런 건 신경 쓰지 않아요. 단지—— 힐크교를 처리해야 할 경우가 생길지도 모르니까요."

그 말만 내뱉은 아리안은 먼 경치를 응시하듯이 눈을 가늘게 떴다.

제2장 교국의 태동

사루마 왕국 동부 변경, 브라니에령(領).

원래는 노잔 왕국의 영토였던 땅을 70년 전, 사루마 왕국이 동정(東征)에 나서서 빼앗은 토지다. 사루마 왕가는 당시의 동정으로 훈공을 세운 선선대 브라니에 경에게 그곳을 하사했다.

그 이후, 변경백의 작위를 얻은 브라니에가(家)는 대대로 이 토지의 수호와 번영을 맡아왔다.

그런 땅을 다스리는 현 영주의 거성이기도 하는 저택은 브라니에령이 되고 나서 지어진 투박한 성벽이나 성탑 등과는 달리, 사루마 왕국령으로 바뀌기 이전에 지녔던 영주의 취향이 고스란히 깃든 우아한 멋이 특징적이다. 또한 성채 주위의 경치와 어울려 일종의 독특한 경관을 빚어낸다.

저택의 어느 방에 마련된 집무실—— 실내 안쪽에 놓인 커다란 집무 책상에는 노년의 남자 한 명이 안절부절못하는 모습으로 앉아 있었다.

약간 벗겨진 하얀 머리, 날카로운 눈빛, 코 밑에 기른 수염. 남자는 늠름하고 우람한 몸을 고급스러운 의자에 꽉 끼게 푹 파묻었다. 그리고 이따금 문득 뭔가를 고민하는 것처럼 미간을 잔뜩 찌푸렸다.

벤드리 드 브라니에 변경백.

그 분위기를 통해 알 수 있듯이 중앙의 파벌 싸움에 몰두하는 귀족들과는 다르게 어딘가 기사나 무인을 떠올리게 하는 인물이다.

그러나 애당초 영토와 국경선에서의 분쟁이 끊이지 않았던 사루마 왕국, 노잔 왕국, 델프렌트 왕국, 힐크 교국이 되기 전의 알사스 성왕국(聖王國)── 이 네 나라를 포함한 일대의 땅을 영유하는 귀족은 브라니에 변경백처럼 무력이 뛰어나고 과감한 기질을 지닌 자가 대부분이었다.

주변국의 그런 상황이 변한 시기는 약 100년 전쯤, 알사스 성왕국의 군주였던 성왕이 힐크교의 교황에게 실권을 넘긴 후 국호를 '힐크 교국' 으로 바꾸고 나서다.

당시 힐크교의 교황은 직접 창설한 신전기사를 이용하여 성도를 제압했다. 교황은 성왕이 이양한 실권으로 국가의 지배자가 되었고, 알사스 성왕국은 지도 위에서 사라졌다.

그때 교황이 외친 대의명분이란 「이 땅에 사는 국민의 안녕을 꾀한다」였다.

그동안 알사스 성왕국의 국경선은 번번이 타국을 향해 침공과 후퇴를 되풀이했다. 그러나 교황의 명령 아래, 힐크 교국이 정한 국경선까지 물러난 이후 타국으로의 침공은 갑자기 끊겼다.

일방적인 국경 제정이었지만, 이미 북대륙 곳곳에 교회와 신도를 가진 힐크교의 정점인 교황이 다스리는 국가였다. 각국은 힐크 교국에 대한 항의 및 침공도 단념하기에 이른다.

그 이래 세 나라의 다툼이 중심이 되었다. 그러나 사루마 왕국의 동정이 마지막 대규모 침공이었고, 나중에는 산발적인 분쟁만 벌어졌다.

그렇게 바뀐 원인의 하나는 자원이 풍부한 힐크 교국이 전쟁으로 피폐해진 상황에서 벗어난 사실에 기인한다.

전쟁의 굴레로부터 빠져나온 힐크 교국은 차츰 부유해졌고, 그 일을 계기로 위기감을 느낀 주변국은 될수록 국력을 떨어뜨리지 않는 방침을 취했다.

그리고 노잔 왕국과 국경을 접하는 브라니에령의 국경 수비를 브라니에 변경백에게 맡긴 사루마 왕국의 중앙 귀족들은 권력 획득에 깊이 발을 들여놓았다.

그 때문에 줄곧 영지를 무력으로 지킨다는 개념이 기본이었던 귀족은 왕가의 비위를 맞추거나 유흥에 정신을 파는 경우가 늘어났다. 자연히 영지를 수호하려는 기개 있는 귀족은 드물어졌다.

힐크 교국의 수립은 확실히 주변 국가의 갈등을 가라앉혔고, 이 땅에 평안을 안겨준 것은 틀림없다. 그러나 과연 국민에게 안녕을 가져다주었을까 하는 점에서는 의문이 남는다.

귀족의 삶은 분명 안정되었지만, 많은 영민은 그들의 사치스러운 생활을 떠받치기 위해 고역에 시달렸다. 따라서 결코 여유 있게 지낸다고는 할 수 없었다.

"만약 왕도에서 혼란이 발생한다면 중앙 귀족들의 대응이 늦어질지도 모르겠군……."

굳은 얼굴로 천장을 노려보던 브라니에 변경백은 아무도 없는 집무실에서 나직이 중얼거렸다.

그는 얼마 전에 일어난 영내의 이변에 골머리를 앓고 있었다.

가장 먼저 그 보고가 올라온 내용은 어떤 영민의 목격담이었다.

정체불명의 괴물이 사루마 왕국의 브라니에령 경계선, 남북으로 흐르는 휠스강을 넘어 엘프족이 사는 루앙숲에 들어가는 게 멀리서 보였다고 한다.

그리고 다시 정체불명의 괴물이 보고서에 올라왔다. 수수께끼의 무장집단이 그 괴물에게 쫓긴다는 보고였는데, 이것도 영민의 목격 증언이었다.

브라니에 변경백은 영내의 이변을 정확히 파악하고자, 수색대를 결성하여 수수께끼의 무장집단 및 정체불명의 괴물을 찾아내도록 명령했다.

그 수색을 맡은 영지군의 소대가 마주친 존재는 거미의 하반신과 두 개의 인간형 몸뚱이를 뒤섞은 듯한 추악한 괴물이었다. 그런 끔찍한 괴물이 영내에서 네 마리나 발견되었고, 그 괴물을 맞닥뜨린 소대는 모두 상당한 피해를 보았다.

영내에 잇달아 나타난 괴물은 한 마리로 소대 규모의 부대와 맞서 싸울 수 있을 정도다. 브라니에 변경백은 괴물이 왔으리라 여겨지는 방향, 즉 왕도 라리사 방면으로 정찰대를 파견했다.

한편 또 다른 가능성인 노잔 왕국—— 영내를 빠져나간 요인 호송단을 괴물이 쫓았던 사실에 비추어, 이미 뭔가 이변이 일어났다고 짐작하여 사절의 형식으로 사람을 보냈다.

그들이 귀환할 때 가져올 보고가 앞으로 브라니에령의 운명을 결정한다고 해도 좋다.

그러나 그 결과가 도착할 시기는 아직 멀었다.

노잔 왕국의 왕도까지 사절이 닿으려면 최소한 사흘, 사루마 왕국의 왕도인 라리사를 향한 정찰대는 적어도 닷새는 필요하다. 돌아오는 길도 고려할 경우 시간은 좀 더 걸릴 것이다.

일단 저마다 '새'는 가져갔으므로, 보고는 출발한 시점보다 많이 늦지는 않을 터다.

다만 브라니에 변경백은 이렇게 기다릴 뿐인 상황이 점점 답답하고 초조해졌다.

"라리사의 형편에 따라 노잔 왕국과 휴전 협정을 맺는 것도 염두에 두어야 하는 건가."

의자에서 일어난 브라니에 변경백은 집무실 벽에 걸린 지도를 바라보았다. 그때 복도에서 소란스러운 발걸음이 들려왔다.

브라니에 변경백이 그쪽으로 얼굴을 돌리자, 입실 허가를 구하는 노크도 없이 벌컥 문이 열렸다. 어느새 실내에는 낯익은 얼굴의 인물이 뛰어들었다.

"실례하겠습니다, 벤드리 님!"

브라니에 변경백을 보좌하는 여성이었다.

평소 좀처럼 흐트러진 모습을 보이지 않는 그녀가 허락도 얻지 않고 갑자기 집무실에 들어온 것이다. 그 사실에 브라니에 변경백은 가슴을 뒤덮는 암담한 심정을 느꼈다.

그러나 브라니에 변경백은 보좌관 여성을 이토록 초조하게 만든 사태를 당장 떠올릴 수 없어서 고개를 갸웃거렸다.

사절들이 영도를 떠나고 사흘밖에 지나지 않았다.

그들의 보고가 올라오기에는 시간적으로도 이르다—— 그렇게 생각하고 그녀에게 시선을 옮긴 브라니에 변경백의 눈에 띈 또 한 명은 보통은 저택에서 보지 못하는 남자였다.

군복을 걸친 젊은 병사—— 아마 전령병이리라.

아직 숙련되지 않은 듯한 전령병은 브라니에 변경백을 향해 과장스럽게 경례를 붙였다. 그 후 단 한 마디도 틀리지 않겠다는 것처럼 눈을 꼭 감고, 집무실이 울릴 만큼 커다란 목소리로 보고를 올렸다.

"현재, 왕도 라리사는 정체불명의 언데드와 괴물의 대규모 습격을 받고 교전 중입니다! 정확한 수는 확실하지 않지만, 적어도 20만 남짓한 병력이라고 합니다! 또한 왕도의 요청에 따라 무용이 뛰어난 변경백님에게 왕도 방어를 위해 원군을 부탁한다는 명령입니다!"

젊은 전령병은 단숨에 떠들어대더니, 등을 꼿꼿이 펴고 다시 과장스럽게 경례를 붙였다.

전령병이 들려준 내용은 너무 충격적이었다——.

"그 보고는 틀림없나!!?"

경악한 나머지 두 눈을 휘둥그레 뜬 브라니에 변경백은 이마에 핏대를 세운 채 젊은 전령병을 다그쳤다. 그러자 전령병은 브라니에 변경백의 물음에 망가진 장난감처럼 몇 번이나 고개를 끄덕였다.

왕도가 20만이나 되는 언데드의 위협에 놓여 있다—— 브라니에 변경백은 그게 대체 어떤 상황인지 누군가에게 따져 묻고 싶은 기분이었다. 그러나 변경백의 박력에 겁을 먹고 덜덜 떠는 전령병에게 말해본들 제대로 된 대답을 들을 수 없으리라.

대량의 언데드가 돌발적으로 자연발생했다 하더라도, 20만이라는 수는 상식의 범주를 크게 벗어났다.

오랜 전쟁터 등에 버려진 시신이 언데드로 바뀌어 주위를 떠돌아다니는 사례는 몇몇 있지만, 많아야 수 백이지 천을 넘는 일은 없다.

애당초 이 세계의 인간이 영토 전쟁 따위로 병사를 준비할 경우, 2만의 병력만 모아도 충분히 대규모 전력이다. 그런데 그 열 배에 해당하는 수의 언데드라니 문자 그대로 규모가 다르다.

"그럼 20만 언데드 병력은 어떻게 구성되었나?"

브라니에 변경백은 목덜미에 식은땀을 흘리면서도, 이후의 대처 방안을 마련하기 위해 그 질문을 할 수밖에 없었다.

보고에 따르면 정체불명의 괴물인 거미 인간은 쓰러뜨렸을 때 형체를 남기지 않고 녹아내렸다. 그 특징은 언데드가 썩어 문드러지는 모습과 몹시 비슷해서, 이형의 괴물은 언데드일 가능성이 있었다.

그리고 변경백의 머릿속에 떠오른 최악의 가정은 20만 마리의 거미 인간이 왕도로 몰려들어 모든 것을 유린하는 광경이었다. 만약 그렇다면 인간족의 국가는 전부 끝장이다.

"그, 그게 대부분 병사들의 장비로 무장한 언데드인데, 거미와 인간을 섞은 듯한 이형의 괴물을 거느린 혼성부대라고 합니다!"

전령병의 대답을 들은 변경백은 최악의 가정이 빗나간 사실에 가슴을 살짝 쓸어내렸지만, 그래도 압도적인 수의 병력이라는 점은 변함이 없었다.

듣는 사람에 따라서는 의미도 모를 보고 내용에 혼란을 느낄 법하건만, 브라니에 변경백은 어떤 전설에 나오는 이름을 퍼뜩 떠올리고 입을 열었다.

"설마…… '명왕'인가? 아니, 그 존재는 제국이 처리했을 텐데."

일찍이 죽은 자를 잇달아 자신의 종복으로 삼고 많은 괴물을 거느린 한편, 그 죽은 자의 군단을 이용하여 제국 영내를 휩쓸었다는 전설 속의 존재── 마지막에 토벌당할 때 남은 죽은 자의 군단은 일만을 넘었다고 한다.

그러나 브라니에 변경백은 그런 생각을 떨쳐내듯이 머리를 흔들고 미간을 찌푸렸다.

지금 여기에서 고민해야 할 문제는 원인을 찾는 게 아니라, 어떻게 이 사태에 대처하느냐였다.

"……그런데 왕도 라리사의 보고라고 하기에는 너무 이른데 어찌 된 것이냐?"

변경백은 전령병과 보좌관 여성을 노려보듯이 순서대로 시선을 옮겼다. 그 질문에는 보좌관 여성이 대답했다.

"그 일에 관해서는 제가 먼저 말씀드리겠습니다. 보고에 따르면 왕도에서 원군 요청을 가져온 사자와 도중에 마주쳤다고 합니다. 정찰대는 전령병만 이리 돌려보낸 후 나머지는 명령대로 왕도를 살피러 간 듯싶습니다. 왕도의 사자는 뒤늦게 영도로 들어올 예정입니다."

약간 빠른 말투였지만, 변경백은 평소와 다름없는 모습을 되찾은 여성에게 고개를 끄덕였다.

그리고 머릿속의 생각을 정리하듯이 앞으로의 방침을 중얼거렸다.

"일단 왕도로 보낼 원군은 현실적으로 무리겠지……. 왕도를 버리는 꼴이지만, 어쩔 수 없나."

변경백의 그 말에 충격을 받은 이는 젊은 전령병이었다.

그러나 전령병은 자신이 의견을 꺼낼 입장이 아니라는 사실을 잘 알아서, 그저 입을 다물고 침을 삼킬 뿐이었다.

그런 전령병을 쳐다본 변경백은 한쪽 눈썹을 치켜 올리고 옆의 보좌관 여성에게도 들려주듯이 하나하나 따졌다.

"20만이라는 적에 비해 이쪽 병력이 너무 적다. 농성전으로 방벽과 성벽을 방패 삼아 전투를 한다면 몰라도, 우리 스스로 공격에 나설 만한 수는 아니다. 그리고 거리와 시간이다. 이곳에서 왕도 라리사까지 대규모 원군을 보내는 데 소요되는 날은 ──."

이때 말을 멈춘 변경백은 실내에 걸린 지도를 돌아보았다.

"보병이 중심이 될 테니 최소한 일주일입니다. 준비 기간도 포함하면 열흘은 걸릴 겁니다."

변경백의 생각을 거들듯이 여성은 그의 말을 이었다.

그러자 변경백도 동의하는 것처럼 고개를 끄덕였다.

왕도 주변은 평야 지대이다. 그런 장소에서 적은 병력으로 대군에 맞서더라도 이길 확률은 없다. 차라리 휠스강을 경계로 물가에서 적을 치는 편이 더 현실적이다.

그러나 그 방법도 확실하다고는 말하기 어렵다.

상대가 사람이 아닌 언데드라면 대처법도 바뀐다.

20만에 이르는 언데드의 군세를 휠스강의 흐름이 얼마나 붙들어줄 수 있을지 그 효과는 미지수다. 도저히 낙관할 상황은 아니다.

최초로 목격된 거미 인간이 척후 역할을 맡은 개체일 경우, 조만간 브라니에령에도 20만 언데드 군단이 몰려올 것이다.

이후의 사태를 가정한 브라니에 변경백은 해야 할 일을 머릿속으로 재빨리 정하더니, 보좌관 여성에게 지시를 내렸다.

"휠스강 연안의 성채와 비밀리에 연락을 취해라. 만약 언데드 군단을 발견하면, 성채를 신속히 버리고 영도로 철수시킨다. 영내 무기는 전부 영도로 들여놓도록. 그리고 주변 경작지에서 수확 가능한 곡물은 지금 당장 사들이겠다는 뜻을 영내에 널리 알려라."

변경백의 지시를 들은 보좌관 여성은 손에 든 서류 구석에 메모를 남겼다. 그때 군복 차림의 또 다른 남자 한 명이 달려와서 모습을 나타냈다.

"노잔 왕국으로 떠난 사절에게서 방금 '새'가 돌아왔습니다! 이게 보고서입니다."

군복 차림의 남자는 활짝 열린 집무실 문을 거쳐 브라니에 변경백을 향해 경례를 올리더니, 조그맣게 접힌 양피지를 내밀고 물러섰다.

'새'는 인간족의 가장 빠른 연락 수단 중 하나이지만, 새의 귀소본능을 이용한 성질상 한 마리당 편도 연락밖에 할 수 없다. 더구나 정기적으로 새를 연락처에 옮겨야 하는 번거로움 때문에 일반적인 연락 수단이라고는 보기 어렵다.

"노잔에 보낸 사절로부터 벌써 말이냐? 꽤 빠르군."

브라니에 변경백은 그 보고에 놀라면서도 양피지를 받아들고 내용을 훑어보았다.

양피지에 적힌 문장을 눈으로 좇던 변경백의 표정이 점점 달라졌다.

보좌관 여성은 변경백의 보기 드문 반응에 보고서 내용을 뚫어지라 보듯이 눈을 가늘게 떴다. 그러자 변경백은 보좌관 여성의 태도를 아는지 모르는지, 보고서를 아무렇게나 그녀의 손에 던지며 넘겨주었다.

보좌관 여성이 양피지를 건네받고 보고서 내용을 살피는 동안, 굳은 표정을 지은 브라니에 변경백은 미간의 주름을 집게 손가락으로 펴듯이 어루만졌다.

"아무래도 이 보고 내용을 보건대, 노잔 왕국의 왕도도 이미 습격을 당했나 보군요."

얼마 지나지 않아 보고서에서 시선을 든 보좌관 여성의 말에 브라니에 변경백은 조용히 고개를 끄덕였다.

어렴풋이 짐작은 했던 일이었지만 실제로 보고서에 올라온 내용을 읽자, 형언할 수 없는 불안감을 느낀 브라니에 변경백은 목덜미에 흐르는 식은땀을 무심코 손으로 닦아냈다.

이 땅에서 대체 무슨 일이 벌어지는 걸까.

"왕도 방벽 밖에 불탄 갑옷 잔해가 무수히 나뒹군다고 한다. 일부 도시문이 파괴된 듯싶지만, 거리가 심각한 피해를 보기는커녕 지금은 복구 작업에 인부마저 동원하는 모양이군."

변경백은 평정을 지키는 듯이 보여도, 그의 말 구석구석에서는 이번 사태의 희망을 찾아낸 기쁨을 감추지 못했다.

위기를 벗어난 선례가 있다는 사실은 그 자체만으로도 한 줄기 빛이 되는 법이다.

"왕도 라리사를 습격한 자들과 같을까요? 만일 그렇다면 언데드의 정확한 규모는 모른다고 해도, 노잔 왕국은 위기를 피한 셈입니다. 비록 한 번뿐이기는 하지만."

그러나 어디까지나 객관적인 시각을 갖기 위해 애쓰는 보좌관 여성은 그처럼 불길한 한마디 말을 내뱉고 자신의 주인인 브라니에 변경백을 바라보았다.

변경백도 보좌관 여성이 하는 말을 이해했는지, 눈썹을 찌푸리며 씁쓸한 얼굴로 무거운 신음을 흘렸다.

이대로 브라니에령이 언데드의 대침공을 버티지 못하고 무너져서 유린당하면, 20만에 이르는 군세가 북상하여 전후 정리할 틈도 없이 노잔 왕국을 다시 덮칠 가능성도 있다.

그러나 이 가능성은 브라니에령에 사는 사람들에게 나쁜 일만도 아니다.

노잔 왕국도 번번이 언데드의 대침공을 받고 싶지는 않을 터다. 따라서 여태껏 적대해온 브라니에 영주 벤드리와도 손을 잡고, 일시적으로 공동전선을 펼친다는 제안을 받아들일 여지는 있으리라 판단한 것이다.

어쨌든 적은 문자 그대로 말이 통하는 상대가 아니다.

설령 공동전선이 이루어지지 않더라도, 수많은 언데드의 침공에 저항할 방법을 알려달라고 은밀히 부탁할 수도 있다. 나름의 조건을 제시할 테지만, 큰일 앞의 작은 일—— 브라니에령이 지도에서 사라지는 것보다는 훨씬 나으리라.

최악의 가정은 노잔 왕국이 언데드의 거듭된 대침공에도 동요하지 않을 만큼 그들의 대항수단에 자신을 가진 경우다. 이때, 브라니에령에 대한 모든 지원을 거절할 가능성이 있다.

그럼 브라니에가는 홀로 20만의 적에게서 영토를 방어해야만 한다.

일찍이 노잔 왕국의 영토를 빼앗아 분단시킨 브라니에가의 영지다.

언데드의 공격을 받은 브라니에령이 망한 뒤 노잔 왕국이 그들을 없애면, 힘들이지 않고 예전의 영토를 회복할 수 있다.

아니, 그렇기는커녕 지금쯤 언데드의 대공세에 무너지는 왕도 라리사, 더 나아가 사루마 왕국 전체를 손아귀에 넣는 것도 어렵지 않을 터다.

사루마 왕국의 왕도는 바다에 접한 항구 도시이기도 해서, 어쩌면 귀족들은 배를 타고 바다로 달아나 재난을 피할 수도 있으리라. 그러나 유린당한 후의 왕도로 돌아온들 국민과 병사가 없는 무리에게 노잔 왕국에 맞설 힘은 남아 있지 않다.

브라니에 변경백은 다시 앞날의 일을 여러모로 가정해 보아도 참담한 기분에 휩싸여 무심코 무거운 한숨을 내쉬었다.

"이러고 있어서는 아무것도 못한다. 내가 직접 소수의 군사를 이끌고, 사절로서 노잔 왕국의 왕도를 가겠다. 손을 잡는다면 더 바랄 게 없지만, 그게 무리라면 사람들만이라도 피난시키도록 타진하든 어쨌든 무슨 대책을 강구해야 한다. 시간은 기다려주지 않으니 말이다."

천장을 올려다본 브라니에 변경백은 지친 듯이 머리를 흔들고, 보좌관 여성에게 천천히 시선을 돌리며 이후의 대응을 지시했다.

"내가 사절로 떠나면 뒤처리는 기사단장과 네게 부탁하지. 너희 전령병 둘은 내 보좌관 밑에서 움직여라. 지시는 보좌관이 내려줄 테니까. ……아마 내년에는 사루마 왕국이 지도에서 사라질 거다. 앞으로 브라니에령의 이름이 남을지 어떨지는 모두가 하는 일에 달려 있다."

아무렇지 않게 내뱉은 브라니에 변경백의 말에 전령병 두 명이 긴장한 얼굴로 침을 삼켰다.

"그럼 다녀오지."

브라니에 변경백은 벽에 걸려 있던 애용하는 외투를 들고 빠른 걸음으로 집무실을 나섰다.

노잔 왕국의 왕도 소우리아.

제1방벽에서의 방어전을 상정하여 쌓은 망루는 방벽과 그 위를 지나는 통로에 직결되는 듯한 구조다. 또한 돌과 회반죽으로 이루어진 내부는 우아한 구석이 눈곱만큼도 없는 몹시 투박하고 실용적인 양식이다.

더구나 원래는 방어용으로 지어진 까닭에 실내는 채광창도 작아서 어두운 데다, 나란히 침입하지 못하도록 정면폭도 비좁다.

그런 답답한 망루의 어느 공간을 더욱 갑갑하게 만드는 자들이 얼굴을 마주 보듯이 앉아 있었다.

왕궁에 놓일 법한 화려한 광택을 내는 테이블이 아니라, 널빤지에 다리만 붙였을 뿐인 조잡하고 소박한 테이블. 게다가 다리 하나는 바닥에서 뜬 덜거덕거리는 테이블 자리에 앉은 이들은 네 명이다.

한쪽에는 노잔 왕국의 통치자이기도 하는 아스파루프 국왕이 앉았고, 이 만남을 주선한 국왕의 딸인 릴 왕녀는 그의 옆자리를 차지했다.

그런 두 사람의 뒤에는 릴 왕녀의 호위기사를 맡은 자하르와 니나, 국가의 주요 신하들이 실내 구석에 서서 중앙 테이블로 시선을 보냈다.

한편 맞은편 자리에 앉은 이는 옅은 자주색 피부를 띠고 뾰족한 귀와 황금색 눈동자를 가진 다크엘프 아리안이었는데, 그녀는 하얗고 긴 머리를 뒤로 묶어 늘어뜨렸다. 그 옆에 앉은 인물은 덜컥덜컥 흔들리는 불편한 의자를 몇 번이나 확인하는 백은의 전신 갑주를 걸친 기사—— 요컨대 아크였다.

그리고 검은 머리에 검은 옷, 짐승 귀와 길고 검은 꼬리를 가진 묘인족의 치요메는 앞가슴에 폰타를 안은 채 아크와 아리안의 뒤에서 대기했다.

어슴푸레한 실내 구석에서 검은 옷차림으로 서 있는 치요메는 잠깐 긴장을 늦추는 순간 주변 경치에 녹아들 것처럼 희미한 기척만 냈다. 그러나 치요메의 가슴에 안겨서 어리광을 부리며 갸릉거리는 폰타의 존재감 덕분인지 그런 인상은 옅어졌다.

실내에 후덥지근한 공기가 떠도는 가운데, 가정 먼저 입을 연 이는 릴 왕녀였다.

"다시 소개하마. 내 아버님이자, 노잔 왕국의 국왕———."

"아스파루프 노잔 소우리아라고 하오. 이번에 딸, 릴의 요청을 받고 우리 나라의 위기를 구해 주어 진심으로 감사드리오. 엘프족과 수인족 분들이여."

딸의 소개를 이어나가듯이 아스파루프 국왕은 몸소 이름을 밝힌 후, 깊숙이 머리를 숙이며 감사의 말을 전했다.

국왕의 태도에 주위 신하들 사이에서 작은 소동이 일어났지만, 금세 수그러들고 다시 실내에는 숨 막힐 듯한 적막이 찾아들었다.

아크는 개인적으로 조금 놀라지 않을 수 없었다.

힐크교의 교의를 널리 믿는 토지에서는 엘프족과 수인족은 오랜 세월 경멸의 대상이기도 했다. 그런 아크 일행을 향해 국왕이 머리를 숙인 사실에 누군가 쓴소리를 하지 않나 싶었는데, 막상 사람들을 둘러보니 모두 입을 꿰맨 듯이 침묵을 지켰다.

이따금 그들은 아크와 아리안을 흘끗흘끗 쳐다보았지만, 시선이 마주치자 다들 눈길을 피하는 것처럼 일제히 고개를 돌렸다.

사람들의 그 모습을 보던 아리안은 입가를 작게 실룩이며 어깨를 떨었다.

괴물로 변한 팔루모 추기경을 상대하며 조금 전까지 날뛰었던 것이다. 여기에 있는 아크를 포함한 세 명을 몹시 경계———한다기보다도 두려워하는 눈치다.

다만 팔루모 추기경과는 달리 처음부터 종족에 기인한 모욕을 주지 않는다는 점은 교섭의 자리에 선 상황에서는 뭔가 유리하다는 게 솔직한 감상이다.

——뭐, 줄곧 이렇게 잠자코 있어도 이야기가 진행되지 않으므로, 아스파루프 국왕에 이어 저마다 스스로를 소개했다.

"나는 캐나다 대삼림의 마을에 소속된 자, 아크 라라토이아. 그리고 내 옆은——."

"같은 마을 출신인 아리안 그레니스 라라토이아예요."

자신의 소개를 마친 아크가 시선을 옆으로 돌리자, 아리안은 그 뜻을 읽고 짤막하게 이름을 밝혔다.

그러나 뒤에서 묵묵히 폰타를 달래던 치요메는 아크의 눈길에 고양이 귀를 살짝 움직일 뿐 입을 열지 않았다. 아크는 직접 그녀의 소개를 맡았다.

"뒤쪽에 있는 소녀는 치요메 양이오."

"큥!"

"——그리고 폰타요."

아크가 치요메의 소개를 끝내자, 그녀에게 안긴 폰타도 곧바로 자기주장을 내세웠다. 그래서 덤으로 폰타도 소개한 아크는 시선을 눈앞의 국왕에게 옮겼다.

아스파루프 국왕은 일행의 얼굴을 대충 둘러본 후, 아크와 아리안에게 천천히 고개를 돌렸다.

"엘프족인 그대들은 부부인 거요?"

"큭!?"

국왕의 갑작스러운 질문을 받은 아리안은 여태껏 점잔을 빼 표정을 홱 바꾸더니 의자에서 굴러떨어질 뻔했다.

"잠깐만요, 왜 나하고 아크가 부부라는 건데요!?"

귀 끝을 새빨갛게 붉힌 아리안이 부끄러움을 얼버무리는 것처럼 언성을 높이자, 국왕의 뒤에 있던 신하들이 모두 비명을 질렀다.

아리안의 험악한 기세에 국왕은 물론 옆자리에 얌전히 앉은 릴 왕녀도 난감한 표정을 지었다. 당황한 국왕이 변명하는 말을 내뱉었다.

"미, 미안하오. 라라토이아라는 가명(家名)이 같길래 무심코 ──."

국왕의 대답에 아크는 그가 착각한 이유를 알았다. 그러나 눈썹을 찌푸린 아리안은 위협하듯이 아크와 국왕의 얼굴을 번갈아 노려보았다.

최근 엘프족의 마을에서 지내는 일이 잦아진 아크는 엘프족 특유의 작명법에 완전히 익숙해졌다. 새삼스레 그 사실을 깨달았지만, 인간족의 사회에서 같은 성을 쓰는 경우는 대부분 육친 사이다.

그럼 어째서 국왕은 아리안과 아크를 오누이로 판단하지 않았을까── 그 이유는 초대면에 아크가 투구를 벗고 얼굴을 드러낸 것에 기인하리라. 어쨌든 아크의 엘프 모습은 아리안과는 닮지 않았다고 하기에는 애당초 피부색부터 전혀 다른 까닭이다.

"아리안 양, 같은 성을 가진 인간족이란 대체로 친형제나 그와 비슷한 관계에 놓인 자를 나타내오."

옅은 자주색 피부를 붉게 물들인 아리안에게 아크가 어떻게 든 달래듯이 인간족과 엘프족의 작명법 규칙의 차이를 설명하자, 그녀는 겸연쩍은 얼굴로 입을 다물었다.

아리안의 흥분한 감정이 가라앉자 공황상태에 빠진 실내는 비로소 평온을 되찾았다.

아무래도 아리안의 노여움을 사면 아까 팔루모 추기경처럼 늪에 삼켜진다고 생각하는 이들이 많은 모양이다.

그래서 아크는 국왕을 돌아보고 엘프족 특유의 사정을 들려주었다.

"우리 엘프족은 다들 자신이 소속한 마을의 이름을 붙이는 게 관습이오. 인간족에 비유해서 알기 쉽게 말하자면, 자신의 이름 뒤에 출신 도시명을 붙이는 셈일 거요."

맞은편 자리에 앉은 아스파루프 국왕은 아크의 설명을 듣고 가슴을 쓸어내리더니, 납득한 표정으로 머리를 숙이며 자신의 발언을 사죄했다.

"그런가. 엘프족과 접할 기회가 너무 없어서 착각을 했군. 미안하게 됐소."

그 말에 고개를 가로저은 아크는 신경 쓰지 않는다는 모습을 보여 주고 화제를 돌렸다.

"그럼 본론으로 들어가도록 하겠소……."

아크의 선언에 실내는 긴장감이 팽팽해졌다.

포함외교. 이만큼 잘 어울리는 말은 찾아보기 어려운 분위기이지만, 여기까지 온 이상 최대한 이용해야 한다.

"이미 릴 왕녀에게 어느 정도 사정은 들었을 테지만, 우리는 왕녀의 요청을 받아 왕도를 해방하는 데 힘을 보태게 되었소. 도움의 범위를 약간 벗어난 부분도 있지만, 왕녀는 나름대로 확실한 보수를 약속해 주었지. 우리 엘프족과 우리의 친구인 수인족의 앞날을 생각하면 조금은 고생을 마다치 않을 수 없으니 말이오."

아크는 그쯤에서 일단 말을 끊고 상대방의 반응을 살폈다.

자신들이 이번 왕도 해방을 도와준 경위를 국왕 이외의 사람들에게도 알려주기 위한 설명이었지만, 고용인이 릴 왕녀라는 사실이 밝혀지면 섣부른 비판은 못 할 터—— 그게 숨겨진 의도이기도 하다.

아니나 다를까 놀란 표정을 지은 신하 몇 명은 국왕의 옆에 앉은 왕녀에게 시선을 보냈다.

"보수 내용은 릴에게 은밀히 들었소. 물론, 나도 그대들의 활약에 알맞은 보수는 우리 왕가의 위신을 걸고라도 약속할 셈이오. 하지만 보수 내용이 그게 틀림없는 건가? 이 자리에 있는 모두에게 주지시키도록 한 번 더 보수 내용을 물어봐도 괜찮겠나?"

아스파루프 국왕의 새삼스러운 질문을 듣고 아크가 흘끗 아리안을 곁눈질하자, 그녀는 잠자코 손짓만으로 대답을 재촉했다.

"우리가 바라는 보수 내용의 첫 번째는 이 나라 보물 창고의 열람허가요. 두 번째는 이 나라의 모든 엘프족과 수인족의 해방 및 앞으로 그들을 붙잡는 행위에 대한 엄벌을 귀국에 요구하오."

아크의 발언에 주위는 유달리 소란스러워지기 시작했다. 보수 내용으로 물의를 빚는 게 눈에 훤히 보였다.

용병의 보수 때문에 새로운 국법을 제정하라는 청구이므로, 의견이 분분한 것은 어쩔 수 없다.

──그러나 지금은 힘으로 밀어붙여서라도 이 조건을 관철해야 한다.

"귀국의 존망을 건 싸움의 보수요── 조금 편파적일지도 모르지만, 우리는 충분히 제 역할을 했다고 믿소. 그런 우리가 보수에 약간 욕심을 부려도 양해하시오."

느긋하게 이야기하면서 시선을 비스듬히 내린 아크가 맞은편에 앉은 릴 왕녀를 바라보자, 그녀는 그 발언에 동의하듯이 힘차게 고개를 끄덕여주었다.

단순히 '나라의 존망'이라는 표현으로 얼마 전의 싸움을 가리켰지만, 바로 그 싸움에서 결정적인 무위를 드러낸 아크 일행이 하는 말이다. 요컨대 이 나라를 살리고 죽이는 일도 자신들이 마음먹기에 달려 있다는 협박으로도 받아들여질 내용이다.

아스파루프 국왕도 그 사실을 정확히 이해했는지, 목덜미를 살짝 움츠렸을 뿐 표정을 일절 바꾸지 않고 오히려 미소 띤 얼굴로 맞장구를 쳤다.

"욕심을 부린다니 당치도 않소. 우리 나라는 본래 엘프족과 수인족 노예를 소유하는 것을 금지하오. 위법으로 소지한 노예를 해방하고 넘겨주는 것만으로 보수를 지불할 수 있다면 우리로서는 도리어 값싼 대가요."

벽 쪽에 선 신하들은 국왕의 말을 듣고, 수군거리는 소리를 멈추었다.

——아무래도 국왕에게서 언질을 받은 모양이다.

아크의 시선이 옆에 있는 아리안과 뒤얽혔고, 그녀는 작게 고개를 끄덕였다.

남은 일은 이 나라에 뿌리를 뻗은 힐크교를 뒤흔들어, 될수록 약체화시키면 더할 나위 없이 좋다——. 아니, 자료만 놓고 보면 힐크교를 제거할 만한 명분은 크다.

그러나 아크 일행이 힐크교의 근절을 요구하더라도 당장 그게 이루어질 가능성은 매우 낮다. 거꾸로 이곳에서 그 요구를 들이대면 이 나라는 교회의 근절파와 존속파로 나뉠 조짐마저 있다.

그런 요인을 만든 이는 다름 아닌 아크 자신이었다.

언데드군을 섬멸한 가장 큰 공로자는 하늘의 사자—— 다시 말해 '미카엘'이라는 인식이 서민들 사이에 널리 퍼진 듯하다.

_{영원의 치천사}

그 원인은 전장으로 바뀐 제2방벽 밖 근처에서 많은 주민이 피난한 데다, 왕도 중심지인 제1방벽 내의 사람들이 방벽 너머로 본 존재가 상공에 나타난 천사였던 것에 기인한다.

물론, 지금 이 자리에 있는 나라의 상층부나 후퇴 명령이 나올 때까지 제2방벽 옆에서 싸운 일부 군인들은 진실을 안다. 그러나 그들이 입을 모아 천사를 강림시킨 이는 한 명의 엘프족—— 즉 아크라고 말한들 아무도 믿지 않으리라.

왕도 주민의 대부분은 인간족의 위기를 알아차린 신이 천사를 보내주었다고 믿는다. 한편 팔루모 추기경이 괴물로 변하는 장면은 많은 주민이 목격하기도 했다. 따라서 이번 왕도 습격은 사악한 마법에 손을 댄 추기경의 짓이라는 소문이 아주 그럴싸하게 나도는 모양이다.

그 때문에 현재 힐크교는 미묘한 처지에 놓여 있다.

교회 상층부를 향한 민중의 믿음은 그야말로 땅에 떨어졌다고 해도 좋지만, 천사의 강림이라는 기적을 직접 봄으로써 교의와 신앙은 더욱 깊어지는 결과를 낳았다.

정말 얄궂은 일이다—— 아크가 그렇게 생각하자, 먼저 그 점을 파고든 이는 아스파루프 국왕이었다.

"팔루모 추기경의 얘기가 사실이라면, 그자가 무시무시한 모습으로 돌변한 원인은 힐크교의 현 교황에게 있다—— 그런 셈이 되오. 이건 우리에게 매우 심각한 상황이지. 북대륙 전역을 차지한 인간족 대부분 지역에 포교한 힐크교—— 그 최상층부인 교황을 비롯한 추기경들이 괴물이라는 이야기는 지금 여기 있는 자들 이외에는 믿을 사람이 없소……."

아스파루프 국왕은 커다란 한숨을 내뱉더니, 아크 일행에게 한층 더 진지한 시선을 보낸 후 약간 몸을 앞으로 기울여 얼굴을 가까이 댔다.

"당장 궁금한 점은 그대들의—— 아니, 팔루모 추기경은 아크 님을 아는 눈치였소. 그의 말을 듣건대 당신이 또 한 명의 추기경을 이미 처치한 듯싶은데. 당연히 그자도 사람의 형상을 한 괴물이었을 테지만, 그들의 존재를 처음부터 알았던 건가?"

보아하니 국왕은 힐크 교국이 꾸민 일련의 소동 등 어둠 속에서 암약하는 교회 간부들의 실태를 엘프족이 사전에 파악했는지를 알고 싶은 모양이었다.

그러나 타지엔트에서 맞닥뜨린 일곱 추기경 중 한 명인 차로스를 쓰러뜨린 것은 정말 우연이었다. 애당초 힐크 교국을 조사한 계기도 치요메의 오빠 사스케 때문이다.

아크가 국왕에게 뭐라고 말할지 망설이자, 그 물음에 대답한 이는 뜻밖에도 아리안이었다.

"그들과 마주친 건 단순히 우연이에요. ……하지만 그들의 정체를 알게 된 건 필연이죠."

그렇게 단언한 아리안은 주위에 죽 늘어선 사람들에게 덤벼들듯이 날카로운 눈빛을 띠었다. 황금색으로 빛나는 눈동자는 맹수를 떠올리게 했다.

아리안의 시선을 받은 몇 명이 무심코 작은 비명을 지르며 목을 움츠렸다.

로덴 왕국에서도 그랬지만 아리안은 엘프족과 수인족을 노예 사냥의 대상으로 삼는 인간족을 탐탁하게 여기지 않았다. 특히 권력을 가진 인간족에 대해서는 더욱 용서가 없다.

예외는 인간족의 어린아이일까.

그런 관점에서 말하자면, 이번 의뢰인이 릴 왕녀였던 사실은 서로 운이 좋았다고도 할 수 있다.

"……그게 대체 무슨 의미요?"

아리안의 발언에 국왕은 어딘가 의아해하는 얼굴로 물었다.

"힐크교의 교의인지 뭔지는 몰라도, 그들이 우리 엘프족과 수인족을 인간의 도시에서 배척하는 이유는 아까 팔루모라는 남자를 보고 이해했어요. 당신들은 그 남자가 인간으로 보였겠지만, 우리한테는 그렇지 않았어요── 더구나 살아 있는 자도 아니라는 걸 한눈에 알아볼 정도였으니까요."

아리안의 말에 실내의 공기가 무겁게 가라앉았고, 다들 침을 삼킬 듯이 그녀를 주목했다.

그런 가운데 벽 쪽에 서 있던 늙은 신하 한 명이 주뼛거리며 아리안에게 물었다.

"그, 그럼 당신들은 그 자리에서 팔루모 경을 보자마자 인간이 아니라는 사실을 간파한 거요?"

"맞아요. 언데드가 아무리 정교한 인간의 탈을 뒤집어써도 우리에게는 통하지 않아요. 당신들 인간족은 힐크교의 가르침을 따른 탓에 괴물을 찾아낼 수 있는 눈을 자신의 손으로 없애는 짓을 거듭었어요. 그 결과, 언데드들이 날뛰도록 놔둔 셈이죠."

뭐, 팔루모의 정체를 눈치채지 못한 인물이 한 명 있지만, 이 시점에서 말한들 이야기의 흐름만 끊을 뿐이니 조용히 가슴에 묻어두자.

그나저나 오늘 '아리안 양'은 몹시 언짢은 얼굴로 사람들을 을러대는 중이다.

팔루모와 싸운 후 아리안 자신이 언급한 「힐크교를 어떻게든 처리하겠다──.」라는 말을 실천하는 걸까.

아리안의 답변에 할 말을 잃고 고개를 숙이는 고령의 신하.

힐크교의 교의에서 교활한 엘프족과 열등한 수인족으로 일컫는 두 종족. 그 두 종족이 아주 쉽게 꿰뚫어 본 사태를 그들보다 뛰어난 종족이라고 자부하는 인간족은 알아차릴 수 없었다. 더구나 언데드의 손바닥에서 놀아났다── 그렇게 생각하는 지도 모른다.

그러나 이곳에서 그들을 계속 몰아세워도 엘프족을 향한 적
개심만 불태우게 하리라.

다만 옆에 앉은 아리안은 도시 한 부분을 물리적으로 땅에 가
라앉힐 힘을 가졌으므로, 당장 그녀에게 덤벼들 만한 강자는
없을 테지만 말이다.

우선은 분위기를 새로이 바꿔볼까──.

"아리안 양, 일단 지금은 화제를 돌리지 않겠소?"

아크의 지적에 아리안은 팔짱을 끼고 입을 다물었다.

"언데드의 왕도 습격을 꾸민 자는 힐크 교국의 팔루모 추기
경이 틀림없을 거요. 우리도 힐크 교국의 내정을 아는 게 아니
라서, 놈들의 계획까지는 모르지만 대강 짐작은 가오. 이번 소
동으로 짚이는 바가 있다고 해야 할까."

그쯤에서 아크가 아스파루프 국왕에게 시선을 보내자, 그는
숨을 죽인 눈으로 다음 말을 재촉했다. 그리고 옆자리의 릴 왕
녀는 뭔가 무서운 이야기를 듣는 어린아이처럼 가슴 앞에서 손
을 꽉 쥐었다.

"우리가 최초로 마주친 차로스 추기경── 녀석과 맞닥뜨린
곳은 어느 도시였는데, 놈도 많은 괴물과 언데드를 이용하여
그 도시를 함락하려 했소. 처음에는 교회가 있는 도시를 왜 공
격하는지 몰랐지만, 이 왕도를 습격한 언데드의 어마어마한 수
가 이유일 거요."

"그건──."

아크가 들려준 이야기를 듣고 누군가가 무심코 입을 열었지
만, 더 이상 말을 잇지 못한 채 침묵을 지켰다.

자연발생으로는 여겨지지 않을 만큼 터무니없이 불어난 언데드—— 게다가 모두 병사의 장비를 갖춘 군대로 이루어진 그들을 각지에서 찾아내고 긁어모으지는 않았으리라.

팔루모가 내뱉은 「교황님께 받은 힘」이라는 말에서 추측할 수 있는 사실은 교황이 몸소 언데드를 만들어내는 게 가능하다는 것이다.

팔루모 추기경과 차로스 추기경도 교황이 창조한 괴물 한 마리에 불과하다.

그리고 그 재료란——.

"그럼 힐크 교국에 끌려갔다고 여겨지는 우리 동포와 오라버니는 결국……."

줄곧 아크의 이야기를 묵묵히 듣던 치요메가 갑자기 끼어들며 물었다. 아크는 그녀의 질문에 작게 고개를 끄덕였다.

"아마 언데드가 되었겠지……. 이전에 로덴 왕국의 항구 도시 랜드발트에서 들은 얘기지만, 힐크 교국은 많은 범죄 노예를 각지에서 사들인다고도 했소. 그걸 말해준 사람은 광산 노역에 쓰일 거라고 했는데, 아무래도 아닌 듯싶군."

어쨌든 아크는 자신이 아는 이야기와 그동안 겪은 일을 바탕으로 나름의 추론을 들려주었다. 그러나 이들이 앞으로 힐크교와 어떤 관계를 유지할지는 아크 일행이 신경 쓸 문제도 아니리라.

이야기를 듣고 크게 반응한 이는 어깨를 떨며 눈을 휘둥그레 뜬 릴 왕녀였다.

"큰일이에요, 아버님! 힐크교를 지금 당장 이 나라에서 쫓아내야 해요!"

딸의 흥분한 기세에 아버지인 아스파루프는 몸을 뒤로 젖히면서도 어떻게든 릴 왕녀를 달래려 했다.

"진정해라, 진정해, 릴! 일이 그리 간단하지 않다!"

그렇다, 간단한 일이 아니다.

인간족의 각국에 뿌리를 뻗어 다수의 신자를 자랑하는 힐크교를 이 나라에서 몰아내려면, 민중과 신자들에게도 축출의 정당성을 설득하고 이해시켜야만 한다.

천사 강림 사건으로 신앙이 깊어지는 상황을 차치하더라도 쉽지 않다.

그 점을 주지하지 않은 채 왕가의 강권으로 실행하면 반발은 필연적일 테고, 규모에 따라서는 나라가 분단 또는 전복될 수 있는 사태를 맞이한다.

그리고 힐크 교국이 꾸몄으리라 보이는 노잔 왕국 왕도 습격을 막았다 한들, 과연 교국은 왕국을 가만히 내버려 둘까?

이번 습격보다 대규모인 두 번째 침공을 준비하든지, 압력을 가해올 우려가 있다.

그렇다고 주변 각국에 힐크 교국의 실정을 호소하면 어디까지 믿어줄까—— 통신수단이 빈약한 이 세계에서는 국가 간의 대화는 그만큼 시일이 걸린다.

단적으로 말해서 외통수다.

겨우 사태를 이해하기 시작한 주위 사람들이 당황한 모습으로 저마다 타개책과 방책 등을 내세웠지만, 하나같이 결실을 보기 어렵다는 것은 옆에서 지켜보아도 알 수 있었다.

유효책이 없지는 않지만, 오랜 세월 힐크교의 교리 아래에 놓였던 그들로서는 쉽게 떠올리지 못하는지도 모른다.

그러나 그 방법을 아크 일행만의 생각으로 검토할 수도 없는 노릇이어서 딜런에게 상담—— 아니, 이 경우는 좀 더 상부의 협의가 필요하리라.

"그래! 연줄이 있는 로덴 왕국에 원군을 요청하는 건 어떻습니까?"

그렇게 제안하는 왕국 신하의 말이 들렸지만, 로덴 왕국이 부르고만(灣)을 낀 맞은편 기슭에 있는 노잔 왕국으로 원군을 보낼 가능성은 과연 얼마나 될까.

아크는 내심 거리 측면에서도 그 말은 현실성이 없다고 중얼거렸다.

"그럴 수가…… 어떡하면 좋단 말이냐?"

릴 왕녀는 살짝 눈물을 머금고 아크와 국왕의 얼굴을 번갈아 쳐다보았다. 그 모습에 아크는 일단 지금 가능한 일을 처리한 후 보수를 받는 게 좋겠다고 마음을 바꾸었다.

"귀국도 힐크교를 당장 어쩌지는 못할 테니, 차선책으로 민중에게 사건의 전말과 주모자를 발표하고 교회 관계자를 심문한다는 형태로 그들을 구속하는 건 어떻소? 어쨌든 인간의 탈을 뒤집어쓴 언데드가 섞여들지 않았다고 확신도 할 수 없는 상황이니 말이오."

아크가 국왕에게 그런 제안을 꺼내자 그는 고민하듯이 턱을 어루만졌다. 옆에서 국왕을 지켜보던 릴 왕녀는 초조해했다.

얼마 지나지 않아 아스파루프 국왕은 아크의 제안을 받아들이기로 결심했는지, 대답 대신 무겁게 고개를 끄덕였다.

그리고 아크의 눈치를 살피듯이 얼굴을 든 국왕은 말하기 어렵다는 표정으로 입을 열었다.

"그런데…… 교회 관계자를 심문할 때, 그 자리에 그대들도 참석해줄 수 없겠소?"

심문만 해서는 자신의 정체를 밝힐 자는 없으므로 지극히 당연한 부탁이다.

현재, 인간족처럼 행세하는 언데드를 꿰뚫어 볼 수 있는 이는 엘프족과 수인족뿐이다. 그러나 아크는 개인적으로 왕도의 교회에 언데드들이 숨어들었을 가능성은 작다고 예상했다.

사람들 속에 뒤섞일 만한 언데드라면 스스로의 의지를 가진 존재일 터다. 그런 녀석이 팔루모 추기경이 쓰러진 시점에서 왕도에 계속 머물 거라는 생각은 들지 않았다.

그러나 이 나라에 빚을 지운다는 점에서는 거절할 이유가 없으리라.

──다만.

"그럼 그 자리는 아리안 양과 치요메 양에게 맡겨도 되겠소?"

아크가 그렇게 말하고 아리안과 치요메를 향해 시선을 보냈다. 그러자 치요메는 작게 고개를 끄덕였고, 아리안은 왠지 수상쩍다는 눈동자로 아크를 바라보았다.

"잠깐만요, 성가신 일을 우리한테 떠넘기고 아크는 어쩔 셈인데요?"

일국의 인간족 왕이 부탁한 요청을 '성가신 일'이라는 한 마디로 잘라 말한 아리안을 몹시 대담하다고 해야 할지, 나중에 후한을 남기지 않을까 약간 걱정스럽다.

"나는 아직 이 왕도에 돌아다니는 언데드를 처리하려고 하오."

자리에서 일어난 아크는 옆에 둔 『칼라드볼그』와 『테우타테스의 하늘방패』를 어깨에 둘러메었다.

애당초 아크는 사람의 모습을 띤 언데드를 구분하지 못한다.

차라리 시간을 유효하게 쓰는 편이 나으리라는 판단에 자선을 베푼다는 마음으로, 여전히 제1방벽 밖의 거리에서 언데드 잔당과 교전하는 병사들을 지원할 속셈이었다.

이번 언데드 군단의 섬멸이라는 공적 대부분을 아크 자신이 불러낸 천사에게 빼앗긴 꼴이 된 까닭에 부족한 공로를 메우려는 의도였다.

왕도 방어에 엘프족인 자신이 참전하여 활약함으로써 엘프 종족에 대한 나쁜 인상을 조금이나마 떨쳐낼 심산이었는데, 역시 투구를 쓴 상태로는 엘프족의 인상이 흐릿한 걸까.

아크가 그런 생각을 하자, 자리에 앉아 있던 국왕이 새파랗게 질린 얼굴로 대화에 끼어들었다.

"아크 경, 말씀은 고맙소만 될수록 왕도는 남겨두길 바라오……."

국왕의 무척 정중한 발언에 이후의 대응을 협의하던 신하들의 목소리가 잦아들었고, 뭔가를 호소하는 듯한 시선을 일제히 아크에게 던졌다.

그들은 아크가 언데드를 없애는 데에 다시 천사를 강림시켜

도시를 통째로 날려 버릴까 싶어서 두려워하는 것이리라. 그러나 그런 짓을 벌이면 엘프 종족의 인상만 악화될 뿐이다.

"걱정 마시오, 그건 무턱대고 불러낼 수 있는 게 아니니까. 착실하게 이 검을 휘두를 거요."

아크는 불안해하는 사람들에게 일단 해명을 마친 다음, 아리안과 치요메에게 뒷일을 부탁하고 망루의 실내를 나섰다.

그러자 여태 치요메의 품에서 느긋하게 쉬던 폰타가 아크의 뒤를 쫓듯이 바람을 타고 날아와, 늘 자리 잡는 투구에 내려앉았다.

"큥!"

"폰타냐. 함께 갈까?"

아크가 폰타에게 말을 걸었더니, 녀석은 커다란 솜털 꼬리를 씩씩하게 흔들었다.

망루 밖에서는 많은 병사가 건물 주위를 지키는 것처럼 서 있었는데, 그들을 멀찍이 둘러싼 왕도 주민들은 낯선 갑옷 차림의 아크를 가리키며 떠들어댔다.

그나저나 왕국의 병사로도 언데드 병사를 충분히 상대할 테니, 자신은 나머지 거미 인간을 중심으로 대처하는 것이 가장 효율이 높으리라. 아크는 굳게 닫힌 제1방벽의 도시문을 올려다보았다.

해 질 녘까지는 어떻게든 끝낼 수 있을까——.

아크는 그런 생각을 하면서 도시문을 향해 발걸음을 옮기기 시작했다.

왕도 소우리아의 머리 위에 걸린 하늘은 이렛날의 끝을 알리는 땅거미가 짙어졌다. 건물 그림자가 길게 뻗었고, 그 사이의 골목길에는 한 걸음 빨리 밤의 시간이 찾아왔다.

아크는 거리 한 모퉁이에 있는, 주위보다 높은 건물 지붕에 서서 하늘을 바라보았다. 그리고 『칼라드볼그』의 검신을 감싼 번갯불을 떨쳐낸 후 한숨을 내뱉으며 대검을 어깨에 메었다.

아크가 시선을 아래로 내리자, 다수의 병사가 몇 개의 부대로 나뉘어 거리를 수색하는 모습이 눈에 들어왔다. 【디멘션 무브】도 구사하여 거물급인 거미 인간을 우선적으로 처치한 보람이 있었는지, 왕도를 방어하기 위해 움직이는 병사들에게 심각한 피해는 나오지 않았다.

거미 인간은 몸집이 거대한 탓에 높은 곳에서 찾으면 의외로 금방 발견할 수 있었다.

더구나 사령탑이었던 팔루모 추기경이 쓰러지면서 놈들의 통제를 어지럽히는 결과를 낳았다. 덕분에 언데드들의 각개 격파도 수월해졌다.

일단 눈에 띈 거미 인간은 대충 처리한 듯싶지만, 앞으로 며칠 동안은 제1방벽의 도시문을 열지는 못하리라.

왕도 소우리아는 상당히 광대한 부지면적을 갖는 한편, 방벽 내에는 수많은 건물도 늘어서 있다. 따라서 왕도에 숨어든 언데드를 찾아내고 섬멸하기에는 병사와 위병의 일손이 압도적으로 모자란 것이다.

이 일은 어느 정도까지 소탕전이 지나면 주민을 거리로 돌려보낸 후 인해전술을 벌이지 않는 이상 끝날 것 같지 않다.

"큐~웅······."

아크가 거리 아래에서 분투하는 병사들을 내려다보자, 투구에 달라붙은 폰타의 안쓰러운 울음소리가 들려왔다.

슬슬 저녁 시간이군.

그렇게 생각한 아크는 오늘의 수색 작업을 마치기로 했다.

"이제 그만 아리안 양과 치요메 양을 보러 돌아갈까?"

"큥! 큥!"

돌아간다는 말을 들은 폰타는 조금 전만 해도 기운이 없던 꼬리를 갑자기 살랑살랑 흔들어댔다. 아크는 【디멘션 무브】를 사용하여 가옥의 지붕을 타고 폰타와 함께 도시 중심지로 이동했다. 이윽고 제1방벽을 따라 화톳불이 켜진 풍경이 눈에 들어왔다.

아크는 그곳으로부터 약간 멀리 떨어진 장소에서 가도로 내려서더니 곧장 도시문을 향해 걸었다.

교대로 철저히 망을 보는 병사들에게 아크가 인사를 건네자, 그들은 차려 자세를 취했다.

저 반응은 좋은 걸까 나쁜 걸까.

그들 사이를 지나간 아크는 도시문 옆의 작은 통용문을 거쳐 왕도의 구시가지로 들어갔다. 곧이어 아크를 재빨리 알아보고 말을 거는 두 개의 인영.

"꽤 늦었네요?"

"수고하셨습니다, 아크 님."

아리안과 치요메다.

"으음, 왕도가 예상보다 넓어서 여러 날이 걸릴지도 모르겠군. 그런데 아리안 양은 어땠소? 교회에 잠입한 자는 발견한 거요?"

아크는 언데드 소탕의 진척 상황을 아리안에게 말하고 나서 심문 결과를 물었다. 아리안과 치요메는 서로 시선을 나누더니 한 명은 어깨를 으쓱였고, 다른 한 명은 고개를 가로저었다.

"교회 관계자를 얼추 살펴봤지만, 언데드가 뒤섞인 정황은 없었어요. 다만——."

아리안이 약간 지친 목소리로 허탕을 친 사정을 밝혔고, 다음 말을 잇듯이 입을 연 치요메가 마음에 걸리는 점을 언급했다.

"——다만, 교회 관계자 중 몇 사람이 사라진 사실을 알았습니다. 언데드의 습격을 받아 왕도가 혼란에 빠졌을 때 목숨을 잃었는지, 아니면 팔루모 경의 죽음을 틈타 행방을 감췄는지…… 자세한 사항은 드러나지 않았습니다."

어느새 모습을 숨긴 몇 명의 교회 관계자. 그들 전부를 의심하지는 않지만, 확실히 한 명은 첩보 역할을 맡은 언데드가 있었으리라.

"아마 우리 일은 물론 노잔 왕국의 이번 습격 전말이 타지엔트 사건과 마찬가지로 힐크 교국에 흘러 들어갔다고 봐야겠군……."

아크의 추측에 아리안과 치요메도 동의하는 것처럼 고개를 끄덕였다.

남쪽 대륙에서 차로스 추기경을 죽인 자의 특징을 팔루모 추기경은 알고 있었다.

이제부터 한동안 힐크 교국은 감시의 눈을 번뜩이거나 그들의 계획에 장해라는 인식 아래 적극적으로 제거하려는 행동을 보일 것이다.

아크 자신의 행동에 따른 결과라고는 해도, 벌써 유명인이 된 모양이었다.

얼굴을 찌푸린 아리안은 집게손가락으로 미간의 주름을 가볍게 주물렀다. 그리고 황금색 눈동자로 아크를 쏘아보며 조그맣게 한숨을 내뱉었다.

"힐크 교국의 교황? 그 사람은 대체 뭐가 목적일까요? 보통 우리같은 소수 인원으로 대처할 사태는 아닐 테지만——."

아리안의 말에 아크는 어깨를 으쓱이고 작게 웃었다.

"확실히 보통은—— 그렇소."

이 자리에 있는 세 명은 저마다 뛰어난 힘을 지녔다—— 어지간한 사태에는 대처 가능하리라.

"큥!"

——그래, 세 명과 한 마리였다.

아크는 폰타의 턱밑에 있는 부드러운 털을 어루만지면서—— 그래도 이 셋이 감당하지 못할 일은 벌어질 거라는 막연한 생각을 떠올렸다.

눈앞의 문제에 대비하더라도 세 명과 한 마리밖에 없는 시점에서 압도적으로 인원이 부족한 것이다.

아크가 문득 아까부터 입을 다문 채 고양이 귀를 쫑긋 세운 치요메에게 시선을 보내자, 그녀는 허공을 멍하게 바라보며 한눈을 파는 듯한 표정을 지었다.

"치요메 양, 왜 그러시오?"

아크의 질문에 치요메의 고양이 귀가 재빨리 반응했다. 시선의 초점을 되돌린 치요메는 평소와 다름없이 무뚝뚝한 얼굴로 고개를 갸웃거렸다.

"아뇨—— 대단한 건 아니지만……."

아리안이 말을 하다 멈춘 치요메에게 시선을 맞추듯이 그녀의 푸른 눈동자를 들여다보았다.

둘의 시선이 뒤얽힌 다음 얼마 지나지 않아 치요메는 조그맣게 입을 열었다.

"제가 없앤 언데드 병사 중에도 교국에 붙잡힌 동포들이 있었을까요?"

치요메의 말에 아크와 아리안은 서로 얼굴을 마주 보았다.

언데드 군단의 대부분을 차지하는 갑옷 병사의 내용물은 아크처럼 해골이다. 아마 그 재료는 인골—— 즉 사체에서 모았을 가능성이 몹시 크다.

어마어마한 병력을 갖추려면 종족적으로도 좀 더 다수인 인간족이 바탕일 테지만, 그중에 수인족과 엘프족이었던 자가 없다고는 단언하기 어렵다.

어쨌든 힐크교는 수인족과 엘프족을 인간족의 사회에서 밀어내는 듯한 교의를 내세운다.

사로잡힌 그들이 어떻게 될까—— 굳이 말할 필요도 없다.

"딱히 가볍게 말하는 건 아니지만, 죽어서도 누군가의 명령을 따라 계속 지상을 헤맬 바에야 우리 손으로 보내 주는 게 그들을 위한 길이겠지."

치요메는 묵묵히 아크의 말에 귀를 기울이면서 자신의 손에 시선을 떨어뜨렸다.

동문 사형이었던 사스케를 떠올리는 걸까?

힐크 교국의 앞잡이로 조종된 까닭에 치요메가 직접 죽이게 된 그녀의 가족—— 그런 입장에서 그 나라는 가장 증오해야 할 원수이리라.

아리안이 치요메를 걱정했는지 그녀의 어깨에 살짝 손을 얹었다. 그러자 치요메는 잠자코 아리안을 올려다보고 고양이 귀를 쫑긋거렸다.

치요메의 고양이 귀를 따라 하듯이 폰타도 똑같이 귀를 바쁘게 움직였다.

침묵이 자리 잡았던 그곳에 누군가의 작은 웃음이 새어 나와 분위기가 부드러워졌다.

그때 말을 건 이는 릴 왕녀의 호위기사인 자하르였다.

"다들 여기 계셨군. 오늘은 정말 당신들 덕분에 살아나서 그저 감사할 따름이오. 변변치 않지만 왕궁 요리인이 솜씨를 발휘한 만찬을 준비했소. 물론, 아리안 님의 요구대로 방에서 식사할 수 있도록 조치했으니 괜찮을 거요."

자하르의 말을 듣고 기대에 찬 폰타가 가슴털을 부풀리며 울음소리를 냈다.

아크가 아리안에게 시선을 보내자, 그녀는 약간 으스대는 얼굴로 고개를 끄덕였다.

다른 사람과 함께 식사하려면 로드 크라운의 샘물을 마시고 해골 몸을 원상태로 되돌려야 하는 데다, 지난번처럼 도중에 효력을 잃을 가능성도 있다.

그럼 만찬은 사양해야 할 테지만, 이 방법이라면 인간족의 왕궁 요리인이 만든 식사를 편하게 만끽해도 된다.

노동 후의 식사를 상상한 아크는 지금은 없는 위장에서 배곯는 소리가 들리는 듯싶었다.

"식사를 마치면 금방 사람을 보내도록 준비했소. 첫 번째 보수는 국왕 폐하에게 정식으로 허가를 받았으니, 보물 창고의 열람이 가능할 거요. 다시 한번 묻겠지만, 정말 열람만 해도 상관없소?"

자하르는 조금 납득이 가지 않는다는 얼굴로 아크 일행의 표정을 살폈다. 그러나 치요메는 힘차게 고개를 끄덕였고, 아리안이 무뚝뚝한 그녀를 대신하여 입을 열었다.

"고마워요, 열람만 하면 충분해요. 어떤 물건의 단서를 찾을 뿐이니까……."

"그렇습니까."

아리안의 말에 자하르는 짧게 대답하고 고개를 끄덕였다.

더 이상은 파고들 사항이 아니라고 판단했으리라. 자하르는 자신의 뒤에 대기하던 젊은 병사를 끌어내서 등을 세게 쳤다.

"이 자가 방을 안내할 거요."

그 말만 남긴 자하르는 차려 자세로 경례를 올리는 병사를 내버려 둔 채 혼자 인사를 하고 자리를 떠났다.

비교적 상급자의 지위인 자하르다 보니 나름대로 할 일이 많을 것이다.

안내역을 맡은 병사는 긴장했는지 꼭두각시처럼 움직였다.

아크 일행은 그런 젊은 병사를 뒤따라갔다.

안내받은 방은 왕성 한 부분에 마련된 객실 중 하나다.

눈부신 실내 장식을 자랑하는 몹시 넓은 공간에는 거대한 식탁이 중앙에 자리 잡았고, 그 위에 진열된 갖가지 요리가 다양한 냄새를 풍겼다.

요리의 가짓수 자체는 세 명과 한 마리에게는 지나칠 정도의 양이지만, 막상 그 요리들이 거대한 식탁에 놓이자 왠지 적게 보여서 신기하다.

방의 크기를 보건대 원래는 30인분의 식사는 늘어놓을 수 있으리라.

그러나 손님을 환대하기 위해서라고 해도, 농성전 직후에 이만한 식재를 사용하여 요리를 준비하는 일은 상당히 무리였던 게 아닐까.

다소 양이 많더라도 남김없이 먹어야 실례를 범하지 않는다는 기분이지만, 해외 일부에서는 나온 요리를 전부 먹으면 오히려 실례라는 이야기도 들은 적이 있다.

이 경우는 어느 쪽이 정답일까?

그렇다고 성내의 사람에게 묻자니 왠지 민망하다.

실내의 벽에는 시중을 드는 여성 두 명이 대기했지만, 아크는 일단 나머지는 자신들이 알아서 하겠다며 그녀들을 내보낸 후 겨우 한숨을 내쉬었다.

시중을 드는 여성들은 약간 난감해했지만, 아크가 팁으로 금화를 쥐어 주면서 웃어 보였다.

금화 한 개라도 나름의 가치는 가질 텐데, 아크에게는 여전히 지폐에 익숙한 감각이 강하다. 그래서 시각적으로도 금화가 화려한 500엔 동전처럼 느껴진다. 역시 곤란한 걸까.

아크는 그런 생각을 떨쳐내듯이 머리를 흔들고, 새삼 왕성의 호화로운 방을 꾸민 아름다운 실내 장식을 둘러보았다.

아무래도 이 분위기를 따르면, 오늘은 손님으로 왕궁에서 머물게 될 듯싶다.

한동안 무슨 일이 생길지 알 수 없다. 나중에 전이마법을 사용하여 신사로 돌아가서, 로드 크라운의 신선한 샘물을 담아오는 게 나을지도 모른다.

"큥! 큥!"

"이 녀석, 폰타. 식탁에서 그렇게 꼬리를 흔들고 돌아다니지 마라."

폰타가 더는 기다리지 못하겠다는 것처럼 식탁에 올라와 이리저리 어슬렁거렸다. 아크는 가볍게 주의를 주면서 폰타가 좋아할 만한 요리를 골라 작은 접시에 옮겨주었다.

이런 장면을 조금 전의 시중드는 여성들에게 보이기라도 했다면 분명 눈썹을 찌푸렸으리라.

식사 후에는 마침내 보물 창고로 들어가서 사스케의 발자취를 찾게 될 것이다——. 아크가 힐끗 치요메를 살피자, 그녀는 식탁에 놓인 요리를 재빨리 손에 들고 야금야금 베어 먹었다. 잠시 음식을 씹은 다음 뭔가 확인하듯이 고개를 끄덕인 치요메는 그때부터 볼이 미어지도록 요리를 덥석 물었다.

아마 독의 유무를 알아본 모양이다.

확실히 그럴 가능성도 있겠구나 싶어서 폰타를 보았더니, 작은 접시에 담긴 요리의 절반을 이미 먹은 상태로 음식을 볼주머니에 잔뜩 넣은 채 잘근잘근 씹는 모습이 눈에 띄었다.

아크가 반쯤 어이없어하자, 그 눈길을 알아차린 폰타는 고개를 갸웃거렸다.

아크는 폰타의 부푼 볼주머니를 쿡쿡 찌르면서 치요메에게 시선을 돌리고 한숨을 내뱉었다.

——치요메는 괜찮은 것 같군.

일행은 사스케의 발자취를 좇기 위해 노잔 왕국에 왔다. 그러나 왕도에서 팔루모 추기경과 마주침으로써, 사스케가 침입했으리라 여겨지는 보물 창고에서 실마리를 찾는 게 무의미해졌다.

어쨌든 언데드로 변한 팔루모 자신이 타지엔트의 괴물의 정체를 밝힌 데다, 그 힘을 준 자가 교황이라는 사실을 이야기한 것이다.

남대륙에서 언데드의 모습으로 나타나 일찍이 사매였던 치요메를 공격한 사스케는 어떻게 그런 존재로 바뀌었을까—— 그동안 힐크 교국이 관여했다는 의혹에 지나지 않은 추측도 이제 확실해졌다.

치요메는 역시 원수를 갚고 싶은 걸까.

그러나 이 적은 인원으로 힐크 교국에 뛰어드는 것은 조금 망설여졌다.

팔루모 추기경이 말한 교황이 가진 능력의 일부분. 교황이 전이마법을 다룬다면 그에게 들킨 시점에서 도망치기란 매우 어렵다.

 머지않아 힐크 교국을 가더라도 아크 자신이 지닌 힘의 제어와 준비가 좀 더 필요하다.

 보물 창고를 열람하고 일단 다 함께 이후의 방침을 검토하는 편이 좋을지도 모른다.

 아크는 아리안과 치요메가 뭔가 즐거운 듯이 이야기하면서 식사하는 풍경을 곁눈질하는 한편, 눈앞의 맛있어 보이는 슬라이스 고기를 포크로 찍어 입에 넣었다.

 흐음, 쫄깃한 식감에 약간 야생의 맛을 풍기며, 채소 페이스트로 만든 소스를 곁들여 독특한 향을 부드럽게 바꾸고 있다――무슨 고기인지는 몰라도 맛있다.

 다음에 손을 댄 요리는 맑은 오렌지색 수프였다.

 식재료는 둥글게 자른 뿌리채소이리라. 세 종류의 뿌리채소를 사용했을 뿐인 단순한 겉모양과는 달리 수프 자체에는 고기 맛이 진하게 녹아들었다.

 뒷맛과 향이 산뜻한 이유는 향신료 대신에 향초를 쓰기 때문일까.

 꽤 여운이 남는 맛이다.

 개인적으로 수프 요리를 좋아하는 까닭에 만드는 법을 꼭 배우고 싶었다.

 아크는 옆에 쌓인 빵을 하나 집어 들어 수프에 적시고 말랑해진 부분을 씹었다. 곧이어 형용하기 어려울 만치 깊고 부드러운 맛이 입안에 퍼졌다.

 아크가 먹던 빵을 마저 입에 넣으면서 시선을 들자, 높은 천장의 그림이 눈에 들어왔다.

빽빽하게 그려진 그림은 왠지 종교화를 떠올리게 했다. 사람들을 다양한 모습으로 그려냈고, 날개를 단 천사 같은 이들이 위에서 지켜보았다.

그리고 사람들을 묘사한 그림 옆에는 넝마를 걸친 해골과 주위에서 고통으로 몸부림치는 자들이 있었다. 한눈에 봐도 사신 그 자체였다.

어딘가의 어떤 이야기의 한 장면을 잘라낸 그림일까.

쓸쓸하게 그려진 해골 그림을 바라보던 아크의 머릿속에 조금 전의 생각이 되살아났다.

힐크 교국의 교황은 대체 누구일까——.

밝혀진 능력을 바탕으로 말하자면, 교황은 네크로맨서 같은 존재라고 짐작된다.

네크로맨서 교황이라니 얄궂다고 해야 할지, 재치가 넘치는 설정이라고 해야 할지. 그러나 해골 모습으로 성기사 흉내를 내는 아크도 남의 말을 할 처지는 아니다.

더구나 교황은 게임에서 자주 나오는 네크로맨서처럼 언데드 몬스터를 불러내어 싸우게 하는 부류와는 다르다. 직접 만들어낸 언데드가 파괴되거나 정화될 때까지 수하로 부릴 수 있다. 쓰기에 따라서는 세계 정복도 가능한 능력이다.

왕도에 쳐들어온 언데드가 전군(全軍)이라면 좋을 테지만, 타지엔트의 사건을 돌이켜보면 옅은 희망일지도 모른다.

──정말 이 세계에는 터무니없는 존재가 많군.

아크는 속으로 혼잣말을 중얼거리며 커다란 한숨을 내뱉더니, 눈앞의 요리에 집중하기 위해 생각을 돌렸다.

일단 배부터 채우고 나서 고민할 일이다──.

대접받은 만찬은 빵 이외에는 대부분 다 먹었다.

치요메는 물론 아리안도 인간족의 왕족이 입에 대는 요리는 신기했는지, 맛을 확인하듯이 여기저기 손을 뻗쳤다.

이미 배가 잔뜩 부른 폰타는 식탁에 엎드려 숨소리를 내며 잠들었다.

아마 요리를 가장 많이 먹은 이는 아크이리라.

육체를 갖지 않은 해골 몸은 그야말로 4차원과 이어지는 위장 덕분에 요리를 마지막까지 만끽할 수 있다. 따라서 그런 의미에서도 이 몸은 편리했다.

식후의 차를 음미하고 한 시간쯤 지났을 무렵일까, 보물 창고의 안내역을 맡은 병사가 일행을 데리러 왔다.

"안내해드리겠습니다."

아크 일행에게 경례를 올린 병사는 빠릿빠릿한 동작으로 앞장섰다.

아리안은 허기진 배를 채워서 그런지, 작게 하품을 하며 눈가에 눈물을 머금었다.

그리고 새근새근 잠든 폰타를 품에 안은 아리안은 조용히 위아래로 움직이는 배의 털을 이따금 무료함을 달래듯이 휘저었다.

치요메는 평소처럼 무뚝뚝한 표정이지만, 오른손으로 배를 어루만지는 모습을 보건대 조금 과식을 한 모양이다.

안내역 병사를 따라 걷는 왕성의 복잡하고 기괴한 통로는 정말 미로였다.

통로 모퉁이에서 좌우로 꺾는 것은 이해할 수 있었다. 그러나 처음에는 왕성의 위층을 향하나 싶었더니, 도중에 계단을 내려가기 시작했을 때에는 아리안이 안내역 병사에게 놀리는 거냐고 따져 물었을 정도다.

왕성은 방어와 경호상의 이유로 복잡한 통로가 빙 둘러싸고 있으리라. 하물며 한 나라의 보물 창고를 외부에서 쉽게 침입해서야 말이 안 된다.

더구나 일정 구간마다 안내역 병사를 바꾸는 것을 보면, 왕성을 지키는 병사들도 성내를 전부 파악할 수 없도록 하려는 목적이리라.

단순하기는 해도 몹시 효과적인 경비 체제다.

(사스케 공은 용케 이런 성의 보물 창고를 찾아냈군…….)

앞서가는 병사의 등을 응시하는 아크가 내심 먼저 이곳에 숨어든 도적으로 여겨지는 사스케를 칭찬했다. 그러자 옆에서 걷던 치요메가 왠지 자랑스럽다는 듯이 빈약한 가슴을 폈다.

실제로 성을 경비하는 병사의 눈을 피하여, 침입하기 난감한 미로 같은 통로를 지나 보물 창고에 이르러야 한다. 그 후 다시 탈출한다는 게 정말 가능한지 의심스럽다.

아크 자신이라면 분명 처음 마주치는 경비병에게 들켜서, 성내의 병사를 모조리 쓰러뜨리고 보물 창고를 찾을 게 불을 보듯 뻔하다.

애당초 은밀한 행동이나 도적과는 어울리지 않는 성격이다
──.

그러고 보니 예전에 도적을 상대로 노상강도 행각을 벌였군.
아크가 그런 생각을 하며 왕성을 누비고 다니자, 얼마 지나지
않아 도착한 곳에 보물 창고의 문이 멀리 눈앞에 나타났다.

장소는 아마 왕성의 지하이리라.

벽도 바닥도 두꺼운 석조 양식이다. 빈틈없이 돌바닥을 깐
통로를 걷자 발걸음 소리가 무척 크게 울렸다. 문 앞에서 보초
를 서던 병사가 그 소리를 듣고 자세를 바로잡았다.

침입자를 알리는 경보 대신인지 여러모로 애를 쓴 모양이다.

보초병은 문을 열고 입실을 재촉했다. 곧이어 일행이 들어간
약간 폭넓은 통로 끝에는 또 문이 설치되어 있었다.

그리고 폭넓은 통로에는 얼마 전부터 낯익은 인물이 눈에 띄
었다.

한 명은 릴 왕녀다.

지금 릴 왕녀가 걸친 옷은 첫 만남에서 입은 검소한 드레스는
아니다. 호화롭고 귀여운 하늘색 드레스를 입은 차림새는 의심
할 여지 없이 일국의 왕녀라는 분위기다.

조금 곱슬한 금발은 보석을 곁들인 머리핀으로 목덜미를 드
러내듯이 고정했다.

그런 릴 왕녀의 뒤에는 두 명의 호위기사, 자하르와 니나의
모습도 보였다.

두 사람은 그동안 본 간소한 군복을 벗고, 어깨와 가슴에 훈

장이나 계급장 같은 장식품을 단 군복 차림으로 서 있었다.

보물 창고를 드나들 때의 감시역인 걸까.

그러나 이 자리에 릴 왕녀라는 중요 인물이 어째서 왔는지 모르는 아크는 그녀에게 이유를 물었다.

"그런데 릴 님은 여기는 어떻게 오셨소?"

"아크 경 일행과의 계약은 내가 맺었느니라. 그러니 마지막까지 책임을 지고 계약의 보수를 이행할 것을 약속하마! 아버님도 승낙하신 일이다!"

아크의 질문에 릴 왕녀는 가슴을 펴고 당당하게 대답했다.

아크가 릴 왕녀의 뒤에 대기한 기사 둘에게 시선을 던지자, 자하르는 살짝 난감해하는 표정을 지었다. 그 반응을 보건대 릴 왕녀가 국왕에게 억지를 부렸다는 것을 그럭저럭 알 수 있었다.

"더구나 여태껏 손님을 보물 창고에 들여보낸 일은 없었다고 한다. 다만 나 같은 왕족이 함께한다는 전례라면 이후에도 그런 사례는 쉽게 생기지 않을 거라는 게 아버님의 판단이니라."

릴 왕녀의 말에 아크는 무심코 속으로 맞장구를 쳤다.

왕궁에는 나름대로 독자적인 관례 등이 많으리라.

그런데 왕녀가 몸소 약속한 보수를 지불하기 위해서라고는 해도, 외부인이 보물 창고에 드나드는 전례를 남겨서는 나중에 여러모로 문제가 생길 가능성이 있다는 걸까.

서민인 아크에게는 별로 익숙하지 않은 감각이었지만, 집락 단위로 지내는 엘프족은 공감하는 부분이 있는지 아리안은 이해한다는 시선을 보냈다.

"그럼 당장 안쪽의 보물 창고로 안내하겠소. 당신들이 뭔가를 훔치지는 않겠지만, 될수록 우리 눈길이 닿는 장소에서 열람하기를 바라오."

자하르가 아크 일행을 둘러보며 말했다. 아크를 비롯한 아리안과 치요메는 그걸로 충분하다는 듯이 고개를 끄덕였다.

딱히 뭔가를 훔칠 마음은 털끝만큼도 없는 데다, 지금은 다들 손에 무기를 들지 않은 상태. 반면에 검을 찬 자하르와 니나는 만일의 경우에는 난동을 제압할 수 있는 태세다.

보통 이런 상황에서는 보물 창고의 물품을 훔쳐낸다는 생각은 못하리라.

그보다 일국이 소유하는 보물을 모은 장소에 겨우 들어가게 된 듯싶다.

이번 일은 사스케의 발자취를 찾는 게 목적이었지만, 이미 큰 의미를 갖지 않는 현재로서는 보물 창고의 열람은 단순히 즐거운 행사였다.

보물 창고의 문은 일행이 위치한 직선 통로 끝에 있다.

얼핏 보기에는 평범한 문 정도의 크기였고, 튼튼한 금속 보강재를 붙인 모습은 보물 창고의 문이 아니라 작은 성채의 성문을 떠올리게 하는 느낌이었다.

그 문 앞에는 경비병들이 여섯 명이나 있었는데, 그다지 넓지 않은 통로에 늘어서자 사람 한 명이 지나갈 틈도 없었다.

경비병들은 맨 앞의 릴 왕녀에게 묵례하더니, 그녀로부터 두 개의 열쇠를 건네받아 문에 달린 금속 덩어리 같은 자물쇠에 꽂아서 돌렸다.

통로에는 열쇠를 돌리는 소리가 두 번쯤 울렸고, 병사들의 손에 의해 무거운 문이 삐걱거리면서 열렸다.

그처럼 엄중한 경비 체제에 감탄의 한숨을 내뱉은 아크는 사스케가 대체 어떻게 이 보물 창고에 침입했는지 신기해서 고개를 갸웃거렸다. 때마침 아크의 생각을 짐작한 자하르와 시선이 마주쳤다.

"이전에 얘기했겠지만, 보물 창고에 도적이 침입한 사건 이후 경비를 강화했소."

자하르의 말에 아크는 납득이 되었다.

처음에는 경비 체제를 이토록 엄중히 펼치지는 않았으리라.

애당초 보물 창고까지 올 수 있는 도적은 상정하지 못했을 테고, 실제로 그동안 아무 문제도 없었다. 그러나 한 명의 닌자로 인하여 그 인식이 깨져서 새롭게 바뀌었다는 건가.

——당시에 경비를 맡은 병사에게는 끔찍한 사건이었겠군.

문이 열린 어슴푸레한 보물 창고에 병사 한 명이 들어가서 불을 밝히는 마도구를 켰다. 그러자 문 너머에 펼쳐진 보물 창고의 모습이 떠올랐다.

"들어가시죠."

자하르의 말에 일행은 릴 왕녀를 따라 보물 창고로 들어섰다.

호화찬란한 실내에는 눈이 부실 듯한 보석 장식과 미술품 같은 물품들이 가지런하고 빼곡하게 가득 차—— 있는 것은 아니었다.

액자에 넣은 그림은 가려진 상태로 덮여서 진열되었다.

보석 장식과 금화도 보이도록 두지 않았다. 대부분 물품은 투박하고 간소한 목제함이나 경첩을 붙인 작은 상자에 집어넣어 선반에 늘어놓았다.

실내에도 튼튼한 석조 양식의 벽과 빈틈없이 깔린 돌바닥, 그리고 평범한 형태의 불빛 마도구를 배치한 기둥만 있을 뿐 장식은 전혀 보이지 않았다.

그 광경은 보물 창고가 아니라 거대한 창고라고 표현하는 게 정확하다.

오히려 예전에 잠입한 디엔트 영주의 숨겨진 방이 훨씬 보물 창고다웠다.

일단 양해를 구하고 나서, 눈에 띈 목제함 몇 개의 내용물을 들여다보자 확실히 이곳이 보물 창고라는 사실을 알 수 있었다.

목제함의 내용물은 정말 가지각색이었다. 꽉 들어찬 금화와 은화를 비롯하여 완충재로 감싸듯이 넣은 보석 장식과 실내 장식, 어느 정도의 가치를 갖는지 모를 뒤틀린 나뭇조각, 검게 윤이 나는 거대한 야자나무 열매 등 그 폭은 다채롭다.

"흐음……." "큐~웅."

아크는 보물 창고 내부를 걸어 다니면서 이것저것 살폈지만, 사스케의 발자취는 눈을 씻고 찾아도 없을 만큼 남아 있지 않았다.

이런 세계에서 제대로 된 현장검증은 바라기도 어렵고, 아크가 사소한 흔적을 발견한들 눈이 번쩍 뜨일 만한 추리를 펼치지도 못하므로 보통은 이게 한계이리라.

그런 점에서는 왕도에 와서 팔루모 추기경을 만난 일은 운이 좋았다고 할 수 있다.

릴 왕녀는 보물 창고를 어슬렁거리기만 하는 아크를 올려다보고 이상하다는 표정을 지었다.

꼭 봐야 할 만한 게 없는 보물 창고 열람이라는 행위는 꽤 기이하게 비칠 테고, 아크 자신도 어떻게 해야 좋을지 몰랐던 까닭에 이해할 수 있었다.

아리안과 치요메에게도 확인했지만, 별다른 성과는 얻지 못했다.

특별히 발자취가 남지도 않은 보물 창고는 이렇게 물품이 넘쳐나는데, 선반이나 바닥에도 먼지는 쌓여 있지 않다.

선반을 손가락으로 훑어도 딱히 손끝이 더러워지는 일은 없었다.

"상당히 깨끗하군……."

자신의 행동을 하나하나 살피는 자하르에게 아크가 적당히 화제를 돌리듯이 말을 걸자, 그는 아주 착실하게 대답을 들려주었다.

"도적의 침입 사실이 드러난 후, 보물 창고의 도난 확인을 위해 모든 물품과 목록을 대조하는 작업이 이루어졌소. 그때 일제히 청소도 했던 모양이오."

아크는 자하르의 대수롭지 않다는 말에 그의 얼굴을 돌아보았다.

"방금 보물 창고의 목록이 있다고 들은 것 같소만?"

아크의 물음에 자하르는 의아해하면서도 고개를 끄덕였다.

곧이어 목록을 보고 싶다는 아크의 요구를 따라 보물 창고 구석에 자리 잡은 서가로 안내했다.

처음에 봤을 때는 마도서나 금서 종류라고 짐작했는데, 서가에 꽂힌 책 대부분은 보물 창고에 보관된 물품의 목록과 반출입을 기록한 장부인 듯싶었다.

엄청난 서류의 양을 전부 훑어보기에는 아무리 해도 시간이 모자랄 정도여서 아크가 훌훌 넘기자, 릴 왕녀는 뭔가를 떠올린 것처럼 매우 흥미로운 이야기를 해 주었다.

"그러고 보니 보물 창고의 물품은 아무것도 없어지지 않았는데, 목록을 정리한 장부가 어질러졌다는 말을 들었느니라. 그게 뭐였더라……?"

릴 왕녀가 서가를 뒤지기 시작하자, 벽 쪽에서 대기하는 경비병 한 명이 앞으로 나오며 조금 전에 언급한 장부 한 권을 아크에게 건네주었다.

"발견 당시 어질러진 장부 중에서 가장 위에 펼쳐진 채 놓여 있었습니다."

아크는 경비병에게 받은 장부를 펼치고 책장을 넘겼다. 낯익은 그림이 금세 아크의 눈에 들어왔다.

"치요메 양."

다른 장부를 살피던 치요메는 아크가 부르는 소리에 손을 멈추었다. 그리고 아크가 가리킨 책장에 그려진 그림을 보더니 푸른 눈동자를 휘둥그레 떴다.

장부 목록에 등록된 물품을 묘사한 그림은 마름모꼴의 보석이었다.

그림 옆에는 보석의 특징을 비고란에 썼는데, 그 특징을 통해서도 '인심일족'의 비보인 『언약의 정령결정』이라는 것을 알 수 있었다.

"자하르 님, 여기 적힌 보석은 아직 이 보물 창고에 남은 거요?"

아크가 장부에 그려진 그림을 보이면서 자하르에게 물었다. 장부를 건네받은 자하르는 주변에 모은 서류를 확인하고 머리를 가로저었다.

"아쉽게도 이 보석은 이전에 힐크 교국에 선물로 보냈다는 내용이 기재되어 있소. 이제 보물 창고에는 없는 모양이오."

자하르의 말을 들은 아크와 치요메는 그제야 이해가 되었다.

그리고 이 보물 창고에 침입하여 탈출한 자가 사스케였다는 게 확실해졌다.

보물 창고에 침입한 사스케는 목록에 기재된 기록을 읽고 힐크 교국으로 향한 후 그곳에서 교황의 손에 넘어갔다——라는 추측이 대강의 경위이리라.

목록에 그려진 『언약의 정령결정』의 그림에 시선을 떨어뜨린 치요메도 이미 이 세상에서 사라진 동문 사형 사스케를 떠올리는지 조용히 눈을 감았다.

그 모습을 잠자코 지켜보던 니나가 갑자기 눈살을 찌푸리며 나섰다. 허리에 찬 검의 손잡이를 잡은 니나는 치요메를 노려보면서 입을 열었다.

"아무래도 이상하다고 생각했다. 당신들이 조사하는 것은 보물 창고에 침입한 수인 도적이겠지? 왕가의 보물 창고에 불법 침입하다니 어처구니없군! 당신들과 그 도적의 관계가 떳떳하다면 이 자리에서 해명할 마음은 있나?!"

니나의 험악한 기세에 새파랗게 질린 릴 왕녀가 아크 일행과 니나의 얼굴을 번갈아 쳐다보았다. 릴 왕녀는 뭔가를 변명하려고 입을 열었지만, 말이 나오지 않는지 시선만 이리저리 바쁘게 움직였다.

매섭게 따져 물은 니나도 눈앞에 있는 치요메가 자신의 실력으로는 도저히 맞설 수 없는 상대라는 사실을 모르지는 않을 것이다. 검의 손잡이를 쥔 니나의 손이 떨리는 게 옆에서도 보였다.

도적의 정체를 그냥 못 본 체 넘어가면 좋았을 일이지만, 니나의 지나치게 성실한 성격이 문제였을까 아니면 수인족에 대한 인간족의 편견과 색안경 탓이었을까.

자하르는 아크 일행이 조사하는 내용을 그럭저럭 짐작하면서도 모르는 척하고 이야기를 했을 것이다. 그러나 곧 니나의 저돌적인 대응에 머리를 감쌌다. 서둘러 니나의 행동을 말리려던 자하르는 치요메의 강압적인 말에 가로막혔다.

"……조사하던 도적을 알고 있다면, 우리를 어떻게 할 셈입니까?"

천천히 눈을 뜬 치요메의 푸른 눈동자에 차갑고 날카로운 빛이 깃들자, 그녀의 주변 공기는 문자 그대로 얼어붙을 것처럼 단숨에 기온이 내려갔다. 그리고 치요메의 말과 함께 하얀 입김이 뿜어나왔다.

공기 중의 습기가 얼음으로 변하여 빛의 마도구에 반사되듯이 하늘의 별처럼 반짝이며 떠돌기 시작했다.

니나나 다른 자도 낮에 팔루모 추기경과의 싸움을 통해 치요메의 실력을 충분히 알 터다.

겉보기에는 나이 어린 소녀이지만, 그녀의 실력은 인간족 기사 한두 명 정도로는 결코 제압할 만한 수준이 아니다.

그래서 그 자리에 있는 모든 사람이 뱀 앞의 개구리처럼 옴짝달싹 못하는 것이다.

치요메도 힐크 교국에게 사스케를 잃은 원통함이 가슴 속에 소용돌이치는 가운데, 니나의 무례한 질문이 신경에 거슬렸으리라.

치요메가 느릿한 동작으로 한 걸음 내딛자, 거기에 호응했는지 그녀의 발바닥과 닿은 돌바닥 표면이 하얗게 얼어붙었다.

얼음이 만들어질 때 생기는 공기의 울림이 쥐 죽은 듯이 적막한 실내에 몹시 크게 메아리쳤다.

"당신들은 이게 어디에서 이 보물 창고로 들어왔는지 알고 있습니까? 산과 들에 숨어 사는 우리 동포가 왜 인간족의 도시에서 쇠사슬로 묶여 지내는지 알고 있습니까? 인간에게 멸시당하며 쫓기다가 갇힌 동포의 대부분은 무슨 죄로 붙잡혔는지 알고 있습니까?"

"그, 그건……."

차분하고 평온한 목소리, 그럼에도 날이 선 얼음 같은 살기.

치요메의 살기를 접하고 목덜미에 식은땀을 흘린 니나는 무심코 말문이 막혔다.

아크는 주위에 퍼지는 보이지 않는 칼끝이 뱃속으로 파고드

는 감촉을 느끼는 한편, 이대로 놔두면 곤란하다고 판단하여 치요메에게 말을 걸었다.

"치요메 양, 그만하시오."

치요메로부터 쏟아지던 냉기가 아크의 한마디에 살짝 누그러졌다.

"내일은 왕도의 수인족을 해방하는 선언이 이루어진다는 얘기를 릴 왕녀에게 들었소. 치요메 양이 여기서 나나 님 한 사람을 핍박한들 무의미하오. 그보다 내일 해방될 치요메 양의 동포들에 대한 처우를 이제라도 검토해두는 게 건설적이지 않겠소?"

아니—— 말로써 상대를 몰아붙여 대답을 구하는 것은 의미는 있다. 그러나 지금 폭력을 행사하여서는 치요메가 주장하는 정당성이 흔들리고 흐지부지해진다.

"릴 님, 분명 내일이라 했나?"

아크가 묻는 말에 비로소 제정신을 차린 릴 왕녀는 당황하여 몇 번이나 고개를 끄덕였다.

"그, 그렇다! 내일, 아버님이 왕성 앞 광장에 그들을 모아 선언하기로 했느니라!"

그 말에 치요메는 천천히 눈을 내리뜨며 숨을 깊게 내뱉었다.

얼어붙은 바닥이 어느새 녹아내리고 긴장된 분위기가 풀리자, 릴 왕녀를 비롯한 사람들의 입에서 커다란 한숨이 새어 나왔다.

"죄송합니다, 아크 님. 조금 흥분했습니다. 저는 먼저 나가 있겠습니다."

작게 고개를 꾸벅 숙인 치요메는 그대로 보물 창고의 문을 지나 밖으로 향했다.

치요메의 뒷모습을 지켜보면서 아크는 아리안의 품에 안긴 폰타에게 시선을 옮겼다.

"폰타, 임무다. 치요메 양을 맡겨도 괜찮겠지?"

"큥!"

아크의 말을 알아들은 듯한 폰타는 아리안의 품에서 뛰어내려 치요메에게 달려가더니, 그녀의 주변을 맴돌며 꼬리를 흔들었다.

아크는 치요메가 폰타를 안아 들고 두 번째 문을 빠져나가자, 다시 릴 왕녀에게 시선을 돌려 방금 벌어진 일을 사죄했다.

"미안하오. 목록에 적힌 이 보석은 원래 그녀의 일족에게 전해지는 비보요. 나도 어떤 경위로 그 비보가 보물 창고에 들어왔는지 모르지만, 오늘날 수인족과 인간족의 관계를 비추어 보면 결코 유쾌한 얘기는 아닐 테지."

아크의 이야기에 자하르가 제일 먼저 반응하여 머리를 숙였다.

"그런 물건인 줄 모르고 실례했습니다, 아크 님."

자하르의 말에 릴 왕녀도 허둥지둥 아크에게 달려와서, 호위 기사 나나의 대응에 대해 용서를 구했다.

"내게 사과해도 난감하군. 그리고 치요메 양도 기분이 좀 언짢았을 뿐일 거요."

괜히 일이 꼬여서 보수의 내용을 백지로 만들어서는 이도 저도 안 된다.

여전히 얼떨떨해하는 자가 많은 가운데, 아크는 아무렇지도 않다는 듯이 가볍게 손을 내저으며 대답했다.

내일, 왕도의 수인족이 해방되면 앞으로 이 나라에서 수인족 죄인 이외의 노예는 정식으로 위법이 된다. 그러나 양 종족의 골이 하루 이틀 사이에 메워지는 것은 아니다.

줄곧 노예종족으로 다룬 자, 그런 취급에 반발하여 힘으로 맞선 자. 서로 믿을 수 없는 존재라는 인식이 짙은 양자에게, 방금처럼 치요메와 니나가 보여준 광경은 이후 곳곳에서 나타나리라.

"미, 미안하다, 아크 경! 니나에게는 나중에 단단히 일러두겠다!"

릴 왕녀는 호위기사인 니나의 실수에 거듭 용서를 구하며, 촉촉해진 잿빛 눈동자로 아크를 올려다보았다.

니나는 릴 왕녀가 아크에게 잘못을 비는 모습을 보더니, 자신의 얕은 생각이 작은 주인에게 수치를 안겼다는 사실에 몹시 부끄럽다는 듯이 두 눈을 꼭 감고 고개를 푹 숙였다.

아크가 그 자리를 어떻게든 수습하여 보물 창고를 나오자, 폰타를 안은 치요메가 문 옆에 서 있었다.

"죄송합니다, 아크 님."

고양이 귀를 얌전히 눕히고 꼬리를 늘어뜨린 채 말하는 치요메에게 아크는 별일 아니라는 것처럼 손을 흔들었다.

"딱히 치요메 양이 사과할 일도 아니잖소?"

그러나 그 말에도 치요메는 묵묵히 고개를 가로젓고 시선을 내렸다.

치요메의 태도에 폰타는 그녀의 품에서 위로하듯이 가르릉 울음소리를 냈다.

치요메는 실력이 뛰어난 전사이기는 하지만, 아직 앳된 소녀에 불과하다. 감상적인 상황에서 신경에 거슬리는 말을 흘려들을 만큼 요령이 좋지는 않다.

그런 면을 보여준다는 점은 오히려 안심할 수 있는 요소이기도 하다.

"내일은 왕도와 숨겨진 마을, 그리고 신천지의 마을에도 가서 수용 가능한 인원, 이주 희망자의 수 등 이것저것 조정해야 할 일이 많소. 아마 바빠질 거요."

아크는 애써 밝은 어조로 다음 날 일정을 손꼽아 헤아리고, 잔뜩 늘어난 일에 요란하게 한숨을 내쉬었다. 그러자 치요메가 살짝 입꼬리를 올리며 웃었다.

"이제 피곤하니까 빨리 자죠. 이 성의 방을 빌려줄 모양인데, 아크한테 부탁해서 일단 마을로 돌아갈래요?"

아리안은 인간족의 국왕이 마련한 방에서는 치요메가 편히 쉬지 못한다고 판단했는지, 아크의 전이마법을 사용하여 엘프족이든 수인족의 마을로 옮기기를 제안했다.

그러나 치요메는 고개를 가로저으며 다시 폰타를 끌어안았다.

"저는 문제 없습니다. 앞일을 대비해서 일찍 자도록 하겠습니다."

치요메는 고개를 들고 대답했다. 치요메의 표정을 살피던 아리안은 만족스럽다는 듯이 끄덕이고는 그녀의 팔을 붙잡으며 먼저 걷기 시작했다.

"그럼 치요메 양은 나랑 같은 침대에서 자요. 아, 물론 아크 는 다른 방인 거 알죠?"

아리안은 이미 결정 사항이라는 것처럼 말하고 웃었다. 그 말에 치요메는 살짝 두 눈을 휘둥그레 떴지만, 거절하지 않고 작게 고개를 끄덕였다.

치요메의 품에 폰타가 꼭 안겨 있으니 아무래도 혼자 자게 되 겠군. 아크는 왕성의 복도에서 달빛으로 빛나는 밤하늘을 올려 다보며 그렇게 중얼거렸다.

이튿날, 공교롭게도 날씨는 별로 좋지 않았고, 두껍게 드리 운 잿빛 구름이 왕도에서 올려다본 하늘을 온통 뒤덮었다. 빈 말로라도 수인족의 해방을 선언하기에 어울리는 날이라고는 할 수 없다.

여전히 왕도의 언데드 소탕이 완료되지 않아 제1방벽 내에는 많은 사람이 가도 위에 만든 천막에서 지냈다. 결코 쾌적하다 고 말하기 어려운 생활을 강요받았다.

그러나 사람들의 얼굴에는 하늘을 무겁게 짓누르는 구름처럼 어두운 분위기는 별로 보이지 않았다.

왕도 바깥에 넘쳐나는 언데드 대부분을 벌써 어제 하루 동안 처리해서 지금은 제2방벽 내의——— 신시가지 방면에 숨어든 언데드의 수색과 섬멸을 하는 상황이다. 그 사실이 사람들의 화제에 올라서 머지않아 거리로 돌아갈 수 있다는 이야기가 곳 곳에서 들렸다.

그중에는 언데드 수색을 지원하는 주민들도 많은 듯해서, 처음 왔을 때 본 울적한 분위기는 없었다. 굳이 말하자면 희망을 찾아낸 활기에 둘러싸여 있었다.

그들이 이야기하는 향후 왕도 부흥의 화제 속에 이따금 수인족을 해방한다는 소문이 나돌았다. 그러나 자하르는 정보가 새었기 때문이 아니라, 미리 거리에 소문을 흘려두었다고 말했다.

어째서 그런 조처를 했는지 몰라서 의아하게 여겼는데, 자하르는 그런 의문에도 정중하게 속사정을 밝혀주었다.

"우리가 왕도를 구하기 위해 달려오기 전, 왕도에서는 전시로 부족한 일손을 대응하기 위해 힐크교 몰래 다루던 수인 노예를 투입한 모양이오. 본래는 추기경의 눈에 띈 수인족은 힐크교에 넘겨주어야 할 테지만, 이번 사건의 주모자인 그들에게 따를 의무는 없소."

그쯤에서 말을 끊은 자하르는 불쾌한 표정을 숨기지 않고 눈살을 찌푸렸다.

"문제는 그렇게 되면 수인족이 이 일을 기회 삼아 왕도에서 탈출을 꾀할 거요. 어쩌면 어제 전투가 끝난 틈을 타서, 벌써 왕도를 벗어난 수인들도 생겼을지 모르오. 차라리 정보를 풀면 무턱대고 경솔하게 왕도를 빠져나가는 자의 수를 줄일 수 있으리라는 게 국왕 폐하의 뜻이지."

자하르의 설명을 들으면서 아크는 고개를 끄덕였다.

왕도 밖의 언데드는 거의 처리했다. 수인족의 신체 능력이라면 제1방벽을 넘어 신시가지를 지나 왕도 바깥으로 간단히 나갈지도 모른다.

다만, 노예 생활을 할 때의 환경 탓에 체력이 남지 않았을 경우 그 행위는 위험한 결과로 바뀐다.

현재 아크와 아리안, 치요메와 폰타에 이어 자하르를 포함한 일행은 왕성 옆에 지어진 영빈관 같은 저택 2층의 창가에서 정원을 내려다보는 중이었다.

보통은 왕성 부지 내에 서민이 드나드는 일은 없는 듯싶지만, 오늘은 눈 앞에 펼쳐진 커다란 정원에 많은 수인족이 모여들었다.

상당한 인원이 있는 것처럼 보여도, 자하르는 천 명이 넘지 않을 정도라고 말했다.

일단 통보를 듣고 스스로 발걸음을 옮긴 자들뿐이므로, 거리에 남은 수인족도 당연히 있으리라. 그러나 오늘은 그들의 눈과 귀에 이 나라의 국왕이 직접 선언하는 내용을 전하는 게 목적이다.

그럼 나머지는 그들이 국왕의 선언을 동료들 사이에 퍼뜨려 준다──라는 계획이다.

조금 전부터 정원의 동포들을 바라보는 치요메는 왠지 감격에 젖은 듯했다.

그런 치요메를 곁눈질하며 자하르가 전날 일을 다시 천천히 입에 담았다.

"치요메 님, 어제는 니나가 불쾌하게 만들어서 미안하오."

자하르는 새삼 치요메에게 사죄했지만, 그녀는 딱히 표정을 바꾸지 않은 채 상관없다는 태도를 보였다. 결국 아리안의 시선을 받아 그 대응은 아크의 몫이 되었다.

"치요메 양도 별로 마음에 두지 않는 눈치이니, 자하르 님도 너무 신경 쓰지 마시오. ……그런데 오늘은 니나 님이 안 보이는데 릴 왕녀의 곁이요?"

아크가 화제를 피하고자 니나가 있는 곳을 묻자, 자하르는 쓴웃음을 지으며 뒷머리를 긁적였다.

"니나는 그 후, 릴 공주님의 질책을 받고 지금도 징계실에서 반성 중이오……."

자하르의 말을 옆에서 듣던 아리안과 치요메로부터 작게 딴청을 부리는 소리가 들려왔다.

아크가 아리안과 치요메에게 시선을 던졌지만, 그녀들은 나란히 시선을 피하며 엉뚱한 방향으로 고개를 돌렸다.

"……그런가, 니나 님도 고생이군."

아크는 시선을 앞으로 옮기면서 나이 어린 릴 왕녀가 채찍을 들고, 드세 보이는 여기사 니나를 고문하는 장면을 상상했다.

아크는 채찍을 맞는 니나가 얼굴을 붉히며 「큭, 죄송합니다!」하고 사죄하는 모습을 떠올렸지만, 역시 이런 특수한 성벽(性癖)을 눈뜨게 하는 행위는 아니었으리라.

어쨌든 릴 왕녀에게 맡겨 두면 문제는 없을 듯싶다. 아크는 니나의 치욕 플레이를 머릿속에서 쫓아내고 자하르에게 맞장구를 쳤다.

"그리고 보니, 자하르 님은 수인족에게 그다지 거부감을 느끼지 않는 모양이오만?"

아크의 질문에 자하르는 약간 자조 섞인 미소를 지었다.

"난 니나 같은 귀족 출신이 아니오. 마을에 살던 어린 시절, 숲에서 놀다 우연히 만난 또래의 수인족을 친구로 사귀었소. 그 친구와 동료한테는 숲에서 여러모로 도움을 받기도 했지……. 내가 그들의 은혜에 보답하기 위해 할 수 있었던 일은 노예 사냥의 시기와 장소를 몰래 흘리는 정도였소."

자하르는 아크에게 부러운 시선을 보내고 묵례했다.

"그렇군……."

아크는 자하르의 이야기에 나온 수인족 친구가 어떻게 되었는지 묻고 싶기는 했지만, 그의 조금 전 표정을 통해 너무 파헤칠 화제도 아니라는 판단에 모호하게 고개를 끄덕였다.

이윽고 저택 앞 정원의 구석에서 위병들이 나타나 양 끝에 정렬하더니, 손에 든 나팔을 느릿느릿 들어 올려 불기 시작했다.

그동안 떠들썩하던 소란이 나팔 소리에 멈추었고, 모두의 시선이 한 곳으로 향했다.

짤막하게 울리는 팡파르 연주 후, 정원으로 뻗은 듯이 만들어진 저택 2층의 발코니에 위병을 거느린 아스파루프 국왕이 모습을 드러냈다.

그리고 옆에 대기한 위병 한 명이 큰소리로 국왕의 도착을 알렸다.

"노잔 왕국 국왕 폐하, 아스파루프 노잔 소우리아 님께서 왕림하셨소!"

저택의 드넓은 정원에 모인 대부분의 수인족은 국왕을 직접 본 적이 없으리라. 저마다 저 사람이 국왕이냐는 말을 여기저기에서 수군거렸다.

그런 가운데 아스파루프 국왕이 발코니 끝까지 천천히 걸어왔다. 그리고 정원에 모여든 수인족을 둘러보더니, 얼마 지나지 않아 입을 열었다.

"다들 오늘 이 자리에 모여주어 고맙다는 말을 하고 싶다. 모두 알다시피 바로 며칠 전까지 우리 나라는 미증유의 위기에 처했다. 오직 신만이 국가의 존망을 아는 상황에서, 그대들 수인족이 우리 나라에 보여준 헌신은 정말 대단했다. 이 나라를 대표하여 짐부터 감사의 뜻을 표한다."

국왕이 처음으로 위로하는 말에 수인족들은 서로 얼굴을 마주 보았다.

인간족이, 더구나 나라의 정점인 국왕이 몸소 수인족에게 사례를 표하다니, 여태껏 한 번도 없던 일인 까닭에 모두의 얼굴에는 짙은 당혹감이 엿보였다.

그러나 그중에는 국왕의 말을 몹시 불쾌하다는 듯이 얼굴을 일그러뜨리고 듣는 자들도 있었다.

그들로서는 새삼스레 나라가 위급할 때에만 자비와 관용을 베풀어 수인족의 힘을 제멋대로 쓴 교활한 인간족의 국왕이 하는 말을 믿을 수 없다——라고 생각하는지도 모른다.

다만 그렇게 여기는 대다수의 수인족은 이번 소집을 다시 그들을 구속하기 위한 함정으로 단정하여 극소수만 이곳에 모였다.

덧붙여 주위에는 무기를 지닌 위병이 정원 둘레를 따라 빙 둘러싸기도 해서, 당장은 국왕의 말에 침을 뱉는 자는 없었다.

"이미 소문으로 들어 알 테지만, 왕도를 습격한 수많은 언데

드는 모조리 섬멸되었다. 이제는 소수의 잔당만 남았을 뿐이
다. 그리고 조만간 그 잔당도 없어지는 날, 짐은 이 왕도에 또
이전 같은 활기가 돌아오리라 믿는다."

왕도에 나돌던 소문―― 언데드 대부분이 사라지면서 왕도
에 닥친 위기를 피했다는 소문을 국왕이 직접 인정함으로써 작
기는 해도 또렷한 환성이 올랐다.

"나라를 덮친 미증유의 위기를 맞이하여 사절로 보낸 나의
딸 릴리가 타국에서 세 명의 영웅을 불러들였다. 바로 그들이 자
신의 힘을 유감없이 발휘해준 덕분에, 짐은 지금 이렇게 이곳
에 서 있다. 짐은 그자들에게 최대한 찬사를 아끼지 않고, 활약
에 걸맞은 포상을 주기로 약속했노라."

아스파루프 국왕의 말에 웅성거림이 커졌다.

국왕 자신이 이번 사태를 수습한 자들이 단 세 명이고, 그 공
적을 바탕으로 소집이 이루어졌다고 공언한 탓에 다들 혼란한
지 머리를 갸웃거렸다.

어떤 이들은 이야기로 들었던 나라의 위기가 그렇게 위태롭
지는 않고 실력이 뛰어난 세 명 정도의 인원이 해결할 만한 사
태에 불과한 게 아닐까――라면서, 애당초 소문의 근거인 대
습격마저 의심하기도 했다.

그러나 그 의견은 전시에 협력했을 때 방벽 밖에 쳐들어온 무
수한 언데드 대군을 목격한 이들의 증언을 통해 간단히 외면받
았다.

그 밖에도 어째서 그자들이 활약한 보고를 굳이 수인족을 모
아서 했을까라는 의문도 나왔다. 그 때문에 점점 혼란스러운

예상과 추측이 난무하게 되었다.

달리 말할 수도 있었을 텐데 세 명의 영웅이라니 지나친 과장이었다.

게다가 릴 왕녀가 사절로 떠나 특별히 불러들였다고 한다——우연히 고용한 타종족의 용병이 사태를 수습한 사실은 나라의 체면상 꼴이 우스운 데다 소문도 나빠지면 다소의 각색은 어쩔 수 없으리라.

현재 이 정원에 모인 이들은 왕국의 전 국민도 아니고 왕도의 모든 주민도 아니다.

스스로 모여든 수백 명의 수인족은 말하자면 학교에서 전교생을 모은 정도에 지나지 않는다. 그런 자리에서 영웅이라고 불리는 데에는 약간 거부감이 들었다.

물론 왕도의 모든 주민 앞에서 실제로 똑같은 소개를 하는 상황도 피하고 싶다.

"그들이 짐에게 바란 포상이란—— 이 나라에 있는 엘프족 및 수인족 노예를 즉각 해방해 달라는 내용이다. 그리고 이후 정당한 이유나 죄과 없이 두 종족을 노예로 소유하는 행위를 금하며, 이를 위반한 자에게는 상응하는 벌을 주어 대처한다. 수인족의 죄상은 인간족의 법에 따르는 형태로 규정할 것을 여기에서 약속하고 선언한다!"

아스파루프 국왕의 선언 후 잠시 적막이 흘렀고, 다음 순간 군중 사이에 동요하는 웅성거림이 일제히 일어났다. 그러나 국왕은 잠자코 그들을 천천히 둘러보았다.

그동안 조심스럽게 거리에 나돌던 노예 해방 소문이 국왕의 입에서 나온 것이다. 여태껏 그들이 받은 처우를 떠올리면 간단히 믿을 만한 이야기는 아니다.

그러나 해방이란 조건을 나라에 직접 들이댄 존재가 있다면 인상은 달라진다.

곧이어 아스파루프 국왕은 그 조건을 제시한 세 명을 향해 화제를 옮겼다.

"그럼 세 명의 영웅을 그대들에게 소개한다! 캐나다 대삼림의 엘프족 기사, 아크 라라토이아 경! 마찬가지로 엘프족 전사, 아리안 그레니스 라라토이아 경!"

아크와 아리안은 발코니로 나아가 국왕 옆에 나란히 선 채 정원에서 자신들을 올려다보는 군중 앞에 나타났다.

모여 있던 수인족들은 둘의 모습을 보고 저마다 뭔가 말을 주고받았다.

일단 사전에 협의한 절차이지만, 새삼 이렇게 주목받는 장소에 서는 일은 어색하다.

거리를 걸을 때 언제나 눈길을 끄는 경험에 비추어 보면, 광장에서 시선을 끄는 정도의 규모다. 그러나 국왕의 소개 뒤에 등장한다는 게 몹시 거북하다.

군중 속에는 아크와 아리안을 팔루모 추기경과의 싸움에서 본 자도 있는지, 곳곳에서 그 화제를 올렸다.

"인간족 나라의 위기에 엘프족이 도움을 주다니 믿어지나?"

"어이어이, 갑옷을 걸친 녀석은 진짜 엘프족이냐? 갑옷 차림의 엘프는 들어보지도 못했는데?"

엘프족이 인간족 국가의 위기를 구하기 위해 도와주었다는

사실을 믿을 수 없어, 아크를 가리키며 정말 엘프족인지를 의심하는 자까지 가지각색이다.

"거기다 아직도 요란한 투구를 쓴 상태야. 얼굴을 보여 주지 않을 생각인가?"

"멍청하기는. 눈치 좀 채라고. 영웅인데 얼굴이 알려지기를 꺼리는 녀석은 없어. 신원을 밝히고 싶지 않든지, 두 번 다시 보기 싫은 얼굴이든지 둘 중의 하나야."

어떤 이는 괜한 걱정을 하기도 했지만, 갑옷의 알맹이는 해골이므로 딱히 틀린 말도 아니라고 해야 할까.

"그리고 또 한 명, 인심일족을 대표하는 치요메 경!"

가장 늦게 나온 치요메는 평소와 다름없는 표정이지만, 닌자 복장으로 입가를 가린 이유는 긴장을 감추려는 목적일까 아니면 닌자로서의 긍지일까.

치요메를 소개하는 아스파루프 국왕의 말을 들은 수인족들이 모두 놀란 목소리를 내뱉었다.

"방금 인심일족이라고 했나?"

"설마 그자들이 이 나라에도 와 있었다고!? 우린 정말 해방되는 건가!?"

놀람과 환희에 들끓는 이들 속에서 들리는 '인심일족' 이라는 이름의 효과는 대단했다. 아크는 수인족에게 퍼진 그들의 지명도에 또 한 번 놀랐다.

치요메는 그런 수인족을 가만히 바라보면서 자신의 꼬리를 살랑살랑 흔들었다.

한동안 활기에 찬 수인족을 지켜본 아스파루프 국왕이 아래

층의 위병에게 지시를 내렸다. 그러자 위병은 매우 짤막하게 나팔을 불고 군중의 주목을 다시 국왕에게 돌렸다.

"우선 왕도의 수인족들이 먼저 풀려나지만, 모든 도시에 있는 수인족의 해방은 이번 일을 마무리하면 차례대로 이루어진다. 또한 치요메 경은 해방된 수인족 가운데 신천지 개척 이주자를 모집한다. 자세한 사항은 후일, 거리에 고시할 테니 확인하기 바란다. 이상이다."

아스파루프 국왕의 마지막 말과 함께 위병이 해산 명령을 전하자, 저택에 모인 군중은 밖으로 나가면서도 흥분이 식지 않은 표정으로 이야기를 주고받았다.

아크는 옆에서 자신과 똑같이 그들을 바라보는 치요메에게 말을 걸었다.

"신천지 이주라……. 처음에는 어느 정도의 인원을 상정하는 거요? 치요메 양."

"아마 50명에서 100명쯤이겠죠……. 개척지 마을은 아직 구성원을 받아들일 만큼 충분한 준비를 못합니다. 가혹한 환경에서도 살아갈 수 있는 남자의 일손이 중심입니다."

치요메의 대답에 아리안이 작게 어깨를 으쓱이며 한숨을 쉬었다.

"점점 숨 막히는 마을이 되겠네요……."

아크는 마을의 현재 상황을 떠올리자, 슬슬 아리안이 그 마을을 찾아가는 게 위험하다는 판단이 들었다.

그들이 아리안을 어쩌지는 못하겠지만, 섣불리 행동에 나서다 오히려 크게 다칠 가능성을 고려해야 하지 않을까.

아크가 그런 생각을 하고 있자, 국왕에게 허둥지둥 달려오는 위병 한 명이 눈에 띄었다.

그때 재빨리 반응한 자하르가 위병을 막아섰다.

"멈춰라! 국왕 폐하의 어전이다. 먼저 용건을 말해라."

"넷! 그게 제1방벽 밖에서 이웃 나라 사루마 왕국의 브라니에 변경백의 사절이라는 자들이 찾아왔습니다. 브라니에 변경백이 국왕 폐하와의 회담 자리를 바란다고 합니다. 어떻게 하시겠습니까?"

위병의 보고를 들은 아스파루프 국왕은 의아해하는 얼굴로 나섰다.

"그자들이 정말 브라니에 변경백의 사절이냐?"

국왕이 직접 묻는 말에 당황한 위병은 품에서 한 장의 서한을 꺼내더니, 앞에 서 있는 자하르에게 건네주었다.

"죄송합니다! 그자들로부터 받은 변경백의 서한을 깜박 잊었습니다! 그리고 사절이라 일컬은 자들은 분명 변경백의 문장 (紋章)을 새긴 깃발을 내걸었습니다!"

위병의 말에 고개를 끄덕인 자하르는 서한에 찍힌 봉랍 문장을 확인했다.

이들의 모습을 지켜보던 아리안이 뭔가를 알아차렸다는 듯이 아크에게 물었다.

"그러고 보니, 여기 올 때 지나친 영지가 사루마 왕국이었죠? 그 일 때문에 그런 거 아니에요? 언데드한테 습격당한 병사 집 단⋯⋯."

아리안의 말에 아크와 자하르도 당시의 일을 겨우 떠올렸다.

요즘 들어 하루하루가 어지럽게 이어져서, 어느새 기억의 저편으로 멀어졌다.

　자하르는 서한을 손에 든 채 아스파루프 국왕을 향해 빠르게 발걸음을 옮겼다. 곧이어 아스파루프 국왕의 귓가에 그때의 상황을 소곤거린 자하르는 서한을 건네고 물러났다.

　"……뭣이라, 릴이 그런 지시를? 브라니에령에도 그 괴물이 숨어들었다니, 설마 릴을 쫓은 건가 아니면 다른 이유인가……. 변경백은 어리석은 귀족과는 다르다. 릴이 자신의 영내를 가로지른 사실은 이미 짐작했을 테지. 뭐가 목적일까……."

　아스파루프 국왕은 서한의 봉랍을 떼고 안의 내용을 서둘러 훑었다.

　그러나 아스파루프 국왕의 표정은 금세 놀란 얼굴로 바뀌었다.

　"브라니에 변경백은 뭐라고 했습니까?"

　국왕의 반응에 자하르는 무심코 그렇게 물었다.

　얼마 지나지 않아 아스파루프 국왕은 서한에 떨어뜨린 시선을 들어올려 눈썹을 찌푸렸다.

　"저쪽에서도 위급한 사태가 닥쳤는지 모르겠다……. 형식적인 인사도 없이, 그저 나와의 비공식 회담을 요청하는 글만 적혀 있을 뿐이다. 절차를 일절 무시한 이 서한은 마치……."

　그쯤에서 일단 말을 끊은 국왕은 보고하러 온 위병에게 시선을 던졌다.

　"브라니에 변경백에게 지금 당장 답변을 보내라. 아크 경 일행에게는 미안하오만, 오늘은 이만 실례하겠소."

아스파루프 국왕은 주위의 종자들을 데리고 빠른 걸음으로 저택을 나섰다.

"흐음, 왠지 수상쩍은 느낌이 드는군……."

"큐웅?"

아크는 발소리를 크게 울리고 저택에서 멀어지는 국왕의 뒷모습을 바라보며 중얼거렸다. 그러자 발밑의 폰타가 이상하다는 듯이 고개를 갸웃거렸다.

아리안은 딱히 짚이는 구석이 없는지, 폰타의 꼬리를 묵묵히 쓰다듬었다.

그러나 아크처럼 뭔가 말로 표현하기 힘든 낌새를 알아차린 치요메는 머리의 고양이 귀를 꼿꼿이 세웠다.

"저도 동감입니다……."

아크와 치요메가 올려다본 왕도의 하늘을 뒤덮은 구름은 아까보다 더 두꺼워졌고, 모든 것을 찌부러뜨릴 기세로 낮게 깔렸다.

브라니에 변경백의 사절로부터 서한을 받은 아스파루프 국왕은 답장을 적어서 보냈다. 사절 일행은 그날 중에 브라니에령으로 돌아가기 위해 왕도를 떠났다.

그들이 브라니에령에 도착하자마자 서한을 전한다고 해도, 거리를 생각하면 변경백이 바로 이곳을 향해 출발한들 최소한 닷새 이상은 걸리리라 예상되었다.

그러나 예상은 크게 뒤집혔다. 불과 사흘 후에 브라니에 변경백을 동반한 사절 일행이 왕도에 나타났다. 그 소식은 잡무를 처리하던 아스파루프 국왕에게 닿았다.

"거리에 따른 여정을 감안하면, 변경백이 왕도에 보일 리 없습니다. 속임수일까요?"

마침 아크 일행의 행동을 보고하러 온 자하르가 의심스럽게 여겨 입을 열었지만, 아스파루프 국왕은 그렇게 생각하지 않는 눈치였다.

"아니, 이토록 노골적으로 괴이하게 이른 방문이 무엇보다 진짜라는 증거겠지. 아마 사절의 대답을 기다리지 않고, 이미 여기로 오는 도중이었을 거다."

반쯤 확신한 국왕의 말에 자하르는 내심 납득했다는 듯이 고개를 끄덕였다.

공작을 펼쳐 가짜 사절을 보낼 셈이라면, 좀 더 그럴듯한 시기에 사절이 당도해야 한다. 그렇지 않으면 상대에게 의혹을 사서 그 계략은 쓸모없어진다.

사절이 보낸 변경백의 서한은 다급한 분위기를 풍겼다.

그런데 답장도 기다리지 않은 데다, 오랜 기간 적대 관계였던 나라에 만남을 요청하다니—— 그 사실만으로도 변경백의 이번 방문은 이상 사태다.

"국왕 폐하, 브라니에 변경백과의 회담은 몹시 불길한 예감이 듭니다만……."

어두운 얼굴로 말하는 자하르를 곁눈질하며 아스파루프 국왕도 그에게 동의했다.

"……나도 마찬가지다. 당장 회견장을 마련해라. 비공식 자리다, 브라니에 변경백을 서둘러 통과시켜라!"

실내 구석에서 대기하던 위병 한 명이 아스파루프 국왕의 명령을 듣고 뛰쳐나갔다.

국왕의 지시로부터 수십 분도 지나지 않은 사이, 오랜 세월 적대한 두 사람이 왕성의 별로 넓지 않은 어느 방에서 서로 마주하게 되었다.

방 한복판에 놓인 작은 테이블에서 대면하는 형태로 앉은 두 사람은 저마다 처음 만나는 상대의 얼굴을 조용히 바라보았다.

변경백은 중년에 접어들었지만 아직 젊은 나이인 이웃 나라의 국왕—— 그러나 위엄에 가득 찬 분위기와 상대를 응시하는 시선에서 지배자의 긍지를 엿보았다.

반면에 이미 노년에 들어가려는 나이이면서 날카로운 눈빛과 단련된 커다란 몸집을 지닌 이웃 나라의 변경백은 정말 역전의 무인을 떠올리게 하는 박력으로 넘쳐났다.

두 사람은 각자를 눈여겨보면서도 입가에 희미한 미소를 지었다.

——사사로운 잇속을 채우기에 여념이 없는 자국의 여러 귀족과 비교하면, 눈앞에 당당하게 앉은 변경백은 얼마나 고결하고 그에 더해 큰 인물의 단면을 보여 주는가.

——정사를 소홀히 하고 파벌 다툼에 몰두하는 여러 귀족을 징계하기는커녕, 스스로 정쟁의 중심이 되어 향락에 빠진 채 해이해진 현 국왕에 비해 위압감을 주는 노잔 왕국의 국왕은

얼마나 눈부신가.

"노잔 왕국의 아스파루프 노잔 소우리아요."

"사루마 왕국의 변경백, 벤드리 드 브라니에라고 하오."

두 사람이 각각 자신의 소개를 하더니, 굳은 악수를 하였다.

지금 있는 회담 자리에는 아스파루프 국왕의 호위라는 명목으로 자하르만 뒤에 대기했고, 놀랍게도 브라니에 변경백은 호위조차 거느리지 않았다.

"이처럼 전례 없는 비공식 회담을 요청하다니. 괜한 인사는 시간 낭비겠지, 목적이 뭐요?"

국왕의 단도직입적인 질문에 변경백은 묵례를 하고 나서 입을 열었다.

"그럼 사양하지 않으리다. 일단 왕도 소우리아를 덮친 괴물의 수를 가르쳐줄 수 있겠소?"

변경백의 말에 국왕의 시선이 날카로워졌다.

그러나 상대가 어느 정도의 정보를 파악했다고 여겨서 그 질문에 응했다.

"대략 10만쯤이요."

단적이고 간결한 국왕의 대답에 변경백은 무심코 무릎을 치며 수염 밑의 입꼬리를 올렸다.

"그거 낭보로군. 실례인 줄 알면서도 묻겠소만, 왕도의 수비는 꽤 타격을 입은 듯하오. 10만의 괴물 집단을 그만한 피해를 받고 막았다는 게 기적일 텐데, 만약 다시 비슷한 수의 괴물이 이곳에 쳐들어오면 버틸 수 있겠소?"

변경백의 얼굴에서 웃음이 사라졌다. 낮고 긴장한 목소리로 내뱉은 그 말을 국왕은 잠자코 귀를 기울이며 들었다. 그러나 머릿속으로는 변경백의 말뜻을 정확히 이해했고, 목덜미에 흐르는 식은땀을 숨기는 게 고작이었다.

"……그쪽에도 언데드 대군이 나타난 건가. 수는?"

"약 20만 남짓이오."

실내의 답답한 공기를 헤치듯이 던진 국왕의 물음── 그리고 변경백이 입에 올린 숫자는 시간을 멈춘 것 같은 적막을 가져왔다.

그 자리의 세 사람은 누군가 꿀꺽 침을 삼키는 소리를 들었다.

그것을 신호 삼아 먼저 입을 연 이는 변경백이었다.

"현재 괴물의 대군은 사루마 왕국의 왕도 라리사를 한창 습격하는 중이오. 당장 왕도를 구출하러 나서도 아무것도 할 수 없소……. 우리 영지를 뒤집어도 2만을 넘지 못하는 병력으로 왕도를 구출한다는 게 무모한 짓이지. 이제 서로 협력해서 그 놈들을 맞아 싸워 승리하는 길 외에는 우리 영지에도 귀국에도 미래는 보이지 않을 거요……. 안 그렇소?"

변경백은 국왕에게 답변을 요구하듯이 날카로운 눈빛을 보냈다.

눈앞에 있는 변경백의 제안을 거부하여 그의 영지가 20만 언데드 군세에게 삼켜진다면, 적은 그대로 물러날까…… 그 대답은 생각하지 않아도 안다.

함락시키지 못한 왕도 소우리아를 반드시 노릴 것이다. 그렇게 확신할 수 있었다.

"확실히 여기서 과거의 관계를 이러쿵저러쿵 따질 상황은 아니겠지."

국왕은 커다란 한숨을 무겁게 뱉어내며 말했다.

그러자 맞은편에 앉은 변경백도 딱딱한 표정을 풀고 한숨을 내쉬었다.

"오오, 든든한 일이오! 그럼 어서 귀국이 10만의 적을 물리쳤다는 전술을 우리한테도 전해 주겠소? 사태는 일각을 다투니, 준비가 필요하다면 빨리 서둘러야 할 거요. 방벽 밖의 모습을 보건대, 화염계 덫이나 마법을 썼다고 짐작하는데——."

변경백은 국왕의 낯빛이 좋지 않다는 사실을 알아차리고 하던 말을 멈추었다.

국왕의 태도를 본 변경백은 10만의 적에 맞선 비책을 이미 다 써서 곧바로 준비하지 못하는 게 아닐까—— 그런 불길한 예감이 뇌리를 스쳤다.

그러나 국왕이 꺼낸 말은 변경백의 예상을 훨씬 뛰어넘었다.

"인간족의 힘으로는 우리 왕도를 덮친 언데드 대군을 어떻게 할 수 없었소. 대습격의 위기로부터 이 왕도를 구한 자들은 두 명의 엘프족과 한 명의 수인족이오."

국왕의 대답에 변경백은 진지한 얼굴로 고개를 갸웃거렸다.

노잔 왕국이 엘프족이나 수인족과 깊은 교류를 맺었다는 이야기는 들어본 적이 없었다. 그러니 변경백의 반응도 무리는 아니었다.

애당초 수인족은 교의를 핑계 삼은 이웃 나라 힐크 교국이 주변국에서 사냥하여 긁어모아 그 수가 적었다. 그리고 엘프족은 대부분 로덴 왕국의 동쪽에 펼쳐진 캐나다 대삼림의 오지로 거처를 옮겨 보통은 볼 기회조차 없었다.

가능성이 있다면——.

"루앙숲의 엘프족인가?"

변경백의 단적인 질문에 국왕은 가볍게 고개를 가로저으며 두 명의 엘프족이 캐나다 대삼림 출신임을 알렸다.

그러나 무엇보다 변경백의 머리를 어지럽힌 점은 종족이 아니라, 고작 세 명이 왕도 소우리아의 위기를 구했다는 사실이었다.

아무리 변경백이라도 그 이야기에 동요를 감추지 못했다. 오히려 놀림을 받는다고 여겼을 정도다.

"잠깐, 잠깐 기다리시오. 이 왕도를 공격한 10만의 적을 물리친 게 두 명의 엘프족과 한 명의 수인족뿐이었다는 거요? 나를 속이는 건…… 아닌 듯싶소만?"

변경백의 캐묻는 듯한 시선에 국왕은 놀리는 기색은커녕, 앞으로 닥칠 위기 상황에 어떻게 대처할까—— 몹시 고심하는 눈치였다.

이윽고 국왕은 포기한 것처럼 깊은 한숨을 토해내더니, 뒤에 대기하던 자하르에게 말을 건넸다.

"자하르. 미안하지만 아크 경 일행에게 이 자리로 올 수 있는지 물어봐 주겠나?"

국왕의 부탁에 자하르는 즉시 고개를 살짝 숙인 후 빠른 걸음으로 방을 나갔다.

국왕은 자하르의 뒷모습을 지켜보는 변경백에게 불쑥 물었다.

"그런데 벤드리 영주는 적의 정체를 파악했소?"

그 질문은 변경백도 신경 쓰이는 일이었지만, 금세 들이닥칠 20만 언데드 대군의 위협에 대처하는 게 가장 급해서 나중으로 미룬 의문이기도 했다.

그러나 20만의 언데드라는 압도적인 병력이 문제였다.

본래는 결코 자연발생적으로 생겨날 만한 수가 아니었다.

따라서 변경백이 제일 먼저 떠올린 존재는 '명왕'이었는데, 아스파루프 국왕에게 그런 추측을 말하자 그는 작게 고개를 가로저었다.

"우리 나라 재상도 처음에는 그 존재를 언급했지. 하나 그 전설이 정말이라 해도, 명왕은 제국의 손에 제거된 것으로 알려졌소. 어쩌면 당시에 명왕을 쓰러뜨리지 못한 채 봉인만 해둔 상태를 풀어서 이용하는지도 모르오……."

국왕은 그쯤에서 말을 끊고는 고개를 숙이며 크게 한숨을 내뱉었다.

"그런데 이번 적은 존재 자체가 불확실한 전설이 아니오. 무수한 언데드를 만들어 그들을 보내는 뚜렷한 배후가 있소. 바로 당신의 영지에도 뿌리를 내린 힐크 교국이오."

국왕이 밝힌 적의 정체에 브라니에 변경백은 눈을 휘둥그레 뜨고 말문이 막혔다.

눈앞에 있는 아스파루프 국왕의 분위기를 봐서는 눈곱만큼도 농담하는 것 같지는 않았다.

"……배후를 힐크 교국이라고 했는데, 그런 확신을 얻은 이유를 물어도 되겠소?"

전혀 예상도 못한 적의 정체에 변경백은 여전히 그 말이 사실인지 아닌지 확증을 잡기 위해 국왕에게서 시선을 거두지 않고 물었다.

아스파루프 국왕은 며칠 전 왕도에서 일어난 사건—— 그 전에 노잔 왕국을 내방한 힐크 교국의 팔루모 추기경이 엘프족과 수인족에게 정체를 들켜 괴물로 변했던 이야기를 들려주었다. 그러자 변경백은 두 눈을 크게 뜨고 앓는 소리만 냈다.

"……그럼 우리는 녀석들의 말을 따라 놈들의 정체를 알아차릴 눈과 코를 스스로 없앴다는 거요?"

변경백의 질문에 국왕은 고개를 끄덕였다.

"사람들 속에 섞여든 언데드를 구별하는 힘을 가진 자는 현 상황에서 엘프족과 수인족 두 종족뿐이오. 하지만 이미 이 땅에는 엘프족도 수인족도 좀처럼 찾아볼 수 없을 정도요."

변경백은 국왕의 대답에 신음을 흘렸다. 그때 입실 허가를 요청하는 목소리가 들렸다.

목소리의 주인은 방금 국왕으로부터 누군가를 불러오라는 말을 듣고 나간 자하르였다. 국왕의 허가를 받은 자하르는 묵례를 한 후 다시 방에 들어왔다.

곧이어 자하르의 뒤를 따르는 세 명의 인물이 눈에 띄었다.

그들 중 맨 앞에 서서 방에 들어선 이는 온몸을 백은의 갑옷으로 감싼 몸집 큰 기사다. 눈이 부실 듯한 호화로운 갑주 차림이었는데, 무엇 때문인지 투구 위에 초록색 털로 덮인 낯선 짐승을 올려놓았다.

커다란 솜털 꼬리를 흔드는 모습은 멀리서는 투구 장식으로 보이기도 했다.

그런 백은의 기사를 뒤따라 온 이는 사람의 눈길을 확 끄는 절세의 미녀다.

옅은 자주색 피부, 뾰족한 귀, 황금색 눈동자, 눈처럼 하얀 머리를 나부끼는 그 여성은 루앙숲에서도 본 적이 없는 다크엘프족이다.

그러나 다크엘프족의 여성은 드레스 같은 우아한 옷이 아니라, 독특한 문양의 법의에 전사나 용병이 입는 가죽 갑옷을 걸쳤다.

그리고 맨 끝에 소리도 없이 나타난 이는 나이 어린 작은 소녀다.

전신을 두른 검은 옷, 낯선 복장의 장비, 수인족의 증거이자 특징적인 머리의 삼각형 짐승 귀, 허리에서 흔들리는 검고 긴 꼬리.

수인족 소녀는 푸르고 투명한 눈동자로 변경백을 조용히 바라보았지만, 그 시선이 가져오는 압력을 변경백도 쉽게 떨쳐낼 수 없었다.

심상치 않은 분위기를 풍기는 세 명은 자하르가 새로이 준비한 삼각의자에 앉더니, 회담 자리에서 대면하는 노잔 왕국의 국왕과 사루마 왕국의 변경백에게 저마다 시선을 보냈다.

"우선 벤드리 영주에게 간단히 소개해 두지. 이쪽부터 순서대로 아크 경, 아리안 경, 그리고 치요메 경이오. 이 세 명이 방금 얘기한 우리 나라의 위기를 구해 준 이들이오."

변경백은 일행과 악수를 나누고 서로 이름을 댄 후 세 명을 다시 응시했다.

확실히 평범한 이들이 아니라는 사실은 내면에서도 겉모습에서도 엿볼 수 있다. 특히 기사 차림의 남자는 자리에 앉았는데도 투구를 벗지 않고, 그 위에 짐승 한 마리를 올린 채 국왕과 자신을 상대했다.

이 나라의 국왕인 아스파루프를 흘끗 쳐다보았지만, 그는 몹시 심각한 표정이었다.

"아크 경 일행을 일부러 오게 해서 미안하오. 실은 이웃 나라의 브라니에령에 닥친 위기가 조금 전 브라니에 변경백의 증언으로 밝혀졌소. 아무래도 이번 언데드 대군세의 배를 넘는 병력이 사루마 왕국의 왕도를 습격하는 듯하오. 이대로는 변경백이 다스리는 브라니에령을 집어삼키고, 언젠가 또 이 왕도 소우리아에 몰려올 우려가 있소. 염치없는 얘기라는 건 잘 알지만, 모쪼록 우리를 도와주지 않겠소?"

변경백은 일국의 국왕이 면전에서 타 종족 세 명에게 머리를 숙이며 간절히 부탁하는 모습에 매우 놀랐다. 한편으로는 그들의 힘을 빌리지 못하면 나라가 멸망한다는 두려움을 품은 국왕의 감정이 엿보였다.

더구나 국왕이 기존 언데드의 배를 넘는 터무니없는 적의 세력을 말해도 그들은 동요하지 않고 왠지 느긋한 눈치였다.

그런 일행 중 약간 불쾌한 표정을 지은 다크엘프 여성——아리안이 작은 한숨을 내뱉고, 옆에 앉은 갑옷 기사 아크에게 말을 걸었다.

"릴 양의 의뢰를 받아서 이번 일은 어쩌다 맡았지만, 인간족 국가의 존망에 우리가 계속 독단으로 관여하는 건 곤란하지 않아요?”

“흠음. 하지만 형식적이어도 타 종족과의 우호를 꾀하는 자세를 보여준 몇 안 되는 인간족 국가가 사라지면 우리의 보수 조건이 물거품으로 돌아갈 텐데?”

아크와 아리안이 의견을 주고받는 가운데, 아스파루프 국왕은 심판의 판결을 기다리듯이 숨을 삼키며 대화의 흐름을 지켜보았다.

변경백은 이 셋이 어떻게 10만에 달하는 군세를 물리쳤는지 모르지만, 그들의 선택에 따라 국가의 존망이 좌우되리라는 사실을 그 자리의 분위기로 알아차렸다.

그러므로 변경백은 그들의 흥미를 끌기 위한 이야기를 꺼낼 필요성을 느꼈다. 그들이 인간족에게 힘을 빌려줄 것을 고려할 만한 정보.

“잠시 괜찮겠소? 얼마 전 그 언데드 군세의 선견대로 여겨지는 소수의 괴물이 아크 경 일행의 동포인 엘프족이 사는 루앙숲으로 향했다는 보고를 들었소. 아마 놈들은 브라니에령뿐만 아니라, 루앙숲의 엘프와 그 앞의 디모 백작령에도 몰려갈 셈이겠지.”

단순한 억측에 지나지 않지만, 목격담을 언급한 이상 돌이켜 보아야 할 가능성이 될 터다.

그렇게 판단한 변경백은 자신이 말한 정보의 반응을 살피듯이 아크 일행에게 시선을 던졌다.

“루앙숲의 전사들에게 피해를 줬다는 그 일인가. 팔루모 추기경의 말에 비추어 보면, 엘프족을 조금이라도 공격하기 위해

숲으로 진로를 바꿀지도 모르겠군."

갑옷 기사 아크가 그런 말을 내뱉었고, 옆자리의 엘프족 전사 아리안도 눈썹을 찌푸렸다.

아크가 말한 이야기의 내용은 변경백과 국왕의 입장에서는 구원의 손길이기도 했다.

루앙숲을 습격한 선견대의 규모는 분명하지 않지만, 전사 집단이 피해를 봤다는 말은 10만을 물리쳤다는 눈앞의 일행에 버금가는 힘이 그들에게는 없는 것이리라.

아크 일행과 똑같은 힘을 지닌 자들이었다면, 선견대의 전력쯤은 아무것도 아니다.

애당초 루앙숲에 사는 엘프족 전사들이 그처럼 강대한 힘을 가졌다는 말은 영지를 접하는 역대 브라니에 변경백의 귀에도 들어오지 않았다. 그 때문에 엘프족과 수인족으로 이루어진 세 명의 일행이 10만이나 되는 적을 없앴다는 이야기를 처음부터 믿지 못했다.

캐나다 대삼림의 엘프족과 루앙숲의 엘프족이 어떤 관계인지는 몰라도, 변경백은 이야기의 흐름이 결코 나쁜 방향으로 기울지 않는다고 확신했다.

"그럼 루앙숲을 구한다는 명목으로 중앙에서 전력을 내보내지 않을까요?"

아리안이 팔짱을 끼고 생각에 잠기자, 옆에 앉은 아크가 고개를 갸웃거리며 작게 귓속말을 했다.

(내가 나서는 게 엘프족한테도 피해는 적을 것 같소만?)

(답답하네요. 그랬다가는 우리 마을이 주도하는 인상이 될 테

니, 체면상 중앙에서 전력을 낼 거예요. 아크 수준의 힘을 가진 자라면, 수호의 드래곤로드에 필적하는 분이 올 수도 있어요.)

조용한 실내에서 소곤거리는 귓속말은 밀담의 형태를 띤 발언이나 다름없다.

그리고 아리안이 입에 담은 드래곤로드라는 존재는 모든 생명의 정점이라고도 일컬어지며, 그 힘은 지형조차 변형시킨다는 상식을 벗어난 초월자다.

그런 존재가 엘프족의 요청으로 움직일 가능성이 있다는 것이다. 변경백은 자신의 좁은 시야에 현기증이 날 정도였다.

곧이어 아리안이 충격에 빠진 변경백과 국왕에게 결론을 전했다.

"이번에 인간족의 국가가 멸망하더라도, 캐나다 중앙이 우려할 일은 없을 거예요. 다만 결과적으로 인간족 자체가 사라지지도 않을 테니, 엘프족과 수인족을 배려하는 국가나 영지가 남는 게 서로의 장래를 위해서도 좋겠죠. 그런 희망을 보여준다면 그걸 근거로 중앙의 대장로님들과 교섭할 수 있을지도 몰라요."

아리안의 말에 국왕과 변경백이 얼굴을 마주 보더니, 당장 변경백이 요구 사항을 물었다.

"근거라는 게 뭐요?"

"노잔 왕국이 동의한 조건하고 별로 다르지 않아요. 엘프족과 수인족의 모든 노예 해방, 그리고 앞으로 부당한 예속화의 일절 금지."

"알겠소. 내 이름의 명예를 걸고, 그 약속을 이행하리다."

아리안의 대답에 변경백은 망설임 없이 조건을 받아들였다.

본래 루앙숲이라는 엘프족의 영역과 접하는 까닭에 괜한 알력이 생기지 않도록 영지에서는 변경백 자신이 그들에 대한 간섭에는 눈을 번뜩였다.

또한 변경백은 힐크 교국의 교리 관계도 있고, 사루마 왕국의 중앙 귀족과 대립하는 상황이어서 트집이 잡히지 않기 위해 애썼다. 그래서 노잔 왕국처럼 수인족 노예를 몰래 부리는 행위도 금했고, 숲이나 산에서 지내는 자들과도 적극적인 간섭은 피했다.

요컨대 조금 전의 조건은 브라니에 변경백으로서는 아무런 부담도 되지 않았다.

그러나 아리안은 거기에 터무니없는 조건을 더 내밀었다.

"⋯⋯대장로회가 힐크 교국의 타도를 내세울 경우, 당신들이 찬성한다는 건 어때요?"

"그럴 수가!"

"그건."

아리안이 제시한 마지막 조건에 국왕과 변경백은 두 눈을 휘둥그레 떴다.

"원래 이번 일의 주모자는 힐크 교국의 교황이었잖아요? 그자의 처리를 머뭇거릴 이유는 없을 듯싶은데, 무슨 문제라도 있나요?"

어안이 벙벙해져 당황하는 두 사람과 그런 모습을 이상하게 쳐다보는 아리안 사이에 끼어들어, 인간족의 두 권력자에게 도움의 손길을 뻗은 이는 뜻밖에도 갑옷 기사 아크였다.

"아리안 양, 힐크교의 신앙 자체는 인간족의 민중에게 널리 퍼졌소. 섣불리 몰아붙여서는 인간족과 엘프족을 둘러싼 깊은 앙금을 남기는 게 아니오? 아스파루프 님과 벤드리 님 같은 권력자가 민중의 신앙을 탄압하는 형태를 띠면, 아마 각지에서 불씨를 만드는 결과를 낳을 거요."

아크가 두 사람에게 시선을 보내자, 국왕과 변경백은 그 말을 긍정하듯이 몇 번이나 고개를 끄덕였다.

그때 줄곧 입을 다물었던 수인족 소녀가 절충안을 꺼내 보였다.

"그럼 현 교황의 폭주를 막는다는 구실을 알리고, 교황과 추기경을 없앤 후 인간족이 자신의 입맛에 맞게 왜곡한 타 종족에 대한 교리 일부를 고치게 하는 건 어떨까요? 어쨌든 지금의 힐크 교국을 그냥 내버려 둘 수는 없습니다."

그 말에 국왕과 변경백은 신음만 흘렸다.

치요메의 말대로 힐크 교국이 갑자기 언데드의 군세를 이끌고 침략한다는 전혀 예상치 못한 사태에 기존의 국경을 유지하기란 어렵다.

근본적인 해결을 꾀하려면 현 교황을 힐크교에서 제거해야만 한다.

"성가신 힐크교의 힘을 약화시킬 수 있다면, 대장로님들도 무거운 엉덩이를 모처럼 들어 올릴 확률이 높아질 거에요. 우리도 이득을 보는 게 없으면 안 되니까요. 교섭이 성립될지 확약은 못하지만."

아리안은 일단 이 조건으로 교섭할 것을 두 사람에게 약속했다.

"흐음, 우선 루앙숲으로 돌아가서 딜런 님에게 상담하는 게 가장 빠를까?"

"그러네요. 우리 외할아── 외조부님이 대장로 중 한 명이니, 힘을 쓰면 대장로회에는 의제로 올라갈 거예요."

갑옷 기사 아크와 엘프족 전사 아리안이 이후의 예정을 맞추는 가운데, 둘의 대화를 듣던 변경백은 불안감을 느끼고 무심코 입을 열었다.

"미안하지만 루앙숲은 이 왕도에서 당장 출발하더라도 나흘은 걸리오. 더구나 아리안 경이 아까부터 하는 말은 먼저 캐나다 대삼림으로 돌아가서 이 얘기를 한다는 게 아니오? 캐나다 대삼림은 로덴 왕국에서 멀리 떨어진 서쪽인데, 그동안 우리 영지는 전장이 될 거요."

변경백의 우려는 지극히 당연하다. 평범하게 이곳에서 캐나다 대삼림까지 갔다가 전력을 갖추고 돌아오더라도, 그 무렵에는 이미 브라니에령은커녕 노잔 왕국조차 사라졌을지 모르는 것이다.

"걱정할 필요 없소."

그러나 갑옷 기사 아크는 느긋하게 고개만 끄덕이고 대답할 뿐이었다.

그 태도에 변경백은 속이 끓었지만, 아스파루프 국왕이 그를 말리며 물었다.

"아크 경은 역시 '정령의 오솔길'을 사용할 수 있는 건가?"

국왕의 갑작스러운 질문과 내용에 변경백은 놀란 표정으로 둘을 바라보았다.

'정령의 오솔길'이란 인간족에게 전해지는 전설이다. 엘프족이 쓰는 비술로 일컬어지는데, 장대한 거리를 눈 깜짝할 사이에 이동한다는 방법이다.

다만 단순한 전설에 지나지 않는다고 여겨진 데다, 변경백도 그렇게 이해했다.

무엇보다 그런 비술을 쓸 수 있다면, 여태껏 인간족에게 애완 노예로 붙잡힌 많은 엘프족이 벌써 도망쳤을 테니 말이다.

그러나 정작 당사자인 갑옷 기사 아크는 고개를 갸웃거리며 옆자리의 아리안에게 시선을 옮겼다.

명칭을 인간족이 멋대로 붙였다고 판단했는지, 국왕은 다시 구체적으로 아크가 '정령의 오솔길'을 이용한 장면을 말하며 물었다.

"괴물로 변한 팔루모 추기경이 공격해 올 때 아크 경이 나를 감싸주면서 썼던 그 힘. 내 앞으로 순식간에 나타난 그 능력은 '정령의 오솔길'이 아니오?"

국왕의 거듭된 질문에 그게 무엇을 가리키는 말인지 알아차린 아크는 비로소 납득이 간다는 듯이 손뼉을 쳤다.

"오오, 전이마법을 묻는 거였군."

아크의 반응에 국왕은 남몰래 침을 삼키며 충격을 어떻게든 얼버무렸다.

"그, 그 전이마법을 사용하면, 어디든 좋아하는 장소로 단숨에 갈 수 있다는 건가?"

변경백은 심하게 동요하는 감정을 가까스로 억누르며, 쥐어짜내는 것처럼 아크에게 겨우 말을 걸었다.

"그렇게 편리한 마법은 아니지만, 루앙숲이라면 괜찮을 거요. 아리안 양, 이번 일을 대장로회에 전한 다음, 그 대답을 갖고 돌아오는 데 얼마나 걸리겠소?"

아크는 경악하는 국왕과 변경백을 아랑곳하지 않고, 옆에 있는 아리안을 보면서 이후의 여정을 물었다.

"이 문제만큼은 대장로회를 쉽게 통과하지 못하겠죠. 적어도 사흘은 넘을 듯하네요."

아크의 질문에 아리안은 작게 어깨를 으쓱이며 고개를 가로저었다.

"그럼 유예할 시간도 별로 남지 않았으니, 우리는 이쯤에서 실례하겠소……."

자리에서 일어난 아크는 그를 올려다보는 국왕과 변경백에게 살짝 고개를 숙였다. 그러더니 아리안과 치요메를 데리고 곧장 방을 나갔다.

그들의 뒷모습을 지켜보는 실내에는 침묵이라는 이름의 적막이 찾아들었다.

"우리 인간족은 어떻게 지금 여기에 있을 수 있는 걸까?"

그것은 변경백이 누군가에게 내뱉은 물음이 아니라, 자신을 향해 던진 혼잣말이었다.

그러나 그 자리에 있던 아스파루프 국왕과 호위기사 자하르도 비슷한 심정이었는지, 둘 다 말없이 동의하는 것처럼 그저 고개만 끄덕일 뿐이었다.

제3장 인간족과의 공동전선

　오랜 세월 적대한 양자, 노잔 왕국의 아스파루프 국왕과 이웃 나라 사루마 왕국의 브라니에 변경백이 얼굴을 맞대는 비공식 회담 자리에 불린다——.

　그런 상황을 듣고도 그곳에 가기를 바라는 인물은 몹시 대담하든지 무감각하든지, 그 둘 중의 하나가 아닐까.

　그러나 그 요청은 이 자리에서 거절할 수 없는 초대다.

　아크는 물론 아리안과 치요메가 회담 자리에 불린 시기는 왕도 소우리아에서 해방된 수인족 중 신천지인 개척 마을로 보낼 선행 이주자를 모으고 뽑을 때였다.

　일단 치요메와 함께 숨겨진 마을로 돌아간 일행은 그동안의 경위를 '인심일족'의 족장인 한조와 촌장인 고우로에게 보고했다. 그 후, 한창 개척을 진행하는 마을에 가서 실제로 받아들일 수 있는 인원을 계산하여 다시 왕도 소우리아로 돌아왔다.

　【게이트】를 써서 각지와의 의견을 주고받거나 왕도에서 공고문을 본 이들 가운데 모집 요항을 따른 인재를 고르는 등, 지난 며칠간은 여러모로 바쁜 나날이었다.

　그 와중에 출석 요구를 의아해하면서도 회담 자리로 향한 일행은 브라니에 변경백으로부터 놀랄 만한 정보를 듣게 된다.

언데드의 군세가 이웃 나라 사루마 왕국의 왕도를 습격했다는 소식이었다.

더구나 그 수는 대략적이기는 해도 왕도 소우리아를 덮친 언데드의 두 배인 20만 남짓한 터무니없는 병력이다. 그 때문에 아스파루프 국왕과 브라니에 변경백은 힘을 빌리고 싶다는 부탁을 했다.

별로 내키지 않은 아리안은 릴 왕녀의 의뢰를 들어주는 과정에서 노잔 왕국의 위기를 구한 것은 둘째치고, 계속 인간족 국가의 존망에 명확하게 관여할 셈이라면 우선 장로나 대장로에게 의견과 양해를 얻는 게 좋다는 판단을 내렸다.

내심 이제 와서 새삼스럽다는 생각도 들지만, 아크도 이미 라라토이아라는 마을의 이름을 받은 이상 아리안의 결정은 아주 당연하다고 할 수 있다.

그러나 어린 릴 왕녀의 눈물을 그치게 하려고 모처럼 도와주었는데, 여기서 손을 떼면 지난번 행동이 무의미해질지도 모른다.

브라니에 변경백에게 들은 사루마 왕국의 왕도 라리사의 위치와 지형을 떠올리면, 라리사를 공격한 언데드의 군세가 다음에 노릴 곳은 아마 브라니에령이리라.

즉, 노잔 왕국의 왕도까지 20만의 군세가 쳐들어올 동안 약간의 여유는 남았다.

최악의 경우 브라니에령이 망하는 사이 시간은 벌 수 있지만, 그래서는 노잔 왕국과 마찬가지로 타종족의 노예 해방 및 부당한 예속 금지라는 조건을 받아들인 귀중한 인간족의 영지가 지상에서 사라진다.

그뿐만이 아니다. 브라니에령이 위기에 빠지면, 서로 영토를 접하는 또 하나의 엘프족 마을인 드란트도 20만 남짓한 언데드 군세의 위협에 노출되는 것이다.

그 마을에는 언데드 군세의 선견대로 여겨지는 부대와 교전해서 큰 피해를 본 주민들을 지원하고자, 캐나다 대삼림 대장로회의 승인 아래 아리안의 아버지인 라라토이아의 장로 딜런을 비롯하여 메이플 전사단이 달려갔다.

이번 사태에 그들도 말려들 가능성이 생긴다면, 드란트의 장로와 딜런에게 자초지종을 밝히고 어떻게든 이른 시일 내에 대책을 세워야 한다.

그런 까닭에 아크와 아리안은 여러 문제를 해결하기 위해 루앙숲으로 떠나게 되었다.

"미안하오, 치요메 양. 왕도에 혼자 남기고 가서."

지금 있는 곳은 아스파루프 국왕의 간곡한 부탁으로 왕도 소우리아에서 머무는 동안 빌린 왕성의 어느 방이다. 그곳에서 아크는 치요메를 향해 사과하면서 머리를 숙였다.

"큥?"

폰타는 아크를 이상하다는 듯이 올려다보았다. 그런 폰타의 목덜미를 붙잡아 끌어안은 아리안도 치요메에게 미안해하는 표정을 지었다.

"치요메 양을 드란트에 데려가면 여러모로 불쾌한 일을 겪게 할 테고, 동족이라도 그런 엘프족의 추태를 보이기는 싫어요……. 저쪽은 나를 동족으로 여기지 않겠지만."

눈썹을 찌푸린 아리안은 신랄한 말을 내뱉으며 한숨을 토해냈다.

아무래도 아리안은 처음에 드란트를 방문했을 때의 인상이 나빴던 탓인지, 동족의 마을에 대해서도 태도가 조금 거칠어지는 듯싶다.

"아뇨, 괜찮습니다. 아리안 님, 시급을 다투는 일입니다. 쓸데없는 마찰을 일으켜서 귀중한 시간을 버리는 건 좋은 방법이 아닙니다. 딜런 님에게는 안부를 전해 주십시오."

치요메는 검은 고양이 귀를 쫑긋거리고, 아무것도 아니라는 듯이 고개를 가로저었다.

아크도 치요메의 말에 크게 고개를 끄덕였다.

"그렇군. 할 일은 많지만 시간이 없소. 서둘러 루앙숲까지 가볼까."

폰타를 늘 앉는 투구 위에 올린 아크는 아리안과 함께 각자의 장비를 확인했다. 저마다 가진 짐을 껴안은 둘은 준비를 끝냈는지 서로 눈짓으로 물었다.

아리안도 폰타도 문제없다──. 아크는 짐 속에서 종이 묶음을 철한 책자 한 권을 꺼내어 책장을 넘겼다.

각 책장에는 이 세계에서 아크가 그동안 들른 장소를 직접 그린 많은 풍경화 작품이 실려 있었다.

장거리 전이마법인【게이트】는 자신이 기억하는 장소로 단숨에 이동하지만, 기억이 흐릿하면 제대로 발동하지 않는다는 결점을 갖는다. 그 점을 보완한 게 이 전이그림책이다.

그중 한 장을 펼친 아크는 거기에 그려진 경치를 바탕으로 기억의 풍경을 머릿속에 떠올렸다.

"그럼 다녀오겠소, 치요메 양. 【게이트】."

살짝 물러난 치요메에게 잠시의 이별을 알린 아크가 마법을 전개했다.

실내에는 아크를 중심으로 하는 빛의 마법진이 생겨나더니, 근처에 서 있는 아리안의 발밑까지 퍼졌다. 눈 깜짝할 사이에 사방이 어두워지면서 몸이 한순간 붕 뜨는 느낌을 받았다.

다음에 정신을 차렸을 때는 노잔 왕국 왕성의 호화로운 방이 아니라, 주변이 나무들로 둘러싸인 숲이었다.

그리고 눈앞에는 손에 든 전이그림책의 풍경이 나타났다.

약간 완만하게 솟아오른 언덕 모양의 대지 주위에 놓인 듯한 형태로 세 그루의 거대한 수목이 수많은 가지와 나뭇잎을 뻗은 채 우뚝 솟아 있었다.

나선 계단처럼 꾸불꾸불한 거대수(巨大樹)의 줄기는 로드 크라운 수준의 위용은 자랑하지 않았지만, 그래도 상식적인 수목의 크기를 훨씬 뛰어넘었다.

그리고 그런 환상적인 풍경이 특징인 거대수 아래에는 이곳에서도 알 수 있을 정도로 여러 개의 주거 지붕이 밀치락달치락하듯이 늘어서서 거리의 경관을 자아냈다.

──틀림없다, 루앙숲에 만들어진 마을 드란트다.

"도착했네요. 먼저 아버지하고 연락을 취해야 하는데……."

아크를 올려다본 아리안이 시선을 떨어뜨리며 입을 다물었다.

"치요메 양에게는 그렇게 말했지만, 우리도 엘프족이 아니라는 점에서는 큰 차이는 없군."

아크가 씩 웃자, 아리안은 요란한 한숨을 내쉬었다.

"여기서 한탄해도 어쩔 수 없겠네요. 가죠, 아크."

"쿵! 쿵!"

다시 기운을 낸 것처럼 시선을 들고 말하는 아리안을 따라 아크의 투구 위에서 폰타가 기쁘다는 듯이 짖으며 솜털 꼬리를 흔들었다.

아크와 아리안은 드란트를 향해 나란히 걷기 시작했지만, 마을 주위의 까마득하게 높은 세 그루의 거대수 때문에 거리감이 어긋나는지 가까워지는 기색이 전혀 없었다.

그러나 거대수에 고정한 시선을 밑으로 내리자, 거리의 전체 모습이 서서히 또렷해졌다.

석재와 목재를 섞어 만든 성벽 비슷한 벽이 거리를 에워쌌는데, 어지간한 마수 따위의 침입자로는 부술 수 없을 만큼 견고해 보였다.

그런 벽 주변 곳곳에 밭 등이 펼쳐진 광경은 캐나다 대삼림의 마을이라기보다는 인간족의 지방도시를 떠올리게 한다.

한동안 더 나아가자 드란트의 입구인 출입문이 겨우 시야에 들어왔다. 그곳에는 눈을 번뜩이는 문지기 같은 두 명의 전사가 위협하는 눈빛으로 아크와 아리안을 노려보았다.

그리고 마침내 출입문으로 가까이 간 일행에게 창을 손에 든 두 명의 엘프족이 서로 무기를 교차시켜 길을 가로막았다.

"이곳은 드란트다. 타 종족의 외지인은 더 이상 지날 수 없다!"

남자 한 명이 손으로 내쫓는 동작을 보이자, 옆에 있던 동료도 고개를 끄덕였다.

두 엘프족 전사의 태도에 아리안은 관자놀이를 파르르 떨며 상대를 쏘아보았다.

"난 캐나다 대삼림에서 파견한 구조대 대장 딜런 터그의 딸이에요. 아버지한테 할 말이 있으니 비켜 줄래요? 일각을 다투는 일이라고요."

아리안은 조용히 분노를 담아 말했지만, 고집스러운 상대는 그녀의 요청을 들어줄 마음이 없는 눈치였다.

"안 된다. 다만 전언쯤은 전해 주도록 하지. 얌전히 밖에서 기다리고, 용건을 말해라."

그들을 구하기 위해 달려온 이를—— 더구나 다른 마을 장로의 딸인데도, 이종족이라는 이유만으로 아리안의 앞길을 막으려 한다. 상당히 융통성이 없는 무리이지만, 그 행위를 과연 용기라고 불러야 할까.

아크 자신이라면 목숨이 있는 한, 재빨리 길을 열겠지만 말이다.

"이 마을을 멸망시킬 위협이 바로 코앞에 닥쳤어요. 당신들도 알잖아요? 마을 전사들에게 커다란 피해를 준 괴물—— 그게 대군을 이루고 밀려올 가능성이 있어요. 아버지한테 전해 줘요!"

아크는 아리안의 하얗고 긴 머리가 아지랑이처럼 흔들리는 환각을 느꼈지만, 어떻게든 분노를 억누른 그녀는 마을 안에 있을 딜런에게 알려줄 말을 엘프족 전사들을 향해 부탁했다.

그러나 아리안의 전언 내용에 정작 엘프족 전사 둘은 잠시 얼굴을 마주 본 후, 재미난 이야기를 들었다는 듯이 배를 잡고 웃음을 터뜨렸다.

"하하하하! 이봐이봐, 아무리 장로의 따님이라도, 해도 괜찮은 말과 안 되는 말이 있거든? 마을을 멸망시킬 위협이라니, 전사단 녀석들이 방심하다 당했다는 언데드를 말하는 거냐?"

웃으면서 말하는 동료에 이어 또 한 명의 남자도 눈썹을 찌푸리고 쓴소리를 내뱉었다.

"마을 밖을 돌아다니는 전사단은 경험이 적은 데다 젊은 놈들이 많다. 언데드를 상대할 때 빈틈을 드러내서 마수한테라도 한 방 먹었을 텐데 그걸로 속이려고 하다니. 우리같이 경험을 쌓은 자라면 그런 실수는 안 해. 다른 마을에 구원을 부른 건 호들갑이야."

그 남자의 말에 아리안이 어안이 벙벙해진 얼굴로 그를 쳐다보았다.

"진심으로 하는 말인가요? 한마을의 전사잖아요?"

아리안이 믿어지지 않는다는 듯이 묻자, 처음에 입을 연 남자가 코웃음을 쳤다.

"흥! 현장에 갔던 자의 얘기로는 녀석들이 쓰러뜨렸다는 괴물은 아무 데도 없었다고 한다. 남은 건 인간형 언데드가 몸에 걸쳤던 수십여 개의 갑옷 잔해뿐이었다더군!"

남자의 말을 들은 아리안의 표정에서 감정이 빠져나갔다. 금세 두 엘프족 전사에게 흥미를 잃은 아리안은 그 자리를 지나가려고 했다.

그러나 아리안의 행동은 곧바로 제지를 받았다.

"이봐, 우리를 무시하고 마을에 들어갈 셈이냐. 그걸 허락해 줄 거 같아?"

문지기 남자가 성난 목소리로 아리안을 불러세웠지만, 아크의 눈에는 지뢰밭에서 까불며 떠드는 멍청한 일행처럼 보였다.

다음 순간, 뭔가가 뚝 끊어지는 소리를 환청으로 들을 만큼 그 자리의 공기는 달라졌다.

아리안을 중심으로 두 명의 엘프족 문지기를 포함하는 동심원 형태의 화염벽이 주변을 둘러싸며 지면에서 솟아올랐다.

마치 한계에 이른 아리안의 들끓는 분노가 땅에서 마그마를 뿜어내는 듯한 광경이었다.

"!? 마을에서 대규모 정령마법을 쓰다니 제정신이냐!?"

남자가 아리안에게 이성을 잃었는지 의심하는 말을 내뱉었지만, 아크는 그들이야말로 정말 미치지 않았는지 묻고 싶은 기분이었다.

"큐~웅."

투구 위의 폰타도 왠지 어이없다는 울음소리를 내더니, 불에 타지 않도록 솜털 꼬리를 동그랗게 말았다.

『칫, ──징계하는 바람이여, 높은 곳에서 불어와…….』

혀를 찬 다른 문지기 남자가 아리안이 정령마법을 펼칠 때처럼 주문을 읊었다. 그러자 남자의 손 주위에서 공기가 꿈틀거리고 바람이 일었다. 그러나──.

『──흩어져라!!──.』

아리안이 외친 그 한마디에 불쑥 생겨난 화염 구슬이 부풀어

올랐다가 터졌다. 근처의 공기가 날아가면서 마을 안에 폭발음이 메아리쳤다.

어느새 남자의 손에 모여들었던 공기의 흐름은 안개처럼 사라졌고, 두 명의 엘프족 문지기가 그저 얼빠진 얼굴로 서 있을 뿐이었다.

그러나 아리안은 그들을 얌전히 지켜보지 않고 다시 주문을 외었다.

『——대지여, 내 의지와 명령에 따라 붙잡아라——.』

평소 아리안의 노래하는 듯한 음성이 아닌 분노를 담은 강한 어조에 호응하는 것처럼, 지면에서 세차게 튀어나온 여러 개의 채찍 모양 흙덩이가 저마다 살아 움직이듯이 몸부림치며 남자들을 향해 뻗어갔다.

남자들은 손에 든 창을 휘둘러 공격을 막으려 했지만, 그들의 발밑에서도 뚫고 나타난 흙덩이 채찍에 얽혀 간단히 묶여버렸다.

"경험이 많다고 했죠? 이백 살? 아니면 삼백 살인가요? 난 아직 백 살도 지나지 않은 소녀이지만, 슬슬 진짜 실력을 드러낼 생각이 들었나요?"

입가를 실룩인 아리안은 기뻐하는 목소리로 두 엘프족 남자에게 말을 걸었다. 그러나 그 목소리와는 정반대로 흙덩이 채찍은 붙잡힌 남자들을 한 덩어리로 바짝 조였다. 잠시 후 그곳에는 돌기둥에 삼켜진 듯한 엘프족 남자들의 조형물이 만들어졌다.

"그아아앗!! 다리가, 다리뼈가 부러진다!!"

"빌어먹을, 빌어먹을!!"

두 명의 엘프족 남자는 눈물을 흘리면서 비명을 질러댔다. 아까부터 일어난 소동에 많은 엘프족이 마을 출입문을 멀찍이 둘러싸고 그 광경을 바라보았지만, 그들을 구하기 위해 나서는 이는 아무도 없었다.

그때 한 명의 엘프족 남자가 주민들을 헤치고 들어왔다.

"그만해라, 아리안! 어서 그 둘을 풀어줘라!"

외견상의 나이는 20대 후반에서 30대쯤이었다. 엘프족 특유의 녹색이 섞인 금발은 길었고, 신관복 비슷한 차림이었다. 엘프족 남자는 관자놀이를 누르며 뭐라 말할 수 없는 얼굴로 일행을 향해 발걸음을 옮겼다.

그 인물은 낮익었다——라기 보다는 아리안의 아버지인 딜런이었다.

한편 방금까지 문지기 둘을 무섭게 조이던 아리안은 장난을 들킨 아이처럼 어깨를 움츠리고 당황한 표정을 지었다.

"하아, 이게 무슨 일이냐? 남의 마을에서 이런 행패를 부리다니."

커다란 한숨을 내쉰 딜런은 피곤하다는 듯이 말했지만, 그의 목소리에 담긴 조용한 분노를 알 수 있었다.

일단 아크가 아리안을 감싸고자 입을 열려던 찰나, 누군가가 한발 앞서 딜런에게 외쳤다.

"기다려 주십시오! 그 여자만 잘못한 게 아닙니다!"

소동이 벌어진 장소에 달려온 이는 약간 날카롭고 사나운 얼굴의 엘프족 전사로 여겨지는 인물이었다.

가죽 갑옷을 걸친 그 남자는 허리에 검을 찼는데, 머리는 짧

앉고 짧은 턱수염을 길렀다. 이른바 아크 자신이 상상하는 엘프의 인상과는 다른 분위기를 풍겼다.

엘프족 남자를 뒤돌아본 딜런은 시선을 아리안에게 보냈다가 다시 그에게 되돌렸다.

"그 여자는 당신에게 전언을 부탁하려고 했습니다. 그런데도 그들이 그걸 웃어넘겼던 겁니다! 힘에 호소한 행동은 잘했다고 할 수 없지만, 그들의 태도는 같은 마을 출신인 저 자신이 수치스러울 정도였습니다."

근처에 모여든 다른 자들도 엘프족 남자의 말에 맞장구를 쳤다.

아리안은 뜻밖의 광경을 보는 것처럼 여러 번 눈을 깜박거리며 난감해했다.

엘프족의 나이를 별로 자세히 구별하지는 못하더라도, 아리안을 감싼 짧은 턱수염의 남자나 그에게 동조한 다른 자들도 문지기 둘보다는 비교적 젊어 보였다.

드란트는 이종족을 싫어하는 폐쇄적인 마을이라고 들었다. 실제로도 그럴 테지만, 모두 같은 생각을 가진 것은 아닌 듯싶다.

"알았다, 우선 그 변명을 믿지. 그럼 이 마을에 돌아온 이유를 들어볼까?"

한 번 헛기침하여 어색한 분위기를 얼버무린 딜런은 상황을 지켜보던 아리안에게 물었다.

아리안은 노잔 왕국에서 알게 된, 드란트를 습격하고 사루마 왕국을 유린하는 언데드의 대군세에 관한 정보를 간추려 딜런

에게 말했다.

대충 이야기를 다 들은 딜런은 잠깐 침묵하고 눈을 감았다. 그 후 곧바로 주위를 둘러보았다.

아리안은 딱히 큰 목소리로 말하지 않았지만, 이곳은 귀가 밝은 엘프족의 마을이었다.

일행을 멀찍이 에워싼 이들 중에는 설마하는 반응이나 믿기지 않는다는 반응을 드러내는 모습이 드문드문 눈에 띄었다.

어쩔 수 없는 일이리라. 아크 자신도 왕도의 방벽에 떼 지어 모인 무수한 언데드를 볼 때까지, 10만이라는 숫자는 부풀려진 말이 아닐까하는 인식을 조금 가졌다.

딜런은 잠시 아리안과 시선을 마주친 후 짧은 턱수염의 엘프족 남자에게 문지기 둘의 간호를 맡겼다. 그리고 줄곧 방관한 아크에게도 눈길을 던졌다.

"이 문제는 서둘러 알리고 대책을 세우지 않으면 큰일 나겠군. 아리안, 아크 군과 함께 나를 따라오너라. 둘에게는 내 지인인 장로 한 명을 먼저 만나도록 해 주지……. 그에게 부탁해서 집회를 열어달라고 할 수밖에 없겠어."

딜런은 말을 끝내자마자 등을 돌리고 마을로 들어갔다.

서로를 마주 본 아크와 아리안은 딜런을 얌전히 따라가기로 했다.

처음에 향한 곳은 드란트의 외곽 근처에 있는 큼직한 가옥이었다.

딜런이 그 집의 누군가를 불러내자, 문 앞에는 30대쯤으로 보이는 엘프족 남자가 나타났다.

간소한 의복 속에 가려진 탄탄한 근육과 약간 남자다운 용모를 지닌 그는 엘프족의 특징이기도 한 긴 귀가 오른쪽만 절반 정도 짧았다.

누가 보더라도 역전의 전사를 떠올리게 하는 풍모였다.

딜런의 소개를 받은 그는 세르게이 풀 드란트라고 이름을 밝혔다.

자택처럼 보이는 가옥 안으로 아크 일행을 맞아들인 엘프족 남자는 널찍한 거실에 안내하여 적당히 앉으라고 말했다.

창문 옆에 자리를 잡은 폰타는 그곳에서 바깥 경치를 바라보며 꼬리를 흔들었다.

드란트에는 세 명의 장로가 있다는데, 아무래도 엘프족 남자는 그중의 한 명인 듯싶다.

라라토이아의 장로인 딜런과는 이전부터 아는 사이이고, 이번에 마을의 구원을 캐나다 대삼림에 요청할 때도 그를 중재역으로 지명한 인물이 세르게이였다는 것이다.

"우리 마을은 옹졸한 녀석이 많아서, 마찰을 일으킬 만한 자에게 부탁할 수는 없는 노릇이지."

세르게이는 어깨를 흔들며 웃었다.

"덕분에 아내의 기분이 나빠졌네."

딜런은 구조대 파견이 결정되었다고 전했을 때 보여준 그레니스의 반응을 떠올리고 한숨을 지었다.

그러나 곧 마음을 다잡고, 벗어난 화제를 본래의 용건으로 되돌렸다.

"아니, 그런 건 지금 아무래도 좋네. 이후의 대책이 최우선일세."

딜런의 말에 세르게이도 고개를 끄덕였다.

"그렇군. 일단 내가 다른 장로도 소집해서, 당장에라도 집회를 시작하도록 하지. 자네 둘도 그 자리에 참석할 테지만, 아까같이 날뛰지 않으면 고맙겠군."

세르게이의 말에 아리안이 뭔가 반론을 하려고 했다.

"잠시 집에서 쉬고 있게."

그러자 세르게이는 가벼운 웃음소리를 남긴 채 곧장 자택을 나갔다.

세르게이를 보낸 딜런은 거실의 소파에 푹 파묻은 등을 세우고, 진지한 눈빛으로 아리안을 바라보았다.

"그럼 집주인이 돌아올 때까지 그동안의 경위를 다시 한번 자세히 들어볼까? 아마 이 마을이 취할 수단은 많지 않을 거다. 마을을 버리고 캐나다 대삼림으로 이주하든지, 캐나다 대삼림의 원군을 불러 싸움에서 승리하든지 둘 중의 하나다."

딜런은 굳은 얼굴로 말했지만, 금세 고개를 들고 기운을 낸 듯이 미소를 지었다.

"그래도 인간족과 공동전선을 펼치는 조건은 좋구나. 실은 로덴 왕국과 린부르트 대공국에서도 수인── 산야의 민족에 대한 불법적인 예속화를 금지하는 방향으로 나아가고 있단다."

아리안은 딜런의 말에 신기해하는 감정을 드러냈고, 아크 역시 놀라면서도 맞장구를 쳤다.

"그게 사실이에요?"

"호오. 그거 의외로군."

"정말 그렇네. 설마 개인이 이 조건을 나라에 들이대고, 그걸 밀어붙였을 줄은 생각지도 못했지만 말일세······."

딜런의 쓴웃음에 아크는 얌전히 고개를 숙였다.

"아니, 뭐 상황이 빠르게 흐른다고 파악한 캐나다 대삼림의 장로회에서도 일이 잘 풀리도록 조정할 거요. 애당초 이종족을 받아들일 수 있는 인간족 국가를 엘프족이 지원하고, 이 대륙의 전반적인 이종족 배척 경향을 멈추려는 시도였소."

얼마 전 딜런은 로덴 왕국에 가서 뭔가 여러모로 바쁘다는 인식밖에 없었는데 그런 작업을 했다니.

무심코 감탄한 아크가 몇 번이나 고개를 끄덕이며 앞날을 그리자, 아리안이 옆에서 미심쩍은 눈으로 뚫어지라 쳐다보았다.

"왠지 히죽거리는 느낌이네요······."

아리안의 말에 아크는 얼떨결에 자신의 얼굴을 어루만졌지만, 평소처럼 차가운 투구의 감촉만 전해져서 표정을 알 리 없다고 놀란 시선을 보냈다.

"아크, 당신의 감정은 이래저래 읽기 쉽거든요? 그래서 뭘 상상한 거예요?"

아크는 자신의 생각을 내다보고 우쭐해 하는 아리안에게 졌다는 듯이 어깨를 으쓱였다.

"딱히 대단한 건 아니오. 난 그저 거리에 인간족과 엘프족, 수인족 등 다양한 종족이 지내는 미래를 떠올렸을 뿐이오. 그렇게 되면 좋겠다고."

아크가 상상하는 판타지 세계.

다종족이 저마다 장점을 살려 서로 도우며 지내는 세계, 그처럼 이야기에 나올 법한 미래가 온다면 즐겁겠구나──라고 단순히 바랐다.

아크의 말을 듣던 아리안과 딜런은 시선을 주고받은 후 미소를 지었다.

"확실히 꿈같은 얘기군. 지금 당장은 이루어지지 않더라도, 아크 군이 인간족의 나라에 제시한 조건은 틀림없이 그걸 위한 첫걸음이 되겠지."

부드러운 미소를 지으며 말하는 딜런에 이어 아리안은 작게 한숨을 내뱉었다.

"그러려면 장차 노잔 왕국도 브라니에령도 둘 다 남아있어야겠네요."

"그렇겠지. 우선 드란트의 설득이 먼저인가."

아리안의 의견에 동의한 아크는 머지않아 열릴 집회로 관심을 돌렸다.

딜런은 낙관적인 표정으로 아크와 아리안에게 대답했다.

"조금 다툴 테지만 세르게이와 그의 지지자들이 있으면 이번에는 밀리지 않을 거다. 로덴과 브라니에도 그렇고, 여기도 바뀔 시기를 맞이한 거지."

딜런은 창가에서 햇볕을 쬐는 폰타의 천진난만하게 잠든 얼굴을 보고 싱글벙글했다.

그로부터 얼마 지나지 않아 세르게이가 돌아오더니, 곧바로 집회가 열린다고 모두에게 첫 소식을 알렸다.

그리고 다들 자신과 동행할 것을 전한 세르게이는 집을 나섰다.

세르게이가 앞장서서 마을 안을 걷자, 주위로부터 많은 시선이 쏟아졌다. 그러나 세르게이와 딜런은 신경 쓰지 않고 마을 중앙을 향해 걸음을 옮겼다.

이윽고 마을 중앙 부근에서 다른 건물보다 유달리 커다란 건조물이 눈에 띄었다.

세르게이의 안내를 받은 일행이 납작한 원통형 건물에 들어가자, 내부는 우산 살 같은 목제 기둥과 들보로 이루어져 있었다. 여태껏 본 엘프 마을의 건물과는 약간 모양을 달리하는 구조였다.

지붕은 높고 내부를 나누는 벽이 없어서 압박감은 적었지만, 안에는 이미 많은 이들이 몰려든 까닭에 그 무리를 헤치고 나아가기란 꽤 힘들 듯싶었다.

그러나 세르게이를 본 주위의 엘프들이 저마다 좌우로 비켜서더니, 그의 앞에 중앙으로 이어지는 길을 열었다.

그 길을 지나 군중이 빙 둘러싼 집회소 한복판에 들어서자, 그곳에 놓인 원형 테이블이 보였다. 삼각의자에는 먼저 온 이들이 앉아 있었다.

의자가 세 개라는 것을 고려하면, 아마 마을 장로들의 자리이리라.

주변에는 이 집회의 결말을 지켜보기 위해서인지, 마을의 엘프족들이 죽 늘어섰다.

아크는 장로들만 있는 자리를 예상했으므로, 이처럼 마을 회합소 같은 광경을 접하고 조금 놀랐다. 그때 한 명의 장로로 여겨지는 인물이 세르게이를 보자마자 입을 열었다.

"갑자기 집회를 연다고 부르기에 와봤는데 이게 무슨 꼴인가? 마을 주민들까지 들여보내서 뭘 시작할 셈이오? 더구나 이 마을에 외지인들을, 그것도 동포조차 아닌 자들을 데려오다니!"

빠르게 지껄여대는 남자는 아크가 상상하는 엘프족과는 전혀 닮지 않았다.

그 남자가 자리에 앉아 있는 탓에 정확히는 모르지만 키는 상당히 작다.

엘프족의 특징인 긴 귀는 지녔어도 녹색이 섞인 금발은 어디에도 없었다. 그저 머리가 벗겨진 40대쯤으로 보이는 왜소한 남자가 크게 떠들 뿐이었다.

아크는 남자의 이름이 로아트 브루니 드란트라는 괜한 지식을 딜런에게 얻었다.

그 작은 아저씨, 요컨대 로아트의 뒤에 늘어앉은 엘프족들도 그에게 동조하듯이 야유를 퍼부으며 집회소의 분위기를 쓸데없이 뜨겁게 달구었다.

한편 로아트와는 대조적으로 조용히 앉아 있는 또 한 명의 장로는 테이블에 놓인 차를 마시면서 눈썹을 찌푸렸다.

로아트와는 달리 키가 상당히 크다. 길게 기른 곱슬머리는 살짝 하얗게 셌고, 콧수염과 턱수염까지 늘어진 앞머리 때문에 표정을 엿볼 수는 없었다.

겉모습은 숲속 깊은 곳에서 사는 은자나 신선 같았는데, 그의 옆에는 길죽하고 울퉁불퉁한 나무로 만든 지팡이가 세워져 있었다.

그의 이름은 이왈드 웰리 드란트, 장로 중 최고령자라고 한다.

뒤쪽에 있는 이들은 대부분 여성이었는데, 그녀들을 배려해서인지 가장자리에 있는 남성도 몇 명 보였다.

이왈드 장로의 팬은 아닌 듯하다.

그리고 마지막으로 중앙의 자리에 앉은 인물은 세르게이 풀 드란트다.

세르게이의 뒤편에는 그와 비슷하게 단련된 몸과 비교적 젊은 용모를 가진 자들이 눈에 띄었다.

폰타를 투구 위에 올린 아크, 그리고 아리안이 딜런을 따라 그들 앞에 섰다.

아무래도 장로의 뒤에 자리 잡은 대다수는 그 장로를 지지하는 이들이리라.

일행에게 노려보는 듯한 시선을 보내는 것은 주로 로아트와 그를 옹호하는 자들이어서, 외지인을 싫어하는 이 마을의 구도를 그럭저럭 알 수 있었다.

엘프족의 외모는 나이를 먹어도 딱히 크게 달라지지 않는다.

그러나 눈에 비치는 연령대는 있다.

인간족의 기준으로 10대에서 40대쯤의 얼굴이 엘프족의 나이를 대충 구분할 만한 지표다.

그 점을 고려하여 말하자면, 로아트에게 동조하는 자들의 얼굴은 모두 30대에서 40대였다. 반면 세르게이를 따르는 이들은 거의 10대에서 20대였고, 30대도 적지 않게 보였다.

한편 이왈드에게 호의적인 엘프들은 연령층이 다양했는데, 모든 여성이 이곳에 있다는 느낌이었다.

어쨌든 세르게이의 지지자들이 일행에게 던지는 시선에는 별로 압력이 없었고, 굳이 말하자면 신기해하는 눈치였다.

비교적 젊은이들이 많은 덕분에 호기심이 앞선 것이리라.

그에 비해 로아트를 지지하는 엘프들은 한눈에 봐도 알 수 있듯이 다들 고령이다. 엘프족의 수명은 400세 언저리라고 들었으므로, 겉모습을 통해 구분하자면 그들은 300세를 웃도는 연령대일까.

변화를 싫어하고 새로운 움직임에 반발하는 추세는 엘프족이든 인간족이든 노인에게 많다는 사실은 마찬가지인 모양이다.

──그나저나 이 집회가 빠르게 마무리될까.

아크가 혼돈에 빠진 집회소를 바라보고 있자, 가장 먼저 이 사태를 수습한 이는 세르게이였다.

"정숙하라! 이제부터 드란트의 미래를 점치는 집회를 시작한다! 우선 이 마을이 현재 놓인 상황을 캐나다 대삼림에서 달려와 준 우리 동포에게 듣도록 하겠다!"

세르게이의 그 말과 함께 뒤에서 기다리던 딜런이 한 걸음 나아가 인사나 서론도 없이 말을 꺼냈다.

딜런의 그런 태도에 로아트는 노골적으로 짜증 난다는 표정을 지었다. 그러나 세르게이의 뻔뻔한 미소 앞에서 더는 불만을 드러내지 않고, 잠자코 딜런의 이야기에 의식을 집중했다.

"──이상이 드란트가 처한 현실입니다. 서둘러 어떤 대응책을 마련하지 않으면, 이 마을은 지도에서 사라지겠죠."

딜런의 설명이 얼추 끝나고 그렇게 매듭을 짓자, 집회소는 물을 끼얹은 것처럼 조용해졌다.

"20만이라는 언데드 괴물이 습격한다니 터무니없는 소리다! 어째서 그런 놈들이 이 루앙숲까지 쳐들어온다고 단언할 수 있나!?"

적막에 휩싸인 분위기에서 입을 열고 목소리를 높인 이는 역시 로아트였다.

곧이어 그 말에 동조하면서 아우성치는 로아트의 지지자들. 그러나 이번에는 세르게이의 지지자들이 반론을 폈다.

"실제로 전사단은 괴물과 교전해서 심각한 손해를 입었다! 그런 녀석이 일만이라도 이 마을을 공격한다면 드란트는 끝장이다! 처음부터 거짓말이라고 단정했다가, 정말 이곳을 덮칠 경우는 어떻게 책임질 셈이냐!"

그 반론에 주위의 엘프들이 잇달아 동의하며 기염을 토해냈다.

그러나 상대도 가만히 있지 않고, 침을 튀기는 기세로 맞받아쳤다.

"애당초 인간족과 공동전선을 펼친다는 게 말도 안 된다! 가만히 놔둬도 그 괴물들이 인간족을 멸망시켜준다면 내버려 두는 게 낫지! 땅이 비면 우리가 유용하게 쓸 수 있고, 마을이 발전하지 않나!"

"멍청하기는! 인간족의 총인구가 어느 정도인지 모르는 건가!? 이웃 나라 사루마나 노잔이 멸망해도 더 강대한 인간족 국가가 주변 일대를 지배하러 나타날 뿐이다!"

"인간족은 이쪽에서 제시한 조건을 지킬 만한 놈들이 아니다! 임시방편인 구두 약속에 불과할 테지! 우리 힘을 바라다니 가소롭군!"

"그래서는 아무리 세월이 지나도 종족 간의 골은 메워지기는 커녕 깊어지기만 한다! 조금이라도 우리를 편들어주는 인간족을 늘리는 게 앞날을 위해서도 유효한 수단이 아닌가!"

"인간족과 싸우고 줄어든 언데드를 없애면 그만이다! 굳이 공동전선을 펼 필요는 없다!"

"20만의 적이 15만이 된들 이 마을의 미래는 변하지 않는다! 무엇보다 싸우는 건 마을의 전사단이다. 우리 젊은이들한테 일만 미루고, 노인들은 집에 틀어박힌 채 싸울 마음도 없지 않나! 망할 늙은이들!"

"뭐라고, 이 애송이가!!"

집회소는 이제 의논의 장이라기보다도 몹시 시끄러운 말다툼의 장으로 바뀌었다. 그중에는 물건을 던지는 자마저 나타났다.

아크는 그동안 엘프족은 현명한 종족이라는 선입관을 제멋대로 품고 있었다. 그러나 이 자리의 엘프족들을 보자, 인간족과 똑같다는 감상밖에 들지 않았다.

마침내 집회소의 분위기가 험악해졌을 즈음, 여태껏 거의 움직일 기색이 없던 인물이 움직였다.

바로 이왈드 장로다.

그는 옆에 세워둔 나무 지팡이를 손에 쥐더니 바닥을 세게 내리쳤다.

다음 순간, 지팡이 끝에서 빛의 구슬이 생겨났다. 그 구슬은 눈 부신 빛을 뿜어냈고, 집회소는 빛의 홍수에 삼켜져서 아무것도 보이지 않았다.

"큭, 이건!?" "웃!?" "큐!"

아크와 아리안, 그리고 폰타도 일제히 망토며 손이며 꼬리로 눈을 가리고 강렬한 빛에서 달아났다. 그러나 대다수 엘프는 빛을 보고 신음하거나 비명을 질렀다.

이윽고 빛의 홍수는 수그러들었다. 아크가 천천히 주변을 둘러보자, 집회소에는 눈을 누르며 괴로워하는 자들로 넘쳐났다.

줄곧 서로를 비난하던 이들의 목소리가 끊기면서 다시 적막이 찾아왔다.

"큭! 집회소에서 갑자기 무슨 짓인가!?"

여전히 눈이 부신 가운데 로아트는 재빨리 이왈드의 폭거에 욕설을 내뱉었다. 그러나 정작 당사자인 이왈드는 그의 말을 무시하고, 무거운 입을 가까스로 열었다.

"인간족과 공동전선을 펼친 후 우호의 다리를 건너겠다면, 이 마을을 떠나 뜻을 함께하는 캐나다 대삼림으로 가면 된다. 캐나다 대삼림의 엘프들이 인간족과 공동전선을 편 결과가 어떻든 드란트의 주민에게는 이익이다……."

쥐죽은 듯이 고요한 집회소에 이왈드의 제안이 또랑또랑하게 울렸다.

그리고 그 제안에 가장 먼저 반응한 이는 로아트였다.

"하핫! 확실히 그 말대로다! 인간족과 공동전선을 펴겠다면 마을을 벗어나 캐나다 대삼림으로 가야지!"

작은 몸을 크게 흔든 로아트는 겨우 주위의 풍경이 보이게 된 눈을 뜨고 웃었다.

집회소에 모였던 엘프들은 그 제안 내용에 웅성거렸지만, 그 때 이왈드가 지팡이로 또 바닥을 두드렸다. 그러자 너나없이 몸을 움찔하는 듯한 모습을 보였다.

"힛힛."

이왈드는 짓궂은 장난이 성공한 듯한 미소를 입가에 띠고 소리죽여 웃었다.

"그럼 내가 꺼낸 말이니만큼, 책임을 갖고 우선 나부터 이 마을을 나가볼까."

아무도 그 말의 의미를 이해하지 못하자 이왈드는 작게 "힛." 하고 웃더니, 길게 늘어진 곱슬머리 속에서 세르게이를 향해 시선을 돌렸다.

"자네는 어쩔 텐가? 난 캐나다 중앙의 메이플산 시럽을 좋아해서 말일세. 가끔은 나하고 같이 단것이라도 먹으러 가지 않겠나?"

그렇게 말하고 웃는 이왈드에게 세르게이도 호쾌한 미소를 지으며 웃었다.

"하하핫, 그렇군! 가끔은 노인네랑 어울려 볼까!"

세르게이의 그 선언에 뒷자리의 다른 젊은이들이 다들 찬성하듯이 잇달아 캐나다 대삼림으로 옮겨가겠다는 뜻을 드러냈다.

그리고 이왈드의 제안에 어리둥절해 하던 그의 지지자인 많은 여성이 젊은이들에 이어 덩달아 동조했다.

세르게이의 지지자는 젊은이들이 중심인 까닭에 전사들이 대부분을 차지한다. 그런 그들을 따라 연인이나 아내, 그리워하는 이와 모친 등이 마을을 떠나겠다고 공언한 것이다.

또한 전사단에 자식을 맡긴 부친이 로아트의 파벌에서도 하나둘씩 빠져나와 자리를 바꾸었다.

그 광경에 당황한 이는 남겨진 로아트와 그를 지지하는 노인──으로 여겨지는 자들이다.

"잠깐잠깐! 그렇게 멋대로 굴어도 괜찮을 거라고 생각하나!? 도대체, 도대체 말이다! 지금부터 캐나다 대삼림으로 돌아가서 구원을 요청하고, 인원을 모아 여기로 데려오는 데 어느 정도 시간이 걸릴지 알기나 하는 거냐! 우리는 몸을 숨기고 일이 끝날 때까지 기다리면 그만이다!!"

로아트의 말에 집회소의 몇 명이 문득 깨달았다는 듯이 이왈드와 세르게이의 얼굴을 보고 뭔가를 호소하는 눈길을 보냈다.

이왈드는 그들의 시선에도 입가의 미소를 지우지 않았다. 그리고 딜런에게 묻듯이 고개를 갸웃거렸다.

무언의 질문을 받은 딜런이 곧이어 아크를 바라보았다.

자연히 주위의 시선이 아크에게 모였는데, 그중에는 아리안의 시선도 섞여 있었다.

딜런이 무엇을 바라는지는 분명하게 안다.

일단 아크는 딜런을 향해 엄지손가락을 척 올렸다.

아크를 본 딜런은 미소를 띠더니, 두 명의 장로에게 걱정하지 않아도 된다는 사실을 알렸다.

"괜찮습니다, 염려하지 마십시오."

"그럼, 문제는 없는 게로군."

딜런의 말에 이왈드는 만면에 웃음을 띠고 고개를 끄덕였다.

이왈드를 따라 웃은 세르게이는 근처에 대기하던 전사들의 무리에 말을 걸었다.

"각자 곧바로 움직일 수 있도록 준비를 시작해라! 자세한 지시는 나중에 내리겠다!"

그 한마디에 차례차례 집회소를 나간 엘프들이 저마다 마을 안으로 흩어졌다. 그런 풍경을 로아트와 그의 남겨진 지지자들은 멍하니 지켜보았다.

딜런을 비롯한 아크와 아리안도 다시 세르게이의 집으로 자리를 옮겼다.

"속 시원했어요."

도중에 아리안은 후련한 표정으로 웃으면서 기지개를 켜고 크게 한숨을 내뱉었다.

폰타도 그런 아리안의 흉내를 내며 투구 위에서 몸을 죽 뻗었다.

──그럭저럭 드란트의 문제는 일단락 지은 건가.

세르게이의 자택으로 돌아온 일행은 딜런과 이후의 예정을 가볍게 미리 의논하게 되었다.

"중앙의 메이플에서 걸맞은 전력을 이끌고 오시 않으면, 이 마을도 인간족의 국가도 멸망할 테지. 가능한 한 서둘러 전력을 모을 필요가 있겠구나."

딜런이 모두에게 시선을 보내며 말하자, 아리안도 잘 안다는 듯이 고개를 끄덕였다.

"아크 군의 마법 덕분에 상당히 많은 도움을 얻겠지만, 그래도 남은 시간은 별로 없겠지. 동맹을 맺을 예정인 인간족의 영지에 20만의 군세가 도달하는 시기는 대충 언제쯤이라고 들었나?"

그 질문을 들은 아크가 고개를 갸웃거린 탓에 투구 위의 폰타가 미끄러져 내렸다. 아크는 아리안에게 눈길을 던졌지만, 그녀도 고개를 가로저으며 어깨를 으쓱였다.

"우선 치요메 양을 데리러 가는 김에 아스파루프 국왕과 브라니에 변경백에게 물어보는 건 어떻겠소? 그들도 일이 흘러가는 형편이나 진척 상황이 신경 쓰일 테니."

아크가 말을 마치고 딜런을 보자, 그도 그 의견에 동의했다.

"그렇군. 그럼 나도 노잔 왕국의 국왕과 연줄을 만들어두고 싶네. 동행해도 상관없나? 전설의 전이마법도 꼭 체감할 생각일세."

딜런이 웃으며 말했다. 그러자 이야기를 듣고 있던 세르게이가 놀란 얼굴로 아크를 쳐다보았다.

아크는 세르게이를 향해 엄지손가락을 치켜들었다.

딜런이 말하는 계획과 준비 등에 대해 약간 넋을 잃은 채 듣던 세르게이는 겨우 제정신을 차리더니 아크의 등을 탁탁 두드리며 크게 웃었다. 그 충격으로 투구에 매달린 폰타가 시야를 가려서 앞이 보이지 않았다.

"그런가, 그렇게 된 일이군! 이거 희망이 솟아오르는데! 하하하."

어쨌든 아크는 자신의 능력이 누군가에게 희망을 준다면 다행이었다.

"우리는 자리를 좀 비우겠소. 하루쯤 지나서 다시 돌아올 예정이오, 나중에 봅시다. 【게이트】!"

세르게이에게 잠시 동안의 이별 인사를 마친 아크는 평소처럼 장거리 전이마법을 발동시켰다.

주변이 어두워지고 약간의 부유감을 느낀 순간, 방금까지 실내였던 풍경이 확 바뀌었다. 눈앞에는 무너져서 잔해만 남은 왕도 소우리아의 남쪽 도시문이 있었다.

날은 꽤 저물어서 서쪽으로 이어지는 산맥의 봉우리들에 닿을 듯한 태양이 하늘을 붉게 물들였다.

"오오, 여기가…… 얘기로 들었던 노잔 왕국의 왕도인가. 하지만 심하게 당했군……."

딜런은 전이마법의 효력에 감탄하면서도, 남쪽 도시문 근처에 펼쳐진 석양빛이 감도는 불탄 대지와 주위에 굴러다니는 무수한 언데드병의 갑옷 잔해를 둘러보았다.

그곳에는 천기사가 되어 『미카엘』과 함께 날뛴 상흔이 또렷하게 남아 있었다.

그러나 그런 불에 탄 벌판을 돌아다니는 몇 명의 인영이 눈에 띄었다.

자세히 보니 그들은 등에 짊어진 바구니에 불타지 않은 갑옷이나 무기를 담는 듯싶었다. 그중에는 인간족뿐만 아니라, 수인족의 모습도 보였다.

아마 저 잔해를 녹여서 또 무구나 도구로 가공하여 쓰는 것이리라.

남쪽 도시문 옆의 방벽에는 수리공으로 여겨지는 자들도 많이 있었다. 그리고 무너져 내린 곳에는 부서진 목재와 석재 등으로 만든 침입방지용 장벽을 세워놓았다.

그 광경을 보자 서서히 도시를 재건하려는 움직임이 시작되었다는 사실을 알 수 있었다.

"흐음, 믿음직스럽군."

"그러네요."

아크의 감상에 아리안도 맞장구를 치며 대답했다.

"그나저나 먼저 치요메 양을 찾은 다음, 이곳의 국왕에게 인사를 하기로 했던가?"

딜런은 대충 주변 경치를 살피더니, 허리에 손을 얹고 왕도 소우리아를 쳐다보았다.

그 말에 고개를 끄덕인 아크와 아리안은 수복 작업에 쫓기는 남쪽 도시문으로 발길을 옮겼다.

남쪽 도시문 부근에는 아크 일행을 아는 인물을 여러 명 두어서, 왕도 내의 출입이 쉽게 이루어졌다. 이 행정적인 조치는 아스파루프 국왕의 배려이리라.

덧붙여서 치요메가 왕도에 남은 언데드 잔당의 사냥에 힘을 빌려주었는지, 스쳐 지나는 병사와 위병마다 그녀에게 고맙다는 인사를 전해달라고 부탁했다.

"약간 걱정했는데, 괜찮은 모양이네요."

치요메의 활약을 들은 아리안은 안심하며 커다란 가슴을 쓸어내렸다.

그러자 딜런은 왠지 짓궂은 미소를 지었다.

"치요메 양은 제법 어른이거든. 누구처럼 문지기를 마법으로 으스러뜨리려고 하지는 않지."

딜런의 그 말에 어깨를 떤 아리안이 고개를 엉뚱한 방향으로 돌렸다.

어쨌든 엘프족의 두 문지기는 상대를 화나게 하지 않는 것이 중요하다는 결론에 이르게 될까.

아크가 그런 생각에 잠겼을 때 어느새 눈앞의 가도에 검정 일색의 옷차림인 소녀 한 명이 서 있었다.

길고 검은 꼬리를 흔들며 소리도 없이 걷는 닌자 복장의 고양이 귀 소녀는 틀림없는 치요메다.

치요메는 일행 가운데 딜런의 모습을 확인하더니, 작게 고개를 꾸벅 숙였다.

"치요메 양, 이런 곳에서 뭘 하는 거예요?"

아리안이 치요메에게 묻자, 머리의 고양이 귀를 쫑긋거린 그녀는 허리에 찬 단검을 살짝 빼 보였다.

"왕도의 언데드 잔당을 사냥하던 참이었습니다. 해방된 동포 중에 싸울 수 있는 자는 이 소탕전에 참가했습니다. 우리는 냄새를 잘 맡으니까요."

치요메는 그렇게 말하며 자신의 코를 실룩실룩 움직였지만, 먼지를 들이마신 탓인지 재채기를 하고 콧물을 훌쩍거렸다.

"그런데 아리안 님과 아크 님의 일은 무사히 끝났습니까?"

치요메의 질문에 서로 얼굴을 마주 본 아크와 아리안은 멋쩍은 분위기를 느꼈다.

"뭐, 전부 순조롭다고 할 수는 없어도 그럭저럭 좋은 방향으로 흘러가는 듯싶소."

"그렇습니까, 다음은 어디로 가나요?"

치요메는 미묘하게 얼버무리는 아크의 말에 고개를 갸웃거렸지만, 화제를 바꾸어 이후의 예정을 물었다.

치요메의 그 물음에는 딜런이 대답했다.

"우선 이 나라의 국왕을 만나서, 조금 정보를 공유해야겠지."

"그런가요, 그럼 서두르죠."

치요메의 재촉에 아크를 포함한 나머지 일행은 왕도의 중심인 왕성을 향했다.

"오오, 그러고 보니 왕도의 병사들이 치요메 양에게 고맙다던데? 언데드 사냥으로 상당히 활약하는 모양이오."

"그랬나요……."

아까 오는 도중에 병사와 위병이 부탁한 전언을 치요메에게 말하자, 그녀는 푸른 눈동자를 깜박거린 후 짤막하게 한마디만 내뱉고 등을 돌렸다.

그런 치요메의 꼬리는 방금보다 다소 크게 흔들렸다.

이윽고 왕성 성문을 위병의 제지 없이 지났다. 아크가 근처에 있는 위병을 붙잡고 안내와 알현을 부탁하자, 금세 허가를 내렸는지 그는 성내의 방으로 일행을 데려갔다.

실내에는 지난번처럼 아스파루프 국왕과 이웃 나라의 브라니에 변경백이 자리에 앉아, 아크 일행을 이제나저제나 하는 표정으로 기다리는 중이었다.

곧이어 아크와 아리안 외에 처음 보는 얼굴의 엘프족을 확인한 아스파루프 국왕은 눈인사를 나누고 나서 그 낯선 엘프족——딜런에게 말을 걸었다.

"그쪽 분은 누구시오?"

"캐나다 대삼림에서 라라토이아 마을의 장로를 맡은 딜런 터그 라라토이아입니다. 앞으로 잘 부탁드리겠습니다."

국왕의 물음에 대답한 딜런은 느릿한 동작으로 머리를 숙였다.

딜런의 소개를 들은 아스파루프 국왕과 브라니에 변경백은 몸을 살짝 앞으로 내밀었다.

캐나다 대삼림의 장로라는 신분이므로 즉시 원군 요청에 관한 이야기를 꺼낸다고 여겼으리라.

그러나 딜런은 그들의 마음을 읽었는지, 고개를 가로젓고 인식을 바로잡기 위해 입을 열었다.

"죄송하지만 저는 얼마 전 루앙숲으로 파견된 부대의 대표입니다. 따라서 여기 세 명이 요청하겠다고 약속한 중앙의 원군 때문에 온 게 아닙니다."

그 말에 낙담을 감추지 못한 두 권력자가 의자의 등받이에 몸을 기댔다.

딜런은 그런 두 사람의 반응에 미소를 띤 채 이어서 희망적인 말을 건넸다.

"하지만 중앙도 루앙숲을 이대로 버려두지는 않을 테고, 드란트의 마을 주민들 대부분이 이번 싸움에서 인간족과 공동전선을 편다는 선택을 받아들였습니다."

눈을 휘둥그레 뜬 아스파루프 국왕과 브라니에 변경백은 조용히 딜런을 바라보았다.

고요해진 실내에서 누군가가 침을 삼키는 소리가 울렸다.

"남은 일은 제가 캐나다 대삼림으로 가서, 어떻게든 중앙의 전력 확보를 끌어내면 되겠죠."

딜런이 가볍게 손뼉을 치자, 두 명의 인간족 지배자는 기뻐하는 얼굴빛을 띠었다.

"오오, 그런가. 아직 희망을 붙잡을 수 있는 건가……."

아스파루프 국왕은 전혀 패기가 없는 목소리로 자신의 심정을 밝혔다.

들어올 때는 곧바로 눈치채지 못했지만, 그의 얼굴은 어딘가 초췌한 분위기를 풍겼다. 동석한 브라니에 변경백도 국왕의 그런 모습을 울적한 표정으로 살폈다.

무슨 일이 있었던 걸까?

아크가 그처럼 의문을 느끼는 와중에 위병 한 명이 시끄러운 발소리를 내며 달려왔다.

국가 비상시에 대비하는 보고 창구를 늘 열어두는 것이리라.

그러나 위병을 보자마자 얼굴을 찌푸린 아스파루프 국왕은 금세 그런 기색을 지우고, 일행에게 보고를 머뭇거리는 그를 서둘러 재촉했다.

"넷! 실례했습니다! 델프렌트 왕도에 잠입시킨 자로부터 방금 '새'가 도착했습니다! 『왕도, 수수께끼의 괴물에게 유린당하는 중. 함락도 시간 문제. 적 무수함.』이라고 합니다!"

위병이 읽은 보고 내용에 다들 경악을 금치 못했다.

델프렌트 왕국은 노잔 왕국의 북쪽에 자리 잡은 나라──였던가.

──그곳은 분명.

"치요메 양, 델프렌트라면 고에몬 공 일행이 향했던 목적지인 듯싶소만?"

아크의 질문에 아리안과 딜런은 자연히 치요메에게 시선을 돌렸다.

치요메는 딱히 표정을 바꾸지 않고 고개만 끄덕이더니 고양이 귀를 살짝 움직였다. 그러자 폰타도 덩달아 귀를 쫑긋거렸다.

"저한테는 아무런 소식도 오지 않았습니다. 왕도의 위치를 몰라서 뭐라 말할 수 없지만, 여기와 비슷한 규모의 언데드 군세라면 고에몬 일행이 알아차렸을 겁니다……."

그 말에 아크는 맞장구를 쳤다.

고에몬 일행은 신체능력이 뛰어난 수인족, 그중에서도 정예이다.

왕도 소우리아를 습격한 규모인 10만 이상의 언데드 대군을 냄새만으로 파악하여, 마주치지 않도록 움직이는 것은 가능하리라.

그 문제는 괜찮다고 하더라도 노잔 왕국이 놓인 상황은……북쪽과 남쪽 국가의 왕도에 쳐들어간 괴물의 대군이 침공해 오면 이 나라는 협공을 받을 수도 있다.

위병의 노고를 치하하고 물러가게 한 아스파루프 국왕은 무거운 한숨을 내뱉었다.

엄한 표정을 짓고 있는 브라니에 변경백 역시 눈에 띄게 지쳐 보였다.

둘 다 보통은 타인의 위에 서는 자로서 동요하는 모습을 주위에 별로 내색하지 않을 테지만, 현재에 이르러서는 그마저도 몹시 힘들지 모른다.

그런 답답한 공기가 지배하는 가운데 평소처럼 이야기를 시작한 이는 딜런이었다.

"이거 조금 곤란하게 되었군요. 캐나다 대삼림에서 전력을 끌어온다고 했지만, 알다시피 엘프족은 인간족만큼 그 수는 많지 않습니다. 확실하게 공격하려면 한쪽에 전력을 집중할 필요가 있는데, 사루마 왕국 왕도에서 이곳 왕도 소우리아 사이의 거리는 어느 정도인지 아십니까?"

딜런의 물음에 고개를 든 아스파루프 국왕은 눈썹을 찡그리며 신음했다.

"으음, 아마 말을 타고 열흘 이상은 걸릴 거요……."

그 말에 한 번 고개를 끄덕인 딜런은 이번에는 델프렌트 왕국 왕도와의 거리를 물었다.

"자세하지는 않지만, 대충 이레나 여드레로 짐작하오."

아스파루프 국왕의 대답을 들은 딜런은 옆자리의 브라니에 변경백에게 시선을 옮겼다.

"그럼 사루마 왕국 왕도에서 브라니에령까지의 거리는?"

"말을 타고 이레, 영지의 경계를 넘을 뿐이라면 엿새쯤이요."

이미 자신에게 물어보리라는 것을 예상했는지, 브라니에 변경백은 딜런의 질문에 곧바로 입을 열었다.

"언데드들을 맞아 싸울 장소를 정해도, 두 대군의 행선지에 따라서는 거의 같은 시기에 침공이 겹치겠네요."

그러나 양쪽의 답변을 이리저리 검토한 아리안이 한숨을 섞어 말하자, 실내의 공기가 더욱 무거워지는 듯했다.

"그나저나 힐크 교국은 삼국을 동시에 침공한 건가. 보유한 언데드병은 대체 얼마나 되는지…… 사루마 왕국과 델프렌트 왕국을 공격한 대군, 그리고 노잔 왕국에서 격파한 언데드와 본국에 두었을 병력을 합하면 적어도 50만은 밑돌지 않겠군."

아크는 일단 현 상황을 파악하기 위해 상대편의 전력을 예측했지만, 점점 혹독해지는 현실을 들이댈 뿐인 행위였던 모양이다.

아스파루프 국왕도 브라니에 변경백도 시선을 내리고 양어깨를 떨었다.

"우선 어느 쪽의 진행속도도 뚜렷하지 않은 시점에서 전력을 한쪽에 집중하는 건 어렵겠군. 언데드의 대군이 곧장 이리로 온다는 보증도 없고, 다른 도시를 덮치면 도달 시기도 상당히 달라질 테니. 역시 좀 더 전력을 얻으면 좋겠는데……."

딜런은 변함없는 어조로 사태의 분석을 혼잣말처럼 중얼거린 후, 머지않아 주변이 쥐죽은 듯이 조용해진 사실을 깨닫고 갑자기 시선을 들었다.

그때 겨우 고개를 든 아스파루프 국왕과 딜런의 눈길이 뒤얽혔다.

뭔가를 묻는 딜런의 눈빛에 국왕의 멈춰 있던 생각이 움직이기 시작했다.

"아, 아아, 전력이라. 내 아들 중 한 명인 테르바가 이제 곧

국내 귀족의 사병을 데리고 돌아올 터요. 그리고…… 아크 경의 힘을 빌린다면, 우리 나라에서 로덴 왕국에 요청하여 조금이나마 원군을 기대할 수 있을지도 모르오."

확실히 로덴 왕국과 노잔 왕국은 부르고만을 끼고 교역 등의 교류를 하는 모양이지만, 아무리 만(灣)이라도 바다 너머의 이웃 나라에 그만한 원군을 보내줄까.

아크의 의문이 얼굴에 드러난 걸까, 아리안도 비슷한 표정으로 시선을 주고받더니 고개를 가로저었다.

치요메는 그와 관계없이 무엇을 알아차렸는지, 방 밖을 향해 고양이 귀를 쫑긋거렸다.

아크는 무슨 일인가 싶어 고개를 돌리려 했지만, 마침 아스파루프 국왕이 속사정을 이야기해서 그에게 시선을 고정시켰다.

"로덴 왕국 현 국왕의 왕비, 메리사는 내 여동생이오. 메리사는 이전에 세상을 떠났지만, 저쪽의 유리아나 왕녀는 내 조카요. 그 친분으로 어떻게든 부탁할 수밖에 없겠지."

국왕의 말에 아크는 적지 않게 놀란 것과 동시에 뭔가를 잊은 듯한 기분이 들었다.

──대체 뭐였지?

"큥?"

그런 아크를 흉내 내듯 투구 위의 폰타도 신기한 울음소리를 냈다.

아무튼 기억의 구석에 있는 문제는 그만 내버려 두고, 먼저 고민할 일은 로덴 왕국에 원군을 요청하기 위한 사절로 누구를 보내냐는 것이다──.

노잔 왕국과 로덴 왕국의 왕가가 친척 관계이니, 그 점에 의지하여 사절을 보낸다면 아무래도 왕가의 인물이 마땅할까.

　딜런도 같은 결론에 이르렀는지, 가볍게 손뼉을 치며 아스파루프 국왕에게 누구를 후보로 삼을지 물었다.

　"이 경우는 로덴 왕국으로 갈 사절은 저쪽과 친척 관계인 왕가 사람을 보내는 게 보통일까요. 저도 로덴 왕국의 분들과는 얼마 전에 만나서, 약간의 중개 역할은 맡겠습니다만?"

　딜런의 말에 아스파루프 국왕은 얼굴을 찌푸리고 잠시 침묵을 지켰다.

　"지금 그 후보로 내세울 만한 이는 릴뿐이오……."

　이윽고 아스파루프 국왕이 무거운 어조로 입을 열었다.

　국왕은 릴 왕녀를 사절로 보내는 데에 거부감을 느끼는 듯했다.

　기껏해야 나이가 열 살 언저리인 소녀다. 국왕의 그런 심정도 어쩔 수 없으리라.

　릴 왕녀는 분명 야무진 성격이지만, 디모 백작령에서 이곳에 오는 동안 여러모로 중책을 떠맡았다. 부모로서는 릴 왕녀를 당분간 쉬게 해 주고 싶었을 것이다.

　그러나 국왕의 그 배려를 밀쳐내는 인물이 문을 벌컥 열고 실내에 뛰쳐 들었다.

　"제가 그 사절을 맡겠어요!"

　어린 소녀의 목소리에 모두의 시선이 일제히 방 입구를 향했다.

　그곳에는 릴 왕녀가 붉게 부어오른 눈매에 맺힌 눈물을 소매로 닦고 있었다. 그러면서도 릴 왕녀는 자리에 앉은 부친――
아스파루프 국왕에게 의젓한 태도로 호소했다.

심상치 않은 릴 왕녀를 본 아크는 왕도에 머무른 치요메에게
사정을 살피듯이 그녀를 보았다.

그러나 아크의 시선을 알아차린 치요메는 작게 고개만 가로
저었다.

그도 그렇다. 치요메는 아크 일행이 자리를 비운 사이 왕도
의 신시가지를 돌아다녔을 테니까 말이다.

"릴, 네겐 잠깐 쉬라고 하지 않았느냐……."

국왕이라기보다는 딸을 가진 한 명의 아버지로서 릴 왕녀를
걱정하며 내뱉은 말이다.

그러나 고집스럽게 고개를 흔든 릴 왕녀는 다시 한번 아스파
루프 국왕에게 사절을 맡겠노라 청원했다.

"세바르 오라버니를 위해서도! 제가 조금이라도 힘이 될 일
이 있다면, 이 나라를 미래에 남기기 위한 도움을 주고 싶어요!
세바르 오라버니가 울면서 분하게 여길 그런 나라를 만들기 위
해서도……."

릴 왕녀는 굵은 눈물방울을 뚝뚝 흘리며 필사적으로 울음을
그치려고 했다. 그래서 축축하게 젖어 무거워진 소매로 몇 번
이나 눈물을 닦았다.

그런 릴 왕녀의 오열하는 소리를 들었는지, 또 한 명의 인물
이 그 자리에 나타났다.

입구에서 묵례하고 들어온 그 인물은 릴 왕녀의 곁에 한쪽 무
릎을 꿇었다. 그리고 품속의 손수건을 꺼내어 릴 왕녀의 눈매를

닦아주더니, 아스파루프 국왕을 향해 깊숙이 머리를 숙였다.

"죄송합니다. 잠시 한눈을 판 사이에 방을 빠져나가서——."

"됐다."

릴 왕녀의 호위기사 중 한 명인 니나가 사죄하자, 국왕은 그녀의 말을 가로막듯이 입을 열었다.

"릴, 사절로 가게 될 로덴 왕국은 멀리 떨어진 동쪽에 있다. 사절에 관한 얘기는 거기 아크 경의——."

"난 괜찮소만?"

아스파루프 국왕이 하던 말을 중간에 멈추었다. 그러나 아크는 그가 무슨 말을 하려는지 눈치채고 덧붙이듯이 자신의 의견을 밝혔다.

뭔가를 묻는 모두의 시선이 집중되었지만, 아크는 가슴을 펴고 대답했다.

"릴 님을 로덴 왕국에 사절로 데려다주는 일이라면 받아들이겠소. 가는 김에 원군을 얻을 수 있으면 이곳까지 내가 책임지고 보내도록 하지."

"큐!"

아크의 선언에 투구 위의 폰타도 가슴을 펴며 울음소리를 냈다.

"그, 그게 정말인가. 아크 경."

아스파루프 국왕이 릴에게 향한 시선을 들고, 눈이 부시다는 것처럼 아크를 쳐다보았다.

"여기까지 왔으니, 내 힘이 미치는 범위에서 조력을 아끼지 않을 셈이오."

아크가 이번에는 한쪽 팔을 올려 알통을 만들어 보이는 몸짓을 취하자, 투구 위의 폰타도 어째서인지 꼬리를 붕붕 휘두르기 시작했다.

그런 한 명과 한 마리의 모습을 올려다보던 릴 왕녀가 눈물을 닦고 작게 미소를 지었다.

아스파루프 국왕도 릴 왕녀를 보고 결심을 굳혔는지, 자리에서 일어나 그녀 앞에 허리를 숙였다. 그러고는 살짝 뻗친 머리를 손으로 빗질하듯이 쓰다듬으며 말을 걸었다.

"그럼 오늘은 이제 날이 저물 테니, 릴은 내일 출발할 준비를 마치고 일찌감치 쉬거라. 로덴 왕국에 전할 서한은 내가 밤중에 적어두마. 그리고——."

다정한 목소리로 말하던 국왕은 릴 왕녀의 머리에서 손을 떼더니, 정밀한 꽃장식을 단 목걸이 하나를 품에서 천천히 꺼냈다.

릴 왕녀가 눈을 약간 크게 뜨자, 아스파루프 국왕은 그 목걸이를 소중히 그녀의 목에 걸어주었다. 그리고 조금 떨어져서 릴 왕녀를 바라보고 미소를 지었다.

"아버님, 이 목걸이는?"

릴 왕녀는 목걸이를 신기하게 여기며 부친인 국왕에게 물었다.

"그건 네 숙모 메리사가 로덴 왕국으로 시집갈 때 내가 보내준 것과 똑같은 목걸이다. 부적 삼아 갖고 가거라……."

아스파루프 국왕의 대답에 릴 왕녀는 잿빛 눈동자를 깜박거렸다.

"감사합니다, 아버님."

"니나, 릴을 부탁한다."

릴 왕녀로부터 시선을 옮긴 국왕이 옆에서 대기하던 호위기사 니나에게 뒷일을 맡겼다. 그러자 깊숙이 고개를 숙인 니나는 릴 왕녀를 재촉했다.

"릴 공주님, 돌아가서 내일 떠날 준비를 하지요."

니나는 방을 나가는 릴 왕녀의 뒤를 따랐지만, 도중에 치요메와 시선이 마주치자 그 자리에서 발걸음을 멈추었다.

자칫 이전처럼 일촉즉발의 분위기를 만드나 싶었는데, 아무래도 그렇지는 않은 듯했다.

이윽고 니나가 치요메에게 작게 고개를 숙이더니, 지난번 일에 대한 사죄의 말을 건넸다.

"치요메 님, 일전에는 내 부주의한 발언으로 언짢게 해서 미안했소. 여기서는 곤란하니, 후일 다시 찾아가지."

말을 마친 니나가 또 묵례하자, 치요메는 그녀의 시선을 피해 쌀쌀맞게 대꾸했다.

"딱히…… 전 이제 신경 쓰지 않습니다."

"……그런가."

니나는 약간 낙담하는 눈치였지만, 얼굴을 돌린 치요메가 자신을 살피듯이 고양이 귀를 쫑긋거리는 모습을 보고 입가에 희미한 미소를 띠었다.

"리, 릴 님의 곁에 없어도 괜찮습니까? 또 문책을 당할 겁니다."

"웃."

뒤통수에 시선을 느낀 치요메가 거북하다는 듯이 그렇게 말하고 꼬리를 흔들자, 니나는 말문이 막혀서 가슴을 눌렀다.

"……그, 그럼 난 이만 실례하겠소. 치요메 님, 감사하오."

어떻게든 몸을 가눈 니나는 치요메에게서 발길을 돌릴 때 조그맣게 그 말만 남기고, 먼저 돌아간 작은 주인을 뒤쫓았다.

니나가 나간 방의 입구를 바라보던 치요메는 얼마 지나지 않아 시선을 돌리고 살짝 한숨을 내뱉었다.

아무래도 내일 로덴 왕국으로 넘어갈 때의 불안요소 하나를 없앤 듯싶다.

아크는 니나와 치요메의 대화에 가슴을 쓸어내리며 아스파루프 국왕에게 시선을 돌렸다.

방금 본 릴 왕녀의 모습에서 왠지 그럭저럭 짐작은 되었다.

"아스파루프 님, 아까 릴 님에게 대체 무슨 일이……."

그쯤에서 일단 말을 끊은 아크가 의자에 몸을 푹 파묻은 국왕을 살피자, 그는 잠시 감았던 눈을 뜨고 사정을 밝혔다.

"오늘 낮에 귀족령의 보고를 받았소. 왕도 소우리아가 언데드의 대군에 둘러싸이기 전, 난 두 아들을 각지의 영주에게 원군을 모을 사자로 내보냈다오. 그런데 둘째인 세바르가 추격자로 나타난 괴물의 습격에 쓰러졌다더군."

감정을 억누른 아스파루프 국왕은 느릿한 어조로 이야기를 끝내고 나서 또 눈을 감았다.

아크는 릴 왕녀가 이 방에 들어올 때의 태도와 언동으로 대충 예상은 했다.

아리안과 치요메도 마찬가지였는지, 둘 다 릴 왕녀를 걱정하는 시선을 그녀가 나간 입구로 향하고 있었다.

동석하여 듣던 브라니에 변경백은 이미 아는 듯해서, 별로 놀라지 않고 그저 조용히 아스파루프 국왕의 이야기에 귀를 기울일 뿐이었다.

오빠 한 명이 죽었다는 소식에 슬퍼하면서도, 그가 구하려던 나라를 지키기 위해 자신이 할 수 있는 일에 앞장섰다. 그 굳센 의지는 릴 왕녀 같은 어린 나이가 아니어도 좀처럼 갖기 어려운 법이다.

굳이 말하자면 의지박약한 아크는 릴 왕녀의 씩씩한 모습에 몹시 감격했다.

"내일은 우리도 정신을 바짝 차려야겠군……."

기합이 충분히 들어간 듯한 폰타는 어느 때보다 솜털 꼬리를 부풀렸다.

아크의 혼잣말에 아리안이 왠지 강렬한 눈빛을 보내며 입을 열었다.

"너무 의욕이 넘쳐서 괜히 엉뚱한 짓은 하지 말아요."

아리안의 그 한마디에 아크는 작게 고개를 끄덕였다.

기분 탓일까, 투구 위의 털 뭉치도 작아진 느낌이 들었다.

이튿날, 왕도 소우리아의 중심에 우뚝 솟은 왕성의 한 장소.

일반인은 들어간 적이 없는 온통 녹색 잔디로 무성한 정원에 십여 명의 인영이 보였다.

그 한복판에는 릴 왕녀를 비롯하여 두 명의 호위기사인 자하르와 니나가 있었다. 그리고 그들의 뒤에 선 여덟 명의 근위기사들.

로덴 왕국에 향하는 노잔 왕국의 사절은 고작 열한 명이라는 매우 적은 인원으로 이루어졌다.

그에 더해 캐나다 대삼림의 엘프족인 딜런, 아리안, 아크와 폰타를 포함한 세 명과 한 마리. 그리고 '인심일족'이자 수인족인 치요메 한 명. 이렇게 전부 열다섯 명과 한 마리가 로덴 왕국으로 가는 사절단이다.

또한 사절의 모양새를 갖추기 위해 사두마차 한 대를 정원 중앙에 대기시켰고, 자하르와 니나는 호위기사용 기마를 저마다 한 마리씩 몰았다.

각자 장비나 준비할 물건 등을 점검하며 최종 확인을 하는 중이다.

정원 구석에는 배웅하러 나온 아스파루프 국왕과 나라의 주요 관리들까지 사절단의 작업을 바라보며 이야기를 나누었다.

성내의 일부 식자에게 전설로 알려진, 엘프족이 사용하는 '정령의 오솔길'을 한번 보고 싶은 것이리라.

딜런은 그런 구경꾼들의 시선을 받으면서 릴 왕녀의 마차를 올려다보고 뭔가 깊은 생각에 빠져 있었다.

"왜 그러시오, 딜런 님?"

아크가 딜런의 태도를 이상하게 여기고 묻자, 그는 난감하다는 표정을 지었다.

"아니, 릴 왕녀는 노잔 왕국의 문장을 단 마차를 타면 한눈에 알 수 있지만, 엘프족인 우리는 대외적으로 내보일 만한 게 없나 싶어서 그러네."

딜런의 대답에 아크는 그게 무슨 의미가 있는지 몰라서, 무심코 그의 딸인 아리안에게 시선을 옮겼다. 그러자 아리안은 자신에게 묻지 말라는 듯이 눈썹을 찌푸렸다.

"눈에 띄게 하려면 맨 앞에서 아크를 걷게 해도 되지 않아요?"

아리안의 말에 딜런은 작게 고개를 가로저었다.

"아크 군의 경우 갑옷은 화려해서 눈에 띄지만, 다른 이들은 엘프족이라는 사실을 모르니까 말이다. 이번 릴 왕녀의 방문은 아무런 외교 절차도 없이 가는 거라서, 주위에 조금 요란한 인상을 심어주고 금방 윗선에 전해지도록 머리를 짜보려 했단다."

딜런의 설명에 그럭저럭 무엇을 하려는지 이해할 수 있었다.

아무리 로덴 왕국과 노잔 왕국이 친척 관계라고 해도, 갑자기 방문한 사절단을 금세 왕가 인물로 단정하기란 어렵다.

자칫하면 심문과 신원 확인을 하는 데에만 며칠은 걸릴 우려가 있다.

그 점에서는 바로 얼마 전까지 로덴 왕국의 수뇌부와 회담을 하고 왔다는 딜런이 동행하면, 즉시 신원을 특정할 수 있는 데다 누가 보더라도 엘프족이라는 게 뚜렷하다.

분명 딜런이 선두에서 눈에 띄면 로덴 왕국과 조속히 연락이 닿는다. 그럼 뒤쪽의 릴 왕녀를 중심으로 하는 사절단을 중개해 주는 역할도 의외로 쉽게 풀릴 가능성이 크다.

그렇다면——.

아크는 고민을 하면서 릴 왕녀와 그녀가 탄 마차에 시선을 돌리고, 이어서 딜런과 그 뒤편에 있으면 눈에 띌 존재—— 그 뭔가를 상상하며 뚫어지라 보듯이 눈을 가늘게 떴다.

그때 퍼뜩 어떤 중요한 사실을 깨닫고 손뼉을 쳤다.

"그러고 보니 시덴을 왕성 마구간에 맡긴 채 잊었소!"

"앗." "!"

아크의 그 목소리에 아리안과 치요메 둘 다 똑같은 반응을 나타내고 서로 눈길을 주고받았다.

일행이 왕성 위병을 따라가자, 시덴이 덩치 때문에 마구간에 들어가지 못하고 조금 작은 방목장 한복판에 앉아 있는 모습이 보였다.

"시덴, 데리러 오는 게 늦어져서 미안하다."

아크는 시덴에게 다가가서 말을 걸었다. 그러나 시덴은 아크를 흘끗 쳐다보더니 꼬리만 휙 흔들 뿐 웅크리고 앉은 채 시선을 앞으로 돌렸다.

"애 완전히 삐졌나 봐요. 아크가 잊어서 그렇잖아요……."

"아크 님, 함께 전장을 달린 상대를 이렇게 방치하는 건……."

아리안과 치요메의 잇따른 비난에 아크도 지지 않고 반론을 폈다.

"내가 잘못한 건 인정하지만, 아리안 양도 치요메 양도 여태껏 잊지 않았소?"

아크의 그 말에 둘은 슬쩍 시선을 피했다.

그러나 이대로 시덴을 마구간에 둘 수는 없으므로, 그 자리에서 회유 작전을 펼쳤다.

"쿵! 큐~웅!"

먼저 폰타로 설득했다.

"……다음에 시덴의 고향인 초원에서 달리는 건 어떠냐?"

그리고 훗날의 위안을 겸한 귀향을 미끼 삼아 어떻게든 화해할 수 있었다.

"규리이이이이잉!"

시덴의 발걸음도 가벼워졌을 즈음 일행이 다시 왕성의 정원으로 돌아오자, 이미 사절단의 다른 이들은 준비를 마치고 이제나저제나 하면서 아크를 기다리는 참이었다.

"딜런 님, 이 시덴을 타고 릴 왕녀의 앞을 가면 인간족의 거리에서는 좋든 싫든 눈에 띌 듯싶은데 어떻소? 고삐는 내가 쥐고 가도 문제없겠지, 시덴?"

"규리잉."

아크가 시덴의 콧등을 어루만지며 딜런에게 묻자, 그도 녀석을 올려다보고 납득한 듯이 고개를 끄덕였다.

"확실히 더 바랄 게 없겠군. 그럼 시간도 늦었으니, 곧바로 출발하도록 할까? 아크 군, 부탁하네."

아크는 딜런을 시덴의 안장에 태우고, 이어서 아리안도 그의 뒤에 앉혔다.

치요메는 시덴을 타지 않고 옆에서 같이 걸어갈 모양이었다.

주위의 구경꾼들에게 물러나도록 지시를 내린 아크는 마침내 장거리 전이마법을 발동시키기 위한 작업에 들어갔다.

로덴 왕국은 꽤 오랜만에 가는 느낌이다.

그리고 보니 로덴 왕국의 전이 장소를 아직 기억에만 의존할 뿐 전이그림책에는 옮기지 않았다. 이 기회에 잠깐 각지를 돌아다니면서 전이 장소를 잊어 버리기 전에 그려두는 게 좋을지

도 모른다.

아크는 이후의 예정을 생각하며 우선 로덴 왕국 왕도 올라브의 어디로 전이할지를 머릿속에 떠올렸다.

가장 잘 기억하는 경치는 치요메와 더불어 그녀의 붙잡힌 동포를 구해 칼카트 산악 지대로 도망칠 때 돌아본 왕도의 모습이다.

"【게이트】!"

이번에는 릴 왕녀가 탄 마차, 딜런과 아리안을 태운 시덴 등 부피가 큰 대상이 늘어선 상태의 전이다. 그러므로 평소보다 힘을 주어, 전개되는 마법진의 크기를 사절단의 언저리까지 넓혔다.

순간적으로 주변이 어두워진 후 사절단 일행이 정신을 차리자, 이미 눈앞에는 반가운 로덴 왕국 왕도의 위용이 시야에 들어왔다.

왕도 올라브는 그 날 본 것처럼 어수선한 분위기는 아니었다. 그러나 아크는 치요메, 아리안과 함께 뭔가 깊은 감동이 치밀어올라서 잠시 묵묵히 그 풍경을 바라보았다.

노잔 왕국의 사절단 일행은 눈 깜짝할 사이에 왕성 정원의 경관이 뒤바뀐 탓에, 자신들이 서 있는 장소를 부지런히 둘러보고 확인했다.

보통은 어지간한 일에는 미동도 하지 않도록 훈련받았을 근위기사들도 문자 그대로 마법에 걸린 듯한 현상을 접하고 깜짝 놀라 웅성거렸다.

"대, 대단하다! 전혀 모르는 장소에 있구나!"

릴 왕녀도 마차를 뛰쳐나와 북쪽에 우뚝 솟은 여러 산들의 전망에 관심을 보였다.

왕도 소우리아의 주변에는 높은 산이 없어서, 릴 왕녀는 이렇게 가까이 줄지은 많은 산이 신기하리라.

시덴은 당장 공기가 달라진 환경에 고개를 갸웃거리더니, 곧이어 발밑에 난 풀을 입에 넣고 맛을 보았다.

"시간도 많이 남았는지 어떤지 모르는 상황입니다. 서둘러 왕도 올라브에 가도록 하죠. 릴 왕녀님은 어서 마차에 오르십시오."

"아, 알았다."

술렁대기만 하는 일행 중 가장 먼저 입을 연 이는 드립트프스 시덴에 탄 딜런이었다.

딜런의 말을 따라 사절단은 남쪽에 펼쳐진 로덴 왕국의 왕도를 향했다.

공교롭게도 전이한 장소는 포장된 길이나 가도로부터 멀었다. 그 때문에 릴 왕녀를 태운 마차를 이동시키는 데에 조금 애를 먹었지만, 왕도로 이어지는 가도에 오르고 나서는 순조로웠다.

이 길은 분명 서쪽의 항구 도시 랜드발트로 갈 때 지났던 적이 있다.

당시에는 길을 착각해서 황야 옆의 브란베이나라는 도시에 이르렀다. 아크는 그리운 추억을 떠올리며 앞으로 나아갔다.

가도를 다니는 많은 사람에게서 벌써 신기해하는 시선을 잔뜩 끌어모으는 형편이었다. 서서히 다가갈수록 왕도의 도시문 부근에서는 뭔가 바쁘게 움직이는 위병이 보였다.

몸길이 4m나 되는 거구를 자랑하고 여섯 개의 다리와 두 개의 뿔을 가진 드립트프스가 사절단 일행을 맨 앞에서 이끄는데도 소란을 피우지 말라는 게 무리이리라.

이곳에 사는 사람들의 입장에서는 드립트프스 시덴은 새로운 마수로밖에 보이지 않을지도 모른다.

왕도의 도시문—— 아마 서쪽 도시문에서 나타났을 두 필의 기마가 달려오는 모습이 눈에 들어오자, 사절단 일행 사이에 약간 긴장감이 흘렀다.

정찰이거나 이쪽의 목적을 묻기 위한 자들이리라.

릴 왕녀가 탄 마차만으로는 이런 소동이 벌어지지 않았을 테니, 딜런의 의도는 성공했다고 할 수 있다.

사절단에게 접근한 두 필의 기마는 저마다 처음 보는 드립트프스의 위용에 겁을 먹은 말을 달랬다. 그리고 조금 떨어진 장소에 멈춰선 그들은 사절단을 향해 누구인지 물었다.

"멈춰라! 그대의 소속과 이름, 방문 목적을 어서 밝혀라!"

위병 한 명이 큰 목소리로 묻자, 그 남자가 탄 말이 놀라서 날뛰었다.

겨우 말을 진정시킨 위병은 시덴의 안장에 걸터앉은 인물에게 주의를 기울였다. 그제야 아크는 위병이 누구에게 말을 걸었는지 알아차렸다.

"나는 캐나다 대삼림 소속의 딜런 터그 라라토이아. 이전에 이 나라를 들렀을 때 국왕 폐하를 알현하는 영예를 얻었습다. 이번에는 이웃 나라 노잔 왕국의 사절을 중개하는 역할을 맡아 동행하는 중입니다. 화급을 다투는 일이니 즉시 국왕 폐하에게 알려주시기 바랍니다."

딜런은 시덴의 안장에서 내려다보는 듯한 자세로 말했지만, 그의 어조는 어디까지나 정중했다.

위병의 지시를 받은 나머지 한 명은 원래 왔던 길을 있는 힘껏 달려 도시문으로 들어갔다. 전언은 딜런의 부탁대로 재빨리 왕궁에 전해졌다.

그 소식은 순식간에 로덴 왕국의 왕궁 내에 퍼졌다. 한때 사절단의 내방 목적에 여러 가지 억측이 난무하여 시끄러웠다.

"일단 만나서 얘기해 봐야겠지."

그러나 카를론 국왕의 그 한마디에 혼란은 수습되고 사태는 앞으로 움직였다.

이리하여 그 날 예정된 모든 일정을 뒤로 미루는 한편, 급히 회담의 자리를 마련했다.

그리고 카를론 국왕의 그런 결단은 전령에 의해 금세 딜런에게 닿았다.

대답을 들은 릴 왕녀와 사절단의 모두는 크게 한숨을 내쉬며, 우선 첫 번째 근심을 덜었다는 점에 기뻐했다.

아크도 쉽게 국왕과 만날 절차를 갖춘 듯싶다고 가슴을 쓸어내리자, 딜런은 왠지 굳은 얼굴로 아까의 행동을 반성했다.

"처음에 위병이 누구인지 물었을 때 용건을 적은 문서를 준비해 뒀어야 했는데."

일단 릴 왕녀가 노잔 왕국 국왕으로부터 로덴 왕국 국왕에게 보내는 서한을 맡았지만, 그 전 단계로 통지서를 지녔다면 왕도 밖에서 대기하는 시간이 좀 더 줄었을지도 모른다.

위병 기마대를 따라가는 형태로 딜런을 포함한 노잔 왕국의 사절단은 로덴 왕국 왕도 올라브의 도시문을 지나게 되었다.

왕도 올라브의 규모는 노잔 왕국 왕도 소우리아보다 훨씬 크다. 도시를 둘러싸는 네 겹의 방벽만으로도 그 사실을 말해준다.

사절단 일행은 그런 올라브의 풍경에 깊은 관심을 나타냈고, 릴 왕녀도 마차의 창문을 통해 스쳐 지나는 경치를 뚫어지라 바라보았다.

"설마 이런 식으로 또 이 도시에 돌아올 줄이야."

"그렇군요."

아크의 혼잣말은 거리의 소음에 파묻혀 대부분 사람의 귀에는 들리지 않았지만, 옆에서 걷는 치요메는 맞장구를 치며 고양이 귀를 쫑긋거렸다.

일찍이 이 왕도에서 인간족의 노예 상회에 부당하게 사로잡힌 수인족들을 어두운 밤 속에 숨어들어 해방하고 다녔던 치요메다. 그런데 지금은 모습을 드러낸 채 걷는 치요메를 보자 조금 신기한 느낌이다.

치요메도 마찬가지였는지 입가를 닌자 복장으로 가리고, 약간 안절부절못하여 꼬리를 흔들었다.

아직 이 나라에서는 수인족이 노예 신분 이외에는 공공연하게 걷지 못할 테지만, 딜런이 이전에 했던 말이 실현된다면 그런 사정도 바뀔 것이다.

더구나 왕성으로 향하는 사절단을 진기하게 구경하는 왕도 사람들은 위용을 자랑하는 드립트프스에 경악하여 비명을 질렀다. 또한 드립트프스에 걸터앉은 두 명의 엘프족에게 흥미를 비치면서도, 그 뒤에 따라가는 노잔 왕국 왕가의 문장을 새긴 귀인의 마차를 두려워하여 멀찍이 거리를 벌렸다.

이 상황에서 수인족이라는 이유로 치요메에게 시비를 걸 어리석은 자는 없다.

너저분한 시가지를 빠져나와 산뜻한 주택가 옆을 지난 사절단은 호화로운 저택이 늘어선 귀족가를 거쳤다. 그러자 벌써 눈앞에는 이 나라의 국왕이 지내는 거성이 보이기 시작했다.

궁전은 색다른 모양의 지붕을 가진 첨탑들을 잇듯이 지어졌다. 오랜 세월 영지 분쟁이 끊이지 않았던 노잔 왕국 주변의 투박한 성채와는 달랐다. 그 우아하고 아름다운 궁전을 본 사절단 일행은 감탄의 한숨을 내쉬었다.

위병 기마대는 사절단 일행을 궁전 앞의 광장으로 안내했다. 광장에 줄지어 대기하던 많은 사람이 사절단 일행을 맞이하였다.

마중하러 나온 이들은 다종다양한 구성원에 놀라면서도, 안내역을 맡은 남자가 이번 사절단의 대표를 물었다.

"그, 그런데 대표자는 어느 분이십니까?"

그 목소리에 한 명의 작은 소녀—— 릴 왕녀가 나섰다.

"나다."

릴 왕녀를 본 남자는 그게 무슨 농담이냐는 시선을 보냈다. 그러나 릴 왕녀의 뒤에 서 있는 자하르와 니나는 물론 아크와 아리안, 치요메가 눈을 번뜩이자 금세 미소를 띠었다.

"아, 알겠습니다. 그럼 모시도록 하죠."

남자는 릴 왕녀의 곁에서 미소를 짓는 딜런을 흘끗거렸지만, 그 이상은 아무 말도 하지 않고 묵묵히 왕궁 내를 앞장서듯이 걸었다.

왕궁 앞에 세워둔 마차와 시덴은 여덟 명의 근위기사들에게 맡기고, 릴 왕녀를 비롯한 사절단 일행은 안내역 남자를 뒤쫓았다.

릴 왕녀는 자신이 아는 왕성의 모습과 다른, 로덴 왕국 왕궁의 화려한 실내 장식과 미술품 등에 관심을 드러냈고 어린아이답게 눈을 휘둥그레 뜨며 둘러보았다.

장대한 궁전 내를 나아간 일행은 이윽고 안내역 남자가 걸음을 멈춘 곳에 시선을 고정했다.

"이쪽에서 기다리십시오."

뒤돌아본 남자가 공손하게 가리킨 방의 문이 보초를 서는 위병들의 손에 의해 열렸다.

표정을 굳힌 릴 왕녀는 자세를 바로잡더니, 안내받은 방으로 발걸음을 내디뎠다.

두 명의 호위기사 자하르와 니나도 곧바로 그 뒤를 따랐다.

미소를 띤 딜런은 천천히 발길을 옮겼다. 마지막 순서로 아크와 아리안, 치요메가 실내에 이어지는 문을 지났다.

그곳은 일국의 주인과 대면하기 위한 이른바, 알현실 같은 장소는 아니었다.

굳이 말하자면 넓은 회의실 비슷한 분위기였는데, 구석에는 고용인으로 여겨지는 여성 몇 명이 서서 대기했다.

보통 이런 데에서 일하는 여성들은 딱히 표정을 겉으로 내보이지 않을 테지만, 들어온 이들의 면면에는 당황한 눈치였다. 그중에는 놀란 얼굴로 허둥지둥 본래의 표정으로 되돌리는 사람도 눈에 띄었다.

"하지만 설마 내가 이런 차림으로 들어올 수 있을 줄은 생각지도 못했군."

그렇게 중얼거리는 아크는 전신 갑주를 걸친 데다 사람의 키만한 검도 그대로 소지한 상태였고, 더욱이 투구 위에는 폰타가 앉아 있었다.

아리안과 치요메도 허리에 찬 무기에 관해서는 검문을 받지 않았다.

역시 일행 가운데 이전에 국왕과 교섭한 경험을 가진 캐나다 대삼림 대표자의 한 명인 딜런이 동행한 덕분일까.

딜런이 로덴 왕국을 방문했을 때 그 밖에도 많은 엘프족 전사를 데려왔다고 했다. 어쩌면 교류시합으로 이름을 바꾼 서로의 무력시위 행위였는지도 모른다.

엘프족 전사는 무기를 지녀도 강하지만, 그게 없더라도 인간족 기사 몇 명 정도로는 제압하지 못하리라.

솔직히 말해 아리안의 어머니인 그레니스라면 정말 부러진 검 한자루로 이 왕궁의 제압도 가능하다고 여겨질 만큼 차원이 다르다.

로덴 왕국 측은 섣불리 자극하지 않도록 주의하는 것일 수도 있다.

보초를 서는 위병들도 묘한 긴장감을 뿜어냈다.

릴 왕녀는 정작 중요한 회담 상대를 실내에서 찾을 수 없자 먼저 자리에 앉았다. 그 옆에는 딜런이 자리를 잡았고, 자하르와 니나는 릴 왕녀의 뒤쪽에 섰다.

일단 아크와 아리안, 치요메는 자하르와 니나처럼 딜런의 뒤편에 서게 되었다.

회담을 시작하려면 좀 더 기다려야 한다고 생각했지만, 금세 다른 문 너머에서 빠르게 이쪽으로 향하는 발소리가 울렸다.

곧이어 실내 안쪽의 문이 열리며 남녀 한 쌍이 먼저 나타났다.

여성은 치요메보다 조금 큰 키에 나이도 약간 위라고 해야 할까.

노란색이 짙은 약간 곱슬한 금발, 단정한 용모 속에서 깜박거리는 커다란 갈색 눈동자, 고급스러우면서도 별로 호화롭지 않은 드레스를 걸친 그 여성은 꽃장식을 단 목걸이를 걸었다.

일행을 똑바로 바라보는 기품이 넘쳐흐르는 여성의 눈동자에는 강한 의지가 담겨 있는 듯해서, 소녀라는 모욕을 안겨줄 수 없는 인상을 풍겼다.

그리고 또 한 명은 젊은 청년이다.

밝은 갈색 머리에 키가 크고 얼굴이 깔끔한 청년의 푸른 눈동자는 날카로운 빛을 띠었다.

몸에 걸친 옷은 화려해서 어딘가 왕자다운 분위기를 위화감 없이 내비쳤다.

입가의 엷은 미소도 그와 어울려서 좀처럼 방심하기 어려운 청년이다.

그처럼 대조적인 이미지의 두 사람이 좌우로 비켜서자, 안쪽에서 들어온 한 명의 귀인이 실내에 있는 이들을 둘러보았다.

나이는 50대에서 60대쯤일까.

드문드문 백발이 섞인 금발, 푸른 눈동자, 하얀 턱수염, 그리고 이마에 파인 깊은 주름. 그 인물에게서는 확실히 연령과 함께 쌓아 올린 위엄이 느껴졌다.

좌우의 남녀가 노년의 남자를 향해 머리를 숙이는 태도를 보면 그가 이 나라의 국왕이리라.

릴 왕녀도 딜런도 그 자리에서 일어나더니, 그들과 마찬가지로 고개를 숙였다.

한 박자 늦게 아크도 묵례하려고 할 때 노년의 남자가 손으로 제지했다.

"비공식 자리일세. 여로에 지쳤을 테니, 지금은 괜한 인사는 생략하고 앉게."

그러나 남자의 말에도 누구 하나 자리에 앉지 않았다. 그때 앞에 나선 이는 릴 왕녀였다.

"배려에 황공하옵니다, 폐하. 노잔 왕국 제1왕녀 릴 노잔 소우리아라고 합니다. 이렇게 알현의 기회를 주셔서 진심으로 감사드립니다."

릴 왕녀는 긴장한 것인지 아니면 연습한 인사였는지── 다소 딱딱한 인사말을 건네고 드레스 자락을 살며시 들어 올렸다.

노년의 국왕은 살짝 허리를 굽히는 릴 왕녀의 모습에 활짝 웃었다.

"오오, 그대가 메리사의——."

깊은 감회에 젖은 듯이 고개를 끄덕이는 국왕과 릴 왕녀의 이름을 듣고 놀라는 소녀.

"내가 국왕인 카를론 델프리트 로덴 올라브다. 자네의 백부라고 해야겠군."

눈을 가늘게 뜨고 입가에 미소를 띤 카를론 국왕은 그의 양옆에 선 두 사람을 소개했다.

"먼저 소개해두지. 이쪽이 자네의 사촌 언니인 내 딸, 제2왕녀——."

카를론 국왕의 소개말에 앞으로 나온 소녀가 릴 왕녀와 똑같이 우아한 인사를 올렸다.

"유리아나 메롤 메리사 로덴 올라브에요. 편하게 유리아나라고 불러 줘요."

유리아나는 어린 릴 왕녀에게 웃어 보였다. 자연히 릴 왕녀의 얼굴에도 미소가 흘렀다.

"그리고 여기는 내 아들, 제1왕자다."

"섹트 론달 카를론 로덴 사디에라고 합니다. 이후 기억해 주시면 감사하겠습니다. 릴 왕녀님."

유리아나 왕녀 다음에 카를론 국왕이 소개한 이는 제1왕자라고 하는 섹트 왕자였다.

섹트 왕자는 유려한 몸짓으로 인사를 하더니, 조용한 미소를 머금고 릴 왕녀에게 말했다.

카를론 국왕은 이어서 딜런에게 고개를 돌렸다.

"지난번 이래로 얼마 지나지 않았는데, 오늘은 내 질녀를 데려다주었소?"

눈꼬리를 올리며 묻는 카를론 국왕에게 딜런은 미소를 잃지 않고 가볍게 고개를 숙였다.

"오랜만입니다, 국왕 폐하. 그쪽의 두 분과도 이미 얼굴을 대했지만, 캐나다 대삼림의 라라토이아 장로 딜런 터그 라라토이아입니다. 말씀하신 대로 오늘은 릴 왕녀님의 동행자로 이 자리에 참석했으니, 잘 부탁드리겠습니다."

딜런의 말에 카를론 국왕이 의아해하는 시선을 보냈다.

"그대들이 노잔 왕국과도 친교가 있다는 게 놀랍군."

"뭐, 여러 인연이 겹쳤을 뿐입니다. 이런 걸 기연이라고 하나요?"

카를론 국왕의 살피는 듯한 말에 딜런은 아무렇지 않게 대답하며 웃었다.

"후우, 일단 자리에 앉고 나서 얘기하도록 하지."

국왕은 작게 한숨을 내뱉은 후, 방에 놓인 의자 하나에 앉았다. 그러자 양옆의 유리아나 왕녀와 섹트 왕자도 그를 따라 자리에 앉았다.

살짝 고개를 숙인 릴 왕녀에 이어, 딜런 역시 그녀와 마찬가지로 자리에 앉았다.

그러나 호위인 자하르와 니나는 여전히 릴 왕녀의 뒤에 서 있었으므로, 아크 일행도 자리에 앉기를 사양했다.

카를론 국왕의 시선이 이쪽으로 흘끗 향하더니, 맞은편의 딜런에게 누구인지 물었다. 딜런은 시원한 어조로 그 질문에 대답했다.

"그들도 동행입니다. 제 딸과 동향인, 그리고 친구입니다."

그 대답에 카를론 국왕의 눈이 휘둥그레졌다.

"……별로 그대를 닮지 않았군."

국왕의 솔직한 감상에 딜런이 쓴웃음을 지었다.

아무래도 소거법으로 아리안을 딸이라고 특정한 모양이다.

"딸은 모친을 닮았으니까요."

딜런의 말에 아리안이 못마땅한 얼굴로 시선을 피했다.

귀를 약간 붉힌 듯이 보이는 것은 기분 탓일까.

카를론 국왕의 시선이 뒤이어 아크와 치요메에게 쏠렸다. 그러나 딱히 아무 말도 하지 않고 고개를 갸웃거리더니, 다시 릴 왕녀에게 눈길을 돌렸다.

"그나저나 멀리 노잔 왕국에서 백부인 나를 일부러 찾아온 것도 아닐 테지? 화급한 용건이란 게 무엇이냐?"

분위기를 바꾼 카를론 국왕의 말에 릴 왕녀가 한 장의 서한을 꺼내어 테이블에 놓았다.

그 서한을 뒤쪽에서 대기하던 자하르가 카를론 국왕의 손에 전해 주고 물러났다.

"오늘은 카를론 백부님께서 꼭 들어주셨으면 하는 부탁 때문에 찾아뵈었습니다. 자세한 내용은 아버님인 아스파루프 국왕 폐하의 서한에 적혀 있습니다."

진지한 표정을 지은 릴 왕녀는 자신이 상대하는 카를론 국왕에게 로덴 왕국의 왕이 아닌 그녀의 백부에게 부탁한다는 형태로 이야기를 꺼냈다.

카를론 국왕은 그 태도를 질책하지 않고, 손에 든 서한의 봉랍을 뜯어서 정중하게 펼쳤다. 그러더니 서한에 쓰인 글을 훑어보는 동안 딱딱해진 표정은 경악한 얼굴로 바뀌었다.

카를론 국왕의 반응에 유리아나 왕녀와 섹트 왕자의 시선이 릴 왕녀를 향했다.

"힐크 교국이 이웃 나라 삼국── 사루마, 노잔, 델프렌트에 침공을 시작했다는 이 얘기는 사실이냐……? 게다가 사루마 왕국을 쳐들어간 적의 수가 20만이라는데……."

서한에서 시선을 든 카를론 국왕의 물음에 유리아나 왕녀는 몹시 놀란 나머지 무심코 소리를 질렀고, 섹트 왕자는 눈썹을 찌푸리며 턱을 당기더니 뭐라 말할 수 없는 표정을 지었다.

조금 전만 해도 우아하게 자리에 앉은 유리아나 왕녀가 돌변하여 벌떡 일어나더니, 카를론 국왕을 옆에서 밀쳐내듯이 서한을 들여다보았다.

"그만두거라, 유리아나. 아직 내가 읽고 있는 중이다."

국왕은 딸의 갑작스러운 난폭한 행동에 쓴소리를 내뱉었다. 그러나 유리아나 왕녀는 도중까지 훑어본 서한 내용의 진위를 확인하고자, 어안이 벙벙해진 릴 왕녀 일행과 시선을 맞추었다.

"교국이 죽은 자를 다루는 마법으로 타국을 공격하는 게 진짜인가요!?"

"사, 사실이다! 나도 괴물의 습격을 받고 이제 끝이구나 싶었다!"

무척 흥분하여 묻는 유리아나 왕녀의 모습에, 릴 왕녀도 당황하며 대답하는 바람에 평소의 언동이 고스란히 드러났다.

그러나 유리아나 왕녀는 사소한 일은 신경 쓰지 않는 성격인지, 눈썹을 찡그리고 혼잣말을 중얼거렸다. 깊은 생각에 빠진 듯한 유리아나 왕녀는 실내를 이리저리 돌아다녔다.

"하지만 힐크교는 꽤 역사가 길죠? 교리 자체는 흔한 부류이고, 그렇게 사악한 종교는 아닌 것 같았는데……."

그런 유리아나 왕녀를 본 카를론 국왕은 커다란 한숨을 내쉬더니, 더 이상 그녀에게 주의를 주지 않는 대신 서한을 마저 읽었다.

이윽고 서한에서 고개를 든 카를론 국왕이 여전히 미소를 띠고 앉은 딜런에게 시선을 보냈다.

"여기에는 캐나다 엘프족도 참전할 예정으로 적혀 있는데, 정말 그대들이—— 말하자면 인간족의 영토 분쟁에 개입하는 건가?"

회의적인 눈빛을 던지는 카를론 국왕에게 딜런은 웃으면서 고개를 끄덕였다.

"이번에는 상대가 힐크교이니까요. 우리로서는 제거하거나 약체화시킨다면 더 바랄 게 없습니다. 대장로님들을 설득할 자신은 있습니다만?"

딜런의 대답을 들은 카를론 국왕이 얼굴을 찌푸렸다.

"그럼 아직 회의의 승인도 얻지 않고, 이 얘기를 진행한다는 게요?"

카를론 국왕은 믿을 수 없다는 표정으로 딜런을 바라보았지만, 그는 괜찮다는 듯이 고개를 가로저었다.

"확실히 승인도 받지 않았고, 한 마을의 장로가 결정할 만한

사항은 아닙니다."

딜런의 그 말에 줄곧 이야기를 듣던 릴 왕녀와 호위기사 두 사람도 안색을 굳히고 그에게 호소하는 듯한 시선을 보냈다.

──그들이 저런 표정을 짓는 것도 납득은 간다.

언데드를 이용한 힐크 교국의 삼국 동시 침공으로부터 나라를 방어하기 위해서는 엘프족 전력의 참전은 꼭 필요하리라.

그런데 만약 이대로 중앙 메이플의 대장로회에서 승인이 나지 않아 전력을 보내지 못하는 사태에 이르면, 노잔 왕국은 주변 나라와 함께 망국의 신세로 떨어지는 게 확정되기 때문이다.

그러나 그들의 걱정을 아랑곳하지 않고, 딜런은 뭔가를 확신하는 눈치였다.

"염려할 필요 없습니다. 캐나다 대삼림은 루앙숲을 구한다는 중요한 명목도 있으니까요. 무엇보다 이 전쟁은 우리도 참전하지 않을 수 없는── 그런 싸움입니다."

딜런의 말에 다들 이상하다는 표정을 지었지만, 섹트 왕자는 뭔가를 눈치챘는지 얼굴에 엷은 미소를 띠고 딜런에게 손을 들어 보였다.

그것을 알아차린 딜런이 섹트 왕자에게 시선을 돌리며 고개를 갸웃거렸다.

"왜 그러시죠, 섹트 왕자님?"

"그대들이 참전하는 게 기정사실이라면, 캐나다 대삼림이 노잔 왕국에게 요구할 보상은 뭡니까? 설마 상대에게 아무것도 바라지 않고 힘을 빌려줄 만큼 어리석지는 않을 테지요?"

섹트 왕자의 물음에 카를론 국왕과 유리아나 왕녀도 흥미를 느꼈는지, 딜런을 살피듯이 시선을 보냈다.

"이 건은 노잔 왕국, 사루마 왕국 브라니에령에게 먼저 구두 약속을 했습니다. 엘프족, 수인족의 노예해방 및 이후 두 종족의 부당한 예속화 금지 등이 우리가 얻을 보수입니다."

딜런의 대답에 섹트 왕자의 눈이 가늘어졌다.

"상당히 거창하게 나오셨군요. 엘프족은 둘째치고 수인족까지라니……."

섹트 왕자의 시선이 아크 옆에 선 치요메에게 향하자, 그녀는 푸른 눈동자에 날카로운 살기를 담아 노려보았다.

치요메의 눈빛에 어깨를 으쓱인 섹트 왕자는 입가에 미소를 띠었다.

"이거 실례했군요. 그것들은 단순히 구두 약속에 불과한데, 반드시 지킨다는 보증이 있습니까?"

약간 짓궂은 미소를 지은 섹트 왕자의 질문에 릴 왕녀는 매우 분노하여 볼을 부풀렸다.

"제 아버님은 약속을 어기거나 하지 않습니다!"

눈물을 머금은 눈으로 테이블을 두드리는 릴 왕녀의 모습에 카를론 국왕과 유리아나 왕녀가 섹트 왕자에게 책망하는 시선을 던지자, 그는 작게 한숨을 내뱉고 사죄의 말을 건넸다.

"죄송합니다. 당신의 아버님을 나쁘게 말할 생각은 없었습니다. 다만 전 조금 걱정이 됩니다. 확약이라고 할 수 없는 조건에 과연 엘프족의 대장로들이 참전 이유로 충분히 납득할지 어떨지 말입니다. 그들은 당신 아버님의 인품을 모를 테니까요."

섹트 왕자의 말에 릴 왕녀는 다시 불안에 사로잡혔지만, 그녀의 눈에 비친 것은 묘한 미소를 띤 딜런이었다.

"아니, 실례했습니다. 그 점은 염려하지 마십시오. 그들에게 앞서 말한 조건을 무시할 만용은 없겠죠."

딜런은 아크의 얼굴을 보고 의미심장하게 웃었다.

반면 섹트 왕자는 딜런의 태도에 고개를 갸웃거렸다.

아크 자신은 딱히 그들을 위협하여 이번 조건을 들이댈 생각은 없지만, 옆에서 보면 역시 그렇게 비치는 걸까.

(뭐, 그만큼 요란하게 날뛰었으니 아무도 싫다고 할 수는 없겠죠…….)

아리안은 반쯤 어이없다는 목소리로 속삭이며 어깨를 으쓱였다.

그러나 아크는 그 일은 자신만의 공과 죄는 아니라고 작게 반론을 폈다.

(내가 싸우는 광경을 직접 본 이는 릴 님 일행과 그 밖의 소수였소. 그런데 아리안 양이 팔루모 추기경하고 싸웠을 때 거리 한구석을 늪에 빠뜨린 마법은 아스파루프 님의 눈앞이지 않았나?)

아크와 아리안의 엇갈린 시선이 서로 맞부딪치자, 폰타가 꼬리를 흔들며 끼어들었다.

"큐!"

아크의 시야가 무성한 털 때문에 아무것도 보이지 않았다.

아무래도 폰타 나름대로 싸움을 말린 모양이다.

조용한 말다툼을 벌이는 아크와 아리안을 내버려 두고, 릴 왕녀의 이야기는 계속 이어졌다.

"카를론 백부님, 부디 노잔 왕국을 구하기 위해 힘을 빌려주십시오!"

릴 왕녀의 애원이라고도 할 수 있는 부탁에 유리아나 왕녀도 부친인 카를론 국왕을 바라보았다.

"설령, 설령 캐나다 대삼림의 엘프족도 참전한다 해도, 삼국을 동시에 침공 중이라는 힐크 교국의 언데드군과 맞닥뜨리기까지 시일은 얼마나 남았느냐?"

카를론 국왕의 물음에 대답한 이는 딜런이었다.

"빠르면 앞으로 이레쯤일까요?"

"이레라고!? 그건 거의 시간이 없다는 말과 마찬가지 아닌가!?"

딜런의 대답을 들은 카를론 국왕은 놀라서 목소리가 살짝 갈라질 정도였다.

"그럼 이 왕도를 당장 출발해서 동쪽의 항구 도시 랜드발트에 가는 게 낫지 않습니까? 부르고만을 넘어 그 앞의 이웃 나라 왕도까지 가려면……."

섹트 왕자는 냉정히 날짜를 헤아렸다.

그 지적에 카를론 국왕도 뭔가를 깨달은 눈치였다.

"섹트, 그만하거라. 아스파루프 님도 고심 끝에 딸을 이리로 보냈을 테지."

카를론 국왕은 질녀인 릴 왕녀를 가엾게 보면서 섹트의 말을 막았다.

유리아나 왕녀도 슬픈 표정으로 릴 왕녀를 응시했다.

지금 세 사람의 눈에는 멸망하기 전에 나라를 벗어난 외동딸 릴 왕녀로 비치는 걸까.

뭐, 하지만 그들의 인식이 일반적이리라.

그 시선의 의미를 알아차렸는지, 릴 왕녀는 허둥대듯이 변명을 늘어놓았다.

"괘, 괜찮습니다! 제가 성을 나와 여기 도착한 건 오늘입니다! 아크 경이 있으면 그 점은 걱정하지 않아도 됩니다!"

릴 왕녀는 초조한 나머지 무턱대고 설명하려다 보니, 뭔가 횡설수설하며 「문제 없다」라는 어설픈 말만 내뱉었다. 그래서는 다른 이의 동정을 살 뿐이다.

"어쩌시겠습니까?"

섹트 왕자가 국왕의 가여운 질녀를 바라보면서 물었다.

그러나 카를론 국왕이 뭐라고 말하기 전에 그 대답을 들려준 이는 딜런이었다.

"원군으로 보내는데 걸리는 시일은 신경 쓰지 마십시오. 동포인 아크 군을 그 때문에 동행시켰으니까요. 이번 일에 한해서는 거리의 제약을 고려하지도 않아도 됩니다."

미소를 띤 채 말하는 딜런의 설명에 세 사람은 더 무슨 뜻인지 모르겠다는 듯이 서로 얼굴을 마주 보았다.

딜런은 그들에게 「이론보다 증거」를 제시하는 편이 빠르다고 판단했으리라. 아크는 시선을 자신에게 돌리고 미소를 짓는 딜런이 무엇을 요구하는지는 금세 알았다.

딜런을 향해 고개를 끄덕여 보인 아크는 곧바로 마법을 발동시켰다.

"【디멘션 무브】."

이동할 장소는 카를론 국왕의 뒤다.

"이럴 수가!?"

"엣!?"

"!!?"

눈앞에서 홀연히 모습을 감춘 갑옷 기사가 순식간에 뒤쪽에 나타나는 광경은 몹시 충격적이리라.

눈을 있는 힘껏 크게 뜬 세 사람은── 문자 그대로 눈이 동그래져서 할 말도 잊었다.

경악해서 두 눈이 휘둥그레진 것은 그들뿐만이 아니다.

실내 구석에 서서 대기하던 고용인들도 마찬가지였다.

"【디멘션 무브】."

아크는 다시 마법을 발동시켜 국왕의 뒤에서 아리안의 옆으로 이동했다. 그러나 다들 말문이 막힌 것처럼 적막이 가득 찬 방에는 아크가 걷는 발소리만 울렸다.

그런 침묵을 깨뜨린 이는 의외로 섹트 왕자였다.

"…… '정령의 오솔길' 입니까. 옛날얘기에만 나오는 줄 알았습니다."

섹트 왕자의 말에 카를론 국왕과 유리아나 왕녀가 얼굴을 들었다. 두 사람이 미소를 띤 딜런을 쳐다보자, 그는 묵묵히 고개를 끄덕였다.

'정령의 오솔길', 인간족 사이에서는 나름대로 알려진 엘프족에 관한 일화이리라.

어쩌면 캐나다 대삼림을 만들고 전이사원을 지었다는 초대 족장 에반젤린의 이야기가 어떤 형태로 인간족 세계에서 전해지는지도 모른다.

"으음, 설마 이런 능력까지 가졌을 줄이야……. 한데 어째서요, 딜런 경."

이마의 식은땀을 닦고 굳은 표정을 지은 카를론 국왕은 대담한 미소를 띤 엘프족과 시선을 맞추었다.

"무슨 말씀이십니까?"

이 상황을 조금 즐기는 점도 엿보이는 딜런은 조용한 목소리로 카를론 국왕의 물음에 작게 고개를 갸웃거렸다.

"줄곧 감춰두었을 능력마저 보여서라도 인간족 국가를 돕는 이유는 그대들에게 커다란 의미가 있기 때문인가?"

카를론 국왕의 질문에 딜런은 약간 쓴웃음을 지었다.

"어떤 의미에서는 그렇군요……. 아까도 말씀드렸다시피 우리로서는 피할 수 없는 싸움이지만, 그건 이 나라에도 그대로 해당하는 얘기입니다."

딜런은 국왕의 옆에 앉은 섹트 왕자를 향해 의미심장한 시선을 보냈다.

그 눈길에 작게 한숨을 내뱉은 섹트 왕자가 국왕의 옆으로 몸을 기울여 뭔가를 속삭였다.

"흐음, 그런가. 그렇게 된 건가……."

귀엣말을 들은 카를론 국왕은 방금보다 굵은 땀방울을 이마에 맺고 신음을 흘렸다.

유리아나 왕녀는 국왕의 태도를 의아하게 여기며 섹트 왕자를 노려보았다. 그러나 섹트 왕자는 여동생의 시선을 무시하듯이 웃었다.

손에 펼쳐진 서한의 내용을 다시 확인한 카를론 국왕은 뭔가를 결심한 것처럼 얼굴을 들고, 미소를 띤 딜런과 긴장한 표정으로 회담이 진행되는 과정을 지켜보는 릴 왕녀에게 시선을 옮겼다.

"우리도 이 상황에 가만히 앉아 있을 수만은 없는 모양이다. 별로 시간이 남지 않은 상황에서 모을 만한 병력은 기껏해야 5천 남짓이겠지. 하나 5천이라도 그런대로 많은 수다. 이 인원을 이동시키는 게 정말 가능한 건가?"

"문제없습니다."

파병을 결심한 카를론 국왕이 대규모 병사 수송에 일말의 우려를 품었지만, 딜런은 걱정하지 않아도 괜찮다고 답했다.

"그런가. 그럼 노잔 왕국으로 갈 원군의 실제 지휘는 별도로 하고, 섹트 네게 전권을 맡길 테니 이번 작전에 참가할 것을 명하마."

국왕의 결단에 릴 왕녀는 희색을 띠었다.

그러나 카를론 국왕의 그 결정에 이의를 제기하고 나선 이는 유리아나 왕녀였다.

"기다려 주세요! 엘프족과 공동전선을 펼칠 원군에 저도 참가하게 해 주세요, 아버님. 엘프족의 많은 분과 앞으로 깊은 우호 관계를 맺기 위해서도 꼭이요!"

유리아나 왕녀는 강하게 밀어붙였지만, 카를론 국왕은 고개를 가로저었다.

"그 때문이다. 네게는 그밖에 해줘야 할 일이 산처럼 쌓였다.

이 건은 섹트에게 맡기겠다. 결정 사항이다. 그리고 어지간하면 자리에 앉거라."

고집스럽게 물러서지 않는 국왕의 태도에 유리아나 왕녀는 그 말을 따를 수 없다는 듯이 볼을 부풀렸다.

그런 유리아나 왕녀를 내버려 두고, 섹트 왕자가 카를론 국왕의 앞에 공손하게 한쪽 무릎을 꿇었다.

"삼가 하명을 받듭니다. 이 섹트, 국왕 폐하의 기대에 반드시 부응하지요."

섹트 왕자의 말에 카를론 국왕은 그저 고개를 끄덕일 뿐이었다.

"이제 결정되었군요. 원군 편성이 끝나는 즉시 이쪽에서 노잔 왕국으로 보내드리겠습니다."

딜런이 자신을 쳐다본 까닭에 아크는 동의하듯이 고개를 끄덕였다.

그러자 카를론 국왕은 이 자리의 회담을 종료한다고 선언했다.

아크는 저마다 모두 이후의 행동을 위해 움직이는 모습을 바라보면서, 자신도 해야 할 일을 머릿속에서 정리하기 시작했다.

5천 명의 병력 수송은 처음이지만, 한 번에 얼마나 많은 수를 최대한 이동시킬 수 있을까.

그전에 먼저 이 성내의 어딘가를 전이그림책에 옮겨 그리고, 노잔 왕국과 로덴 왕국을 잇는 전이표지를 준비해야 한다.

그때 방을 나가던 섹트 왕자가 딜런에게 다가가는 모습이 아크의 눈에 띄었다.

딜런은 딱히 아무 말도 하지 않고 섹트 왕자를 올려다보았다.

"딜런 경, 노잔 왕국으로 보낼 원군을 제국에게도 부탁할 예정은 없습니까?"

섹트 왕자의 작은 목소리가 아크의 귀에도 어렴풋이 들렸다.

병력을 모으는 데에 제국이 참가해 주면 확실히 인간족의 전력으로서는 더할 나위 없을 테지만 일단 무리이리라.

"공교롭게도 우리는 제국과의 연줄을 갖지 않아서……."

딜런은 섹트 왕자의 질문에 그렇게 말하고 웃었다.

──그 문제도 있다.

그러나 섹트 왕자는 딜런에게 거듭 물었다.

"그럼 그 연줄을 어떻게든 얻는다면 가능할까요?"

"……우리한테도 사정이 있어서, 이번에는 제국의 참가를 타진하지 않았습니다."

죄송하다는 듯이 머리를 숙이는 딜런을 보고 섹트 왕자의 눈동자가 가늘어졌다.

이 원군 요청은 어디까지나 노잔 왕국이 주도하고, 딜런은 엘프족도 참가한다는 형태를 취할 속셈으로 움직일 테지만 그 외에도 치명적인 이유가 있다.

아크의 전이마법으로는 제국에 갈 수 없다.

정확히 말하자면 전이마법을 써서 이동할 만한 제국령의 후보지가 거의 존재하지 않는다는 게 맞다.

장거리 전이마법인 【게이트】의 사용은 목적지에 가 본 적이 있어야 하는 데다, 그 풍경을 또렷하게 떠올릴 수 있는 장소로 한정된다. 요컨대 낯선 곳에는 가지 못하는 셈이다.

그러고 보니 힐크교의 교회를 날려 버린 도시는 제국령이었나—— 지금쯤 어떤 상황이 되었을까?

당시의 기억을 그립게 돌이켜보자, 섹트 왕자가 아크를 향해 엷은 미소를 지었다.

"그렇습니까, 아쉽군요. 이 일은 양자의 미래를 위해서라도 진력을 다하지요."

섹트 왕자는 가볍게 고개를 숙이고 방을 떠났다.

외모는 그야말로 왕자다운 왕자님을 구현한 섹트 왕자는 뭐랄까 전체적으로 '방심할 수 없는 녀석'이라는 인상이 강한 인물이었다. 아크는 속으로 그런 감상을 품었지만, 아리안과 치요메도 마찬가지였는지 둘 다 수상쩍다는 얼굴로 섹트 왕자의 뒷모습을 바라보았다.

막간 드래곤로드 페르피뷔스로테

몇 그루의 거목이 조용한 아침 햇살을 받았고, 거대한 나무 갓이 살짝 바람에 흔들렸다.

우뚝 솟은 거목들은 자연물이면서 인공물과 융합한 신기한 경관을 자아냈다.

주거로 이용하는 거목 건조물들에는 각 거목을 잇는 공중 회랑을 설치했지만, 지금은 이른 아침 시간이어서 그런지 인영은 보이지 않았다.

북대륙 남동부 일대를 차지하는 캐나다 대삼림——.

800년 전, 불모의 황야만 펼쳐진 그 땅을 한 명의 엘프족이 대삼림 지대로 바꾸는 데 성공한다. 그때부터 계속 넓어진 대삼림에는 각지에서 쫓겨온 많은 엘프족이 살게 되었고, 마침내 엘프족의 광대한 거류지로 탈바꿈했다.

크고 작은 여러 마을이 대삼림 내에 지어졌는데, 그 중심이 이곳 삼도(森都) 메이플이다.

거대한 그레이트 슬레이브 호숫가에 자리 잡았으며, 대삼림에서 날뛰는 마수의 침입을 막아주는 높고 장대한 나무벽 안쪽에는 거목 건조물들이 죽 늘어섰다. 인구는 10만을 넘을 정도다.

그런 거대 도시 메이플의 한 구역에 있는 주거구획의 집 안에서 아직 졸린 듯한 황금색 눈동자를 비비며 크게 기지개를 켜는 인영이 있었다.

"후아아~~ 졸려……."

하품을 참은 인영은 풍만한 가슴을 출렁거리더니, 입은 옷을 그대로 훌렁 벗어 던졌다.

얇은 옷 속에서 나타난 옅은 자주색 피부의 가냘프고 매끈한 몸은 균형이 잘 잡혔다── 그런데도 살집이 적당하여 남자들이 좋아할 만한 몸매는 다크엘프족 여성의 특징이기도 했다.

그렇게 민망한 모습을 드러낸 여성은 실내의 어느 좁은 방으로 들어갔다.

거목 뿌리로부터 퍼 올린 대량의 물을 불로 데우고, 머리 위에서 비처럼 뿌려주는 샤워기라는 마도구── 여성은 아침에 일어나 샤워를 하는 게 일과였다.

"하아아~~ 살 것 같다아."

여성은 어깻죽지에 가지런하게 모인 눈같이 하얀 머리를 샤워기의 뜨거운 물에 적셨다. 그러더니 잠버릇 때문에 뻗치고 엉클어진 머리를 정성스럽게 감았다.

그 후 땀으로 조금 끈적거리는 몸을 어루만진 여성은 굳은 근육을 주물러서 풀어주었다.

"으음."

약간 요염한 한숨을 토해낸 여성은 다시 크게 기지개를 켜고 나서 눈을 떴다.

"하아, 잠이 깼다아. 오늘은 서둘러 나가야지."

오랫동안 삼도 메이플에서 혼자 전사로 지내온 탓인지, 집에서는 무의식적으로 중얼거리는 일이 많았다.

콧노래를 흥얼대며 샤워를 마친 여성은 몸에 묻은 물기를 목욕 수건으로 닦아냈다.

"어라, 어제 나간다고 준비한 짐을 어디에 뒀더라아?"

여성은 그렇게 말하고 벌거벗은 채 실내를 돌아다녔다.

얼마 지나지 않아 짐을 찾은 여성은 그 자리에 웅크려 앉아 마지막으로 내용물을 점검했다.

"엣취! 아, 옷 입어야겠다."

자신이 알몸이라는 사실을 떠올린 여성은 평소처럼 전사로서 밖에 나갈 때 입는 의상을 옷장에서 꺼냈다. 그러나 잠시 의상을 바라본 여성은 도로 원래 자리에 넣었다.

여동생의 옷과 똑같은 디자인이고 스커트 부분이 개인적으로 귀여워서 마음에 들지만, 오늘 가는 장소는 상당히 위험한 곳이 많은 까닭에 가급적 피부를 가리는 편이 좋다.

그런 이유로 여성은 보통 잘 입지 않는 소매와 옷자락이 긴 의상 위에 가죽 갑옷과 가죽 어깻바대를 걸쳤다. 그리고 두 개의 검대에는 애용하는 단검 두 자루를 끼워서 고정했다.

신체의 곡선이 드러나는 장비이지만, 움직이기 쉬운 기능은 전사로서는 가장 중요한 부분이다.

여성은 어깻죽지에 내려온 하얀 머리를 한데 모아 끈으로 살짝 높게 묶어 올리더니, 고개를 돌리며 거치적거리지 않는지 확인하고 배낭을 짊어졌다.

"좋아! 사랑스러운 여동생 소원을 이루어 주러 가자아~."

기합을 넣은 목소리를 외치고 밖으로 나간 여성이 문을 잠그
자, 마침 집을 나온 옆에서 사는 주민과 시선이 마주쳤다.

"어머, 이빈? 오늘은 꽤 일찍 일어났네."

옆집 주민인 엘프족 여성이 미소를 띤 얼굴로 인사말을 건넸
다.

이빈이라고 불린 여성—— 이빈 그레니스 메이플은 웃으며
대답했다.

"그렇다니까아, 지금부터 콜롬비아 산맥에 가게 됐거든."

평상시 이빈은 조금 늘어진 말투를 쓰고 성격이 느긋하지만,
캐나다 대삼림에 소속하는 전사 중에서도 손꼽을 만한 실력자
라는 사실은 잘 알려져 있다.

그리고 이빈은 아리안 그레니스 라라토이아의 언니이기도 했
다.

"뭐어!? 콜롬비아 산맥이라면 여기서 엄청 먼 서쪽이잖아?
괜찮은 거야?"

이빈의 대답에 놀란 여성은 눈을 동그랗게 뜨고 그녀를 걱정
했다.

콜롬비아 산맥은 캐나다 대삼림의 거의 중앙으로 이어지는데,
표고가 높고 정상 부근은 늘 눈에 덮인 혹독한 환경의 장소다.

당연히 그 주변에는 마을도 없고, 마수가 날뛰는 숲을 한참
이나 걸어야 한다.

그러나 이빈은 손을 휘휘 내저으며 아무것도 아니라는 듯이
웃어 보였다.

"괜찮아, 괜찮아. 그전부터 이따금 다니니까아. 아, 집에 누

가 찾아오면 콜롬비아 산맥에 갔다고 말해줘."

"알았어, 조심해야 돼."

옆집 여성에게 미소를 지으며 헤어진 이빈은 건물 승강기를 타고 내려와 전이사원으로 향했다.

물론 콜롬비아 산맥으로 갈 수 있는 전이진은 없지만, 가장 가까운 마을이 존재한다.

아무리 숲속을 주파하는 데 뛰어난 엘프족 전사라도, 삼도 메이플에서 도보로 콜롬비아 산맥을 가려면 가뿐히 아흐레는 걸리리라.

그러나 가장 가까운 마을에서 출발하면, 겨우 하루 한나절 정도로 콜롬비아 산맥에 도착할 수 있다.

다만 문제는 목적지가 이동한다──라는 점이다.

콜롬비아 산맥에 도달하더라도 목적지를 찾아내야 한다. 수색 상황에 따라서는 대체 며칠이나 고생할지── 불길한 상상을 떠올린 이빈은 머리를 흔들었다.

"귀는 밝으니까 부르면 눈치채주겠지. 괜찮을까……? 잠들지 않았으면 좋겠는데……."

이빈은 낙관적으로 예상하며 마음의 평온을 지키려 했지만, 문득 다른 불안요소를 입밖에 내뱉고 다시 그 생각을 머릿속에서 떨쳐내듯이 고개를 저었다.

일단 기분을 바꾸자, 이 임무를 끝낸 다음의 신나는 일을 기대하는 상상이 부풀어 올랐다.

"우리 아리안한테 부탁받은 일이니까, 나중에 보고하러 가겠지? 그럼 역시 보수라고 해야 하나 포상? 그건 당연한 권리일

거야아."

이빈은 전이사원으로 가던 발길을 멈추더니, 호숫가의 바람을 타고 흘러오는 아침 안개에 휩싸여 흐릿해진 가도 한복판에서 괴상하게 웃었다.

"우후후후, 오랜만에 우리 아리안하고 함께 목욕하는 것도 좋겠다아. 서로 몸을 씻기고 우리 아리안의 성장 상태도 언니로서 확인할 의무가 있지, 우후."

아직 인영이 적은 거리에 기묘한 웃음소리만 울리는 광경은 옆에서 보면 괴기현상 그 자체다.

그러나 정작 당사자는 즐거운 미래를 그리며 발걸음이 가벼워졌는지, 뛰어오를 듯한 기세로 곧장 전이사원을 향했다.

전이사원을 나오자, 매번 콜롬비아 산맥으로 갈 때 들르는 마을 풍경이 나타났다.

사원 관리인에게 인사를 한 이빈은 작은 마을의 서쪽 하늘을 올려다보았다.

마을 밖에 펼쳐진 대삼림 깊숙한 곳에는 하얀 눈을 덮어쓴 능선이 끝없이 이어지는 웅장한 콜롬비아 산맥이 있었다.

이빈은 남서쪽으로 뻗은 그 산맥을 바라보면서 그보다 멀리 가지 않도록 빌었다.

"좋아."

기합을 넣고 마을을 나온 이빈은 숲속에 들어가서 똑바로 서쪽을 향했다.

목적은 콜롬비아 산맥을 근거지로 삼은 드래곤로드 페르피뷔스로테를 방문하는 데 있다.

그 계기는 며칠 전 자택에 날아온 '속삭임 새'가 전해 준 여동생 아리안으로부터의 전언이다.

어떤 사정으로 여동생은 풍룡산맥 너머의 땅을 보금자리로 둔 또 한 명의 드래곤로드와 약속하여, 캐나다 대삼림의 수호룡 중 한 명인 페르피뷔스로테를 소개해달라는 부탁을 받았다고 한다.

이빈은 이전부터 개인적으로 페르피뷔스로테를 알고 지내서, 가끔 그 이야기를 여동생 아리안에게도 들려주었다. 그래서 이처럼 중개 역할을 맡게 된 것이다.

이 일을 자신이 소속한 전사단에 상담한 결과, 이빈은 곧바로 허가를 받고 페르피뷔스로테가 지내는 콜롬비아 산맥으로 가게 되었다. 메이플의 입장에서는 다섯 명째 드래곤로드를 맞이할 기회라고 짐작했으리라.

이곳 캐나다 대삼림에 사는 수호룡은 전부 네 명이다.

그 가운데 페르피뷔스로테는 이 땅을 만든 초대 족장 에반젤린의 요구에 응하여 처음으로 눌러앉은 한 명이기도 하다.

드래곤로드는 거구인 까닭에 자신이 거처로 삼은 영역도 광대──하지는 않고, 저마다 성격에 따라 다르다. 매우 좁은 장소에 오래도록 머무는 자부터 정착지 없이 떠도는 자까지 다양하다.

이빈이 만나러 가는 페르피뷔스로테는 호기심이 왕성하고 딱히 한 곳에서 지내려는 성격은 아니다. 그러나 이번에는 자신의 본래 거처인 콜롬비아 산맥에 있다고 해서, 이빈이 이곳으로 발길을 옮기게 되었다.

일단 콜롬비아 산맥과 가까운 휴게소를 들러 하룻밤 묵은 후, 콜롬비아 산맥을 가는 게 평소의 여정이다.

이빈은 등의 배낭을 고쳐 짊어지고 단단히 고정하더니, 가벼운 발걸음으로 숲속에 들어갔다.

한동안 숲속의 길도 나지 않은 곳을 힘차게 나아간 이빈이 도중에 갑자기 멈춰 서서 귀를 기울였다.

"이상하네? 마수들이 없잖아……."

드래곤로드가 있는 장소 주변은 강력한 마수일수록 그 힘을 두려워하여 접근하기를 꺼린다. 반면에 그런 강대한 힘을 무서워하지 않는 작은 동물은 오히려 많아지는 경향을 보인다.

그리고 드래곤로드에게 쫓겨난 것처럼 일정한 거리를 두고 빙 둘러싼 강력한 마수들이 북적대는 현상이 일어나지만, 지금 주위의 숲은 평온 그 자체다.

"혹시 근처에 있는 걸까?"

이빈은 혼잣말을 내뱉으면서 숲속을 둘러보았다. 그러나 고개를 젖혀야 할 만큼 높은 나무들 때문에 시야는 좁았고 멀리 내다볼 수 없었다.

"뭐, 한 번 휴게소에 가 봐야겠네에."

혼자 중얼거린 이빈은 마음을 다잡고 첫 번째 목적지인 숲속의 휴게소를 향했다.

이윽고 숲의 나무들이 뜸해진 장소로 나오자, 눈앞에는 삼각받침대처럼 늘어선 세 그루의 나무가 나타났다. 나뭇가지들이 중간에 여러 겹 얽혀서 만들어진 천연 전망대 같은 휴게소였다.

그리고 그 휴게소 앞의 탁 트인 공간에 보통은 볼 수 없는——아니, 낯익은 존재가 자리 잡고 있었다.

"페르피뷔스로테 님!?"

광장을 차지한 것은 드래곤로드 페르피뷔스로테였다.

《아, 이제야 왔나? 늦었네.》

머릿속에 직접 울리는 목소리, 독특한 말투로 편하게 말을 거는 존재.

그러나 훈훈한 분위기와는 달리, 눈앞의 시야를 메우는 것은 강대하고 거대한 한 마리의 흑룡이다.

온몸이 검은 갑옷 같은 비늘로 덮였고, 기쁜 감정에 이끌려 펼친 날개의 희미한 청자색 비막은 물결무늬를 띠었다.

두 개의 커다란 뿔 아래에 위치하여 이빈을 뚫어지라 응시하는 눈동자는 청자색이었다. 그리고 날카로운 검 모양의 수정이 끝부분에 달린 긴 꼬리는 마치 금속 갑옷으로 둘러싸인 듯싶었다.

긴 꼬리는 감정을 드러내듯이 이따금 날개처럼 좌우로 크게 흔들렸는데, 그 영향을 받은 근처의 가느다란 나무들이 쓰러졌다.

광장이 나름대로 탁 트인 공간이라고 하더라도, 전체 길이 80m쯤 되는 드래곤로드에게는 무척 갑갑해 보였다.

"페르피뷔스로테 님, 설마 저를 기다리셨습니까?"

이빈의 물음에 페르피뷔스로테는 불만스러운 목소리를 내뱉었다.

《잠깐만, 전에도 말했잖나? 내는 로테로 부르라고.》

페르피뷔스로테의 요구를 받아들여, 이빈은 그녀의 이름을 다시 불렀다.

"죄송합니다, 로테 님. 오늘은 어떻게 이곳에 오셨습니까?"

《숲속에 들어오는 니 모습이 보이길래 이쪽으로 앞질러 왔는데? 그보다 말투가 평소보다 딱딱하네, 참말 몸이 안 좋나.》

그렇게 말하고 웃는 로테를 올려다보며, 이빈은 자신의 행운을 감사하게 여겼다.

그녀를 금방 찾지 못하면 며칠이나 숲과 산을 돌아다니게 되었으리라.

드래곤로드의 감각은 엘프족이나 수인족의 능력을 훨씬 웃돈다. 숲에 들어올 때 로테의 기척을 눈곱만큼도 느낄 수 없었지만, 아마 이빈이 인식하기 힘든 장소에서 진작 알아차렸을 것이다.

그러나 여러 가지를 준비한 짐과 장비가 그 때문에 쓸모없어진 것도 사실이었다.

《무슨 일인데? 니가 여기 온 거는 내한테 용건이 있어서 그렇지?》

흑룡은 교태를 부리는 것처럼 고개를 갸웃거리고, 자신을 올려다보는 이빈에게 물었다.

오랜만에 만난 로테는 여전히 제멋대로였지만, 그 점은 이빈도 마찬가지여서 둘은 이래저래 죽이 잘 맞는 친구 같은 관계였다.

"실은 우리 아리안이 어떤 상담을 했는데요오──."

《그래? 여동생은 잘 지내나?》

로테는 말을 꺼낸 이빈에게 화제에 오른 여동생의 근황을 물었다── 남이 말하는 도중에 불쑥 끼어든 꼴이지만, 걸핏하면 샛길로 새는 여자끼리의 대화는 어느 세계에서나 매한가지인 모양이다.

당장 이빈도 로테의 질문에 답하듯이 여동생의 최근 동향을 들려주었다.

"맞다! 그게 있잖아요오. 좀 들어 보세요, 로테 님! 우리 아리안이 얼마 전에 메이플을 떠나더니, 라라토이아로 돌아간 거 알아요!? 더구나, 그뿐인 줄 아세요? 그 이유가 마을에 새로 들어온 남자를 따라가기 위해서라고 하잖아요!! 믿을 수 없겠죠오!?"

이빈은 근래 메이플을 찾아온 아버지로부터 그 이야기를 듣고 나서 어찌할 바를 몰랐다. 그러나 정작 중요한 아리안과 그 남자가 둘 다 마을을 비우는 바람에, 줄곧 안절부절못하고 애를 태웠던 것이다.

그 불안감이 조금 전 로테의 질문으로 흘러넘쳤고, 갈 곳을 잃은 감정이 이빈의 마음속에서 북받쳐 올랐다.

이빈은 그처럼 열렬하게 마구 떠들어댔다. 그런 이빈의 모습에도 전혀 동요하지 않은 로테는 재밌다는 듯이 웃으며 맞장구를 치고 귀를 기울였다.

그리고 이빈이 이야기를 일단락 짓자, 로테는 다시 고개를 갸웃거렸다.

《야가, 뭐라카노? 니가 사이좋게 지냈던 남자하고는 헤어졌나?》

당연히 로테는 좋아했던 남자에게 차인 이빈이 여동생과 누군가가 함께 있다는 사실에 질투하는 걸까 싶어서 물어본 말이었지만 아주 헛짚은 모양이다.

"에!? 아니이, 그 사람하고는 이번에 결혼하기로 했는데요?"

그러나 이빈은 이빈대로 여동생 아리안의 안부를 말하는 중인데, 로테가 어째서 자신의 결혼 상대를 언급하는지 몰라서 머리에 의문부호를 띄운 채 고개를 갸웃거렸다.

그런 이빈을 보고 로테는 흑룡의 얼굴이면서도 쓴웃음을 지을 수밖에 없었다.

《이빈, 니도 참 못 말리겠다. 니한테 짝이 있으면, 여동생 짝도 눈감아줘야 하지 않냐. 심술궂네.》

"우리 아리안이랑 같이 다닌다는 남자. 아버지 말로는 엘프족이라는데요, 새로운 종족인가봐요. 피부가 갈색이고, 머리는 검고, 그리고 눈동자색이 빨갛다고 했나아?"

그 말을 들은 페르피뷔스로테의 세로로 긴 동공이 가늘어지며 날카로운 눈빛을 띠었지만, 이야기에 몰두한 이빈은 눈치채지 못했다.

《헤에, 확실히 여태껏 들어본 적도 없는 특징을 가진 엘프족이네? 그래서 그 남자하고는 어디서 알게 됐다는데?》

"그게 아마 우리 아리안이 동료를 구하러 인간족 국가에 가는 임무를 맡았을 때 만났나봐요. 앗! 맞다, 그 남자. 전설 속의 전이마법을 쓸 수 있어서, 우리 아리안을 데리고 요즘 여기저기 막 돌아다니니까 도무지 못 잡겠어요! 너무하지 않아요!?"

언성을 높인 이빈은 곧이어 지친 듯이 어깨를 늘어뜨리고 투덜거렸다.

그러나 말상대인 페르피뷔스로테는 이빈이 전이마법의 이야기를 꺼낸 시점에서 점점 눈을 가늘게 뜨고 묵묵히 귀를 기울였다.

《그거 들을수록 흥미진진하네.》

로테는 기분 좋다는 듯이 울음소리를 내며 웃었다.

드래곤로드 페르피뷔스로테의 반응에 이빈은 겨우 뭔가를 느끼고 이상하다는 얼굴로 그녀를 쳐다보았다.

그러나 로테는 이빈의 시선에 아무런 대답도 하지 않고 화제를 돌렸다.

《그건 그렇고, 니는 내한테 용건이 있어서 여기까지 오지 않았나?》

로테의 말에 비로소 이빈은 처음에 온 목적을 떠올렸다.

"아, 그랬지! 저기 우리 아리안이 어떤 곳에서 드래곤로드님 한 명을 마주친 모양인데, 그분이 로테 님을 보고 싶어한대요오. 윌리어스핌 님이랬나."

이빈은 페르피뷔스로테를 올려다보며 어떻게 할지를 눈으로 물었다.

로테는 이빈의 이야기에 나온 윌리어스핌이라는 자와 일면식도 없었다.

그러나 로테는 한가지 짚이는 구석이 있다는 것을 깨닫고 목소리를 높였다.

《아아, 혹시 그건가?》

로테가 잠자리인 콜롬비아 산맥에 머무를 때 멀리서 자신을 살피는 듯한 시선을 몇 번 느꼈었다.

눈치채이지 않는다고 여기는지 아니면 알아차리고 말을 걸어주기를 바라는지, 로테가 인식할 수 있는 범위의 구석을 쭈뼛쭈뼛 드나드는 존재. 아마 그게 이빈이 말한 드래곤로드이리라.

그 일이 머릿속을 스치자, 로테는 말로 표현하기 어려운 분노가 치밀어올랐다.

《남자라면 이렇게 빙 둘러서 남을 통해 묻지 말고, 자기 날개로 여기까지 날아오지 못하나! 얘기는 그다음이다!》

로테는 커다란 입을 벌리더니 하늘을 향해 포효했다.

근처에 숨어 있던 짐승들이 주변 일대를 뒤흔드는 그 포효에 달아났고, 새들은 일제히 하늘로 날아올라 흩어졌다.

지나친 포효의 압력에 아무리 대단한 이빈이라도 귀를 막고 쓰러질 뻔했다.

《아아, 괜찮나? 얼마 전부터 구름 사이로 내를 힐끗거리는 놈이 있어서, 그걸 생각하니까 내도 모르게 그만 화를 못 참았다.》

로테는 미안해하는 목소리로 이빈에게 사과를 하고, 겨우 분한 마음을 가라앉힌 듯이 크게 한숨을 내뱉었다.

그 한숨이 한바탕 바람으로 바뀌어 광장의 풀잎을 들썩였다.

《하아, 그래도 소리를 질렀더니 좀 시원해졌네.》

이빈도 이쯤에서 화제를 바꾸는 게 좋을까 하고, 평소와는 달리 상대를 신경 써주는 태도를 보였다.

"그런데 로테 님, 오늘은 웬일로 인간의 모습이 아니네요?"

이빈의 물음에 커다란 날개를 펼친 로테는 신기한 무늬가 떠오르는 비막을 태양에 비추었다.

《그거야 가끔은 이 몸으로 돌아와서 햇빛을 쐬야 하거든.》

꼭 어디 넣어둔 이불을 햇볕에 말리는 듯한 광경이었지만, 이빈은 드래곤로드밖에 모르는 감각이리라 이해하고 그녀의 말에 맞장구를 쳤다.

드래곤로드는 지금 보는 용의 형태가 본래 모습이다. 그러나 힘을 기른 드래곤로드는 인간처럼 변신할 수 있게 된다. 따라서 로테는 평상시 인간으로 지내는 일이 많았는데, 이번에는 보기 드물게 드래곤로드의 몸이었던 까닭에 이빈은 살짝 아쉬운 기분이 들었다.

로테가 인간의 형태로 변하면 이빈은 늘 그녀에게 대련을 부탁했다. 그럼 로테도 이빈의 요청에 따라 종종 그녀를 상대해주었던 것이다.

전투 기술을 닦는 게 취미인 둘은 실로 닮은꼴이었다.

그리고 이빈 정도의 실력자가 되면, 진심으로 싸워서 이기지 못할 상대는 그리 흔하지 않다. 그 때문에 페르피뷔스로테는 이빈에게도 소중한 존재다.

로테도 그 점을 이해하는지, 조금 낙담한 이빈에게 어떤 제안을 했다.

《이빈, 용건이 끝났다고 굳이 바로 돌아갈 필요는 없지 않나? 그럼 잠깐만 내하고 같이 있자. 인간으로 바뀌는 건 좀 더 시간이 걸릴 텐데 괜찮겠나?》

로테의 제안에 이빈은 당장 고개를 끄덕였다.

이런저런 이유로 오늘은 마수조차 쓰러뜨리지 못했던 터라, 일부러 기합을 넣고 가져온 장비가 쓸모없어진 참이었다.

《그리고 나서 오랜만에 내도 메이플에 얼굴을 내밀 셈이니

까. 잘 부탁한데이.》

양해를 구한 이빈은 등에 짊어진 짐을 휴게소에 옮기더니, 재빨리 짐 속에서 야영 도구를 꺼냈다.

어차피 대련을 하면 금방 주변이 어두워져서 하룻밤 묵게 된다.

모처럼 들뜨는 시간이다. 의미 있게 쓰지 않으면——.

이빈은 그런 생각을 하며 야영 준비를 서둘러 마치기 위해 손을 움직이기 시작했다.

페르피뷔스로테는 눈을 가늘게 뜨고 이빈을 지켜보았지만, 그녀의 관심은 아까 화제에 나온 신종 엘프족에 못 박혀 있었다.

——에바하고 같은 존재라니. 앞으로 재미나겠네.

그 순간, 드래곤로드 페르피뷔스로테의 눈이 수상한 빛을 뿜어냈다.

제4장 엘프족의 결단

로덴 왕국 왕궁 앞에 지어진 광장.

그곳에는 여러 사람이 늘어서 있었다.

"딜런 경, 캐나다 대삼림의 대답은 언제쯤 올 것 같소?"

딜런에게 물은 이는 이 나라의 국왕 카를론이다.

국왕의 질문을 듣고 진지한 표정으로 턱에 손을 댄 채 잠시 고민하는 딜런.

얼마 지나지 않아 딜런은 눈썹을 살짝 찌푸리며 대답했다.

"……사흘쯤일까요. 그때까지는 대장로님들을 설득시키고 원군을 조직하겠습니다."

딜런의 말에 커다란 잿빛 눈동자로 불안한 눈길을 보내는 소녀.

"사흘…… 나는 이곳에서 기다려야 하는구나……."

릴 왕녀의 혼잣말을 엘프족 특유의 긴 귀로 놓치지 않은 딜런은 그녀에게 미소를 지어 보였다.

"죄송합니다. 하지만 이렇게 된 이상, 이제는 결과를 기다릴 뿐이겠죠. 왕녀님은 아스파루프 국왕 폐하의 사명을 멋지게 완수하지 않았습니까."

뒤에 서 있던 호위기사 자하르와 니나도 딜런의 말에 동의하듯이 고개를 끄덕였다.

"국왕 폐하도 틀림없이 기뻐하시겠죠. 릴 왕녀님의 귀환을 믿으며, 전투 준비를 하고 계실 겁니다."

주먹을 쥐고 열변을 토하는 자하르의 옆에서 니나는 조용히 자신의 작은 주인을 바라보았다.

"릴 공주님, 여기에 남더라도 할 일은 있습니다. 유리아나 왕녀님과 더욱 깊은 친교를 맺고, 이 싸움이 끝난 후 나라의 발전에 이바지하는 것도 훌륭한 역할입니다."

니나의 말에 릴 왕녀는 숙였던 고개를 들고, 다시 기합을 넣듯이 작은 두 손으로 주먹을 꽉 쥐었다.

그런 모습을 지켜보던 유리아나 왕녀가 릴 왕녀에게 다가가서 옆에 앉더니, 그녀의 커다란 잿빛 눈동자를 똑바로 응시했다.

"그러네요. 나하고 당신은 사촌이니까, 이 왕궁에 머물 동안은 실컷 얘기를 나눌래요? 난 당신의 나라를 알고 싶어요."

"알았다! 우의를 맺자는 거겠지?"

미소를 띤 유리아나 왕녀의 말에 릴 왕녀도 똑같이 미소를 지으며 대답했다.

아크는 일행의 흐뭇한 광경을 바라보는 한편, 조금 떨어진 곳에서 왕궁을 배경으로 삼은 광장을 전이그림책에 한창 옮겨 그리는 중이었다.

병사를 보내거나 되돌아올 때도 필요한 그 장소의 기억을 보완하는 물건, 그것이 손에 든 책자의 정체다.

다만 왕궁 벽의 장식 등을 정성스럽게 베끼려면, 좀 더 시간적 여유를 얻어야 할 참이다.

아크는 종이에 구도를 크게 잡고 대략적인 형태를 그렸다. 그러나 음영을 넣는 단계에 이르러 불쑥 말을 걸어오는 존재를 만났다.

"솜씨가 좋습니다. 그림을 그리는 게 취미인가요?"

아크가 자신에게 말을 건 인물을 향해 시선을 옮기자, 그곳에는 섹트 왕자가 서 있었다.

선량한 미소를 띠고 묻는 모습은 그야말로 왕자님의 표본이었지만, 어딘가 쌀쌀맞은 분위기를 풍기는 듯이 여겨지는 것은 기분 탓일까.

투구 위의 폰타가 약간 몸을 비틀고 뒷걸음질하는 기척이 느껴졌다.

"흐음, 뭐 여행을 다니면서 즐기는 취미라고 할까."

섹트 왕자의 말에 맞장구를 친 아크는 그리다 만 전이그림책에 시선을 돌렸지만, 뭔가 눈길을 느끼고 다시 얼굴을 들었다.

그러나 섹트 왕자는 그 자리에서 가볍게 고개를 숙인 후 아크의 투구 위—— 폰타를 흘깃 쳐다보더니 금세 뒤돌아섰다.

"실례하지요, 후일 긍정적인 대답을 듣게 되기를 기대하겠습니다."

섹트 왕자는 그 말만 남기고 자리를 떠났다.

"큐~ 큥!"

투구 위에 언제나 찰싹 달라붙어 있는 폰타가 멀어져 가는 섹트 왕자의 뒷모습을 향해 경계하듯이 짖었다. 폰타의 반응에 아크는 좋든 나쁘든 섹트 왕자가 인간족의 왕족답다는 인상을 받았다.

릴 왕녀처럼 올곧고 감정을 솔직하게 보이는 왕족이 이상하리라.

본래 왕족이라면 겉모습과 속마음을 잘 나눌 테지만, 아무래도 폰타는 그런 부류의 상대를 알아차리는 능력이 뛰어난 듯싶다.

그러나 그 점에서는 치요메도 딱히 겉으로 감정을 나타내지 않는 유형이다.

아크는 옆에서 기척을 감추듯이 조용히 서 있는 검정 일색의 복장인 고양이 귀 닌자를 바라보았다.

치요메는 머리에 달린 고양이 귀를 바쁘게 쫑긋거리며 주위의 소리를 들으려 했고, 허리에서 길게 뻗은 꼬리를 이리저리 움직였다.

어쩌면 치요메는 인간적인 감정을 내비치지 않는 대신에 동물적인 감정을 드러내므로, 폰타처럼 그런 미묘한 위화감을 감지할 수 있는 걸까.

니나와 다투기도 한 치요메는 감정의 기복이 적은 게 아니라, 단순히 감정의 표출이 서투를 뿐이리라.

사실 치요메가 가장 솔직히 인간적인 감정을 보이는 것은 맛있는 음식을 먹을 때다.

아크가 이런저런 생각에 잠겨 있자, 풍만한 가슴이 시야를 가로막았다.

"손이 멈췄는데요?"

그렇게 말하고 아크의 얼굴을 들여다본 이는 아리안이다.

일단 아크는 아리안의 말처럼 멈춰 있던 손을 움직여, 왕궁 벽에 새겨진 장식의 음영 부분을 전이그림책에 마저 옮겨 그렸다.

"흐음, 이만하면 될까?"

대충 작업을 마쳤을 즈음 아크는 전이그림책을 짐 속에 넣고 아리안을 돌아보았다.

"미안하오, 아리안 양. 일부러 시덴을 데려와 주어서……."

"규리이잉."

아크는 아리안의 뒤에서 커다란 하품을 하며 머리를 흔드는 시덴을 쳐다보았다.

가까이서 드립트프스의 거구를 신기하게 보던 위병들이 시덴의 움직임에 흠칫하여 무심코 뒷걸음질하는 광경은 조금 우스웠다.

"괜찮아요, 이 정도는. 그러는 아크 당신은 다 됐어요?"

아리안은 아무것도 아니라는 듯이 손을 내젓고 아크에게 준비 상황을 물었다.

"나는 문제 없소. 이제 언제라도 로덴 왕국 왕궁에 올 수 있을 테지."

아크가 아리안의 질문에 대답했다.

그러나 로덴 왕국 왕궁 내에 전이하는 것은 이번 긴급 사태에 한해서이리라.

빈번하게 타국인(?)이 왕궁을 드나들면 경비상으로도 그냥 넘어갈 수 없는 데다, 엘프족에 대한 경계심과 불신감을 높이는 결과를 낳는다.

지금은 힐크 교국의 일로 다른 데 신경이 쓰이지 않을 테지만, 엘프족이 다룬다고 여겨지는 전이마법의 힘은 이 싸움을 끝낸 후 인간족에게 위협적일 것이다.

병사를 실제로 보내는 단계에 이르면, 그 위협을 더욱 확실히 실감할 것이다.

그런 전이마법의 특성에 넌지시 속을 떠보는 자도 한 사람 있는데, 당장은 표면화되지 않으리라.

광장 한복판으로 시덴을 이동시킨 아크는 이어서 딜런과 아리안, 그리고 치요메가 따라가는 모습을 바라보고 자신은 릴 왕녀에게 발걸음을 옮겨 작별 인사를 건넸다.

"릴 님, 잠깐 헤어지지만 잘 지내시오. 나도 좋은 대답을 갖고 올 수 있도록 가능한 한 힘쓰겠소."

아크의 말에 릴 왕녀도 힘차게 고개를 끄덕이며 올려다보았다.

"부탁한다, 아크 경! 나는 여기서 아크 경의 귀환을 기다리겠다!"

릴 왕녀에게 똑같이 고개를 끄덕인 아크는 그녀의 뒤에 있던 자하르와 니나와도 서로 묵례를 주고받았다.

"그럼 다녀오지."

"큐!"

아크는 일행에게 돌아가서 전이마법을 발동시켰다.

목적지는 캐나다 대삼림의 마을, 라라토이아다.

"【게이트】!"

발밑에 거대한 빛의 마법진이 펼쳐졌고, 다음 순간 눈앞이 그리운 풍경으로 바뀌었다.

눈앞에 보이는 것은 아리안의 친가이자, 이 마을 장로 딜런의 자택이다.

고개를 젖혀야 보일 듯한 거목의 가지와 나뭇잎 사이로 햇빛이 새어 나왔다. 햇살은 굵고 거대한 거목의 줄기, 그리고 그 줄기에 삼켜진 형태로 융합한 멋진 저택을 비추었다.

그처럼 신기하고 기묘하게 생긴 저택 앞에는 아름다운 정원을 마련했는데, 그곳에는 한 명의 다크엘프 여성이 서 있었다.

그 여성은 전이해서 나타난 아크 일행의 존재를 눈치채더니, 희색을 띠며 크게 손을 흔들었다.

"어서 와요, 여보! 아리안!"

웃는 얼굴로 손을 흔든 이는 이 마을 장로의 아내이며 아리안의 모친이기도 한 그레니스였다.

그레니스는 다크엘프족의 뛰어난 신체능력에 더하여 아리안의 검술 스승인 만큼 몸놀림 역시 대단해서, 자신을 보고 말을 걸려던 딜런에게 단숨에 파고들어 껴안았다.

"큭!"

몸통 박치기 비슷한 포옹이었지만, 가까스로 버틴 딜런은 미안해하면서도 약간 미심쩍은 태도로 그레니스를 맞이했다.

애정 표현을 하는 부부의 모습에 딸 아리안은 귀 끝을 살짝 붉게 물들이고 투덜거렸다.

"그런 건 남 앞에서 하지 말아요, 좀."

볼을 부풀리고 빠른 걸음으로 집을 향하는 아리안에 이어 치요메도 그녀를 따라 발걸음을 옮겼다.

딸의 뒷모습을 바라보던 딜런은 자신의 품에 안긴 아내 그레니스에게 시선을 떨어뜨렸다.

"생각보다 용건이 빨리 끝났나 봐요? 한동안 느긋하게 쉴 수 있어요?"

남편을 올려다보며 묻는 아내에게 남편—— 딜런이 사죄의 말과 함께 다음 예정을 알려주었다.

"미안하오, 그레니스. 실은 저쪽에서 성가신 사태가 벌어졌소. 아크 군의 힘으로 돌아오긴 했지만, 그 일로 중앙의 대장로님들에게 상담을 해야만 해서……."

인간족의 왕후귀족은 물론 다른 마을의 장로들과도 당당하게 논쟁을 벌인 딜런이었다. 그러나 사정을 밝히는 말에 점점 힘이 없어지더니 급기야 말꼬리를 흐렸다.

"그렇군요."

반면 그 설명에 표정을 굳히고 자세를 바로잡은 그레니스는 눈앞의 남편을 내려다보며 거의 억양이 없는 목소리로 대답했다.

타고난 체격에 뛰어난 신체능력을 지닌 다크엘프족 그레니스는 엘프족인 남편 딜런보다 키가 크다. 더구나 등줄기를 편 그레니스와 등을 구부린 딜런의 대조적인 모습도 어우러져, 옆에서 보는 이에게 현 상황의 역학관계를 고스란히 알려주었다.

잠깐 무언의 적막이 흐르고 얼마 지나지 않아 그레니스는 딜런에게 등을 돌리더니, 냉큼 아리안과 치요메를 쫓아 저택으로 들어갔다.

한편 자신의 배를 누른 딜런은 눈꼬리를 내리며 한숨을 쉬었다.

"하아, 왠지 속이 쓰리군……."

딜런은 조금 한심한 말을 내뱉었다. 오랜만에 돌아온 남편에게 말 한마디 걸지 않는 아내보다는 훨씬 낫다고 여기지만, 본인으로서는 관점이 다른 걸까?

"딜런 님은 그레니스 부인이 무관심하게 대해 주는 편이 고마운 거요?"

아크가 문득 머릿속에 생겨난 의문을 딜런에게 묻자, 그는 눈을 깜박거리고 나서 쓴웃음을 지었다.

"그건 그거대로 마음에 안 드는 상상일세……."

딜런은 어느새 저택으로 사라진 그레니스를 떠올리듯이 눈을 가늘게 떴다.

"그레니스의 기분이 더 이상 나빠지지 않도록, 이번 일은 가능한 한 일찍 처리할 수밖에 없겠군. 그러기 위해서는 아크 군의 힘이 꼭 필요하네."

딜런은 아크에게 돌아서서 올려다보았다.

아크도 딜런의 말에 고개를 끄덕이며 갑옷의 가슴을 가볍게 두드렸다.

"나도 신사를 손보고 할 일이 산더미요……. 그러니 있는 힘을 다 할 셈이오."

"쿵! 쿵!"

딜런은 기합을 넣은 아크의 말과 폰타가 짖는 소리를 듣고 안심했는지, 살짝 안도의 숨을 토해냈다.

"난 이만 중앙의 메이플에 가 보겠네. 아마 대장로회를 소집하게 될 테지만, 그 자리에 자네도 참석하는 게 여러모로 얘기가 빠르겠지. 일단 자네의 메이플 출입 허가를 받아올 생각이니 내일은 그렇게 알고 기다리겠나?"

딜런은 이후의 예정을 자세히 말한 다음, 아크의 허락을 구하듯이 시선을 들었다.

아크도 삼도 메이플에 들어갈 수 있다면 더할 나위 없이 좋으므로, 순순히 고개를 끄덕였다.

"알겠소."

"그럼 금방 다녀오겠네."

그 말만 남긴 딜런은 그대로 마을의 전이사원을 향해 떠났다.

"규리이이잉."

딜런의 뒷모습을 지켜보던 아크는 뒤에서 울린 시덴의 울음소리에 고개를 돌렸다.

그러자 크게 하품을 하는 시덴이 등에 얹힌 빈 안장을 흔드는 광경이 눈에 띄었다.

"오오, 그렇군. 시덴을 신사가 있는 숲으로 돌려보내는 김에 로드 크라운의 샘물도 담아둘까."

아크가 시덴의 머리에 난 갈기를 쓰다듬으면서 중얼거렸다. 그 말에 시덴은 기쁜 듯이 울음소리를 냈다.

"큐~웅."

투구 위의 폰타는 슬슬 배가 고파졌는지, 착 달라붙어 뭔가를 호소했다.

"알았다, 알았어. 그럼 얼른 갔다가 돌아오자."

곧이어 아크는 【게이트】를 발동시키고 신사로 전이했다.

◆ ◇ ◆ ◇ ◆

아리안은 여행의 피로를 풀듯이 힘껏 기지개를 켜면서 돌아보았다.

그때 마침 저택 입구에서 가볍게 인사를 하고 들어온 치요메와 방금까지 기분이 좋았던 그레니스가 뾰로통한 얼굴로 뒤따라오는 모습이 보였다.

그런 모친의 태도에 의문을 품은 아리안이 그녀에게 물었다.

"어라? 엄마, 아버지는요?"

그러나 아리안의 질문에 그레니스는 볼을 부풀린 채 고개를 돌렸다.

"네 아버지는 메이플에서 대장로님들과 중요한 얘기를 나눠야 한대! 모처럼 빨리 돌아온 줄 알았더니 괜한 기대나 하게 만들고. 그럴 바에야 차라리 눈치채지 못하게 메이플로 가든지!"

그레니스는 잔뜩 골을 냈지만, 아리안은 아무리 그래도 그 요구는 아버지에게 심하지 않나 싶어서 혀를 찼다.

애당초 그레니스는 원래 우수한 전사로서 활약한 경험도 있다. 숲속에서 적의 기척을 느끼거나 전장에서 상대의 공격과 움직임을 읽는 타고난 소질을 가졌다.

그런 그레니스를 두고 저택이 보이는 위치로 전이한 시점에서 숨을 수 있을 리 없다.

하물며 전사 출신도 아닌 딜런이 그레니스의 기척을 감지하는 능력에서 벗어나기란 불가능하다.

무리한 요구를 하는 모친의 응석에 질린 아리안은 부친을 동정하여 한숨을 내쉬었다.

"그렇구나. 아버지가 메이플로 갔다면, 여기서 하룻밤 지내야 하는 걸까?"

혼잣말하던 아리안은 존재감만큼은 늘 남보다 갑절인 인물이 없다는 사실을 깨달았다.

"어라, 치요메 양? 아크는?"

"?"

치요메는 아리안의 물음에 뒤돌아보더니, 저택의 문을 열고 밖을 살폈다.

잠시 후 문을 닫고 들어온 치요메는 작게 고개를 가로저었다.

"아크 님이 보이지 않습니다. 근처에 기척도 없고, 바깥에 있던 시덴도 사라졌습니다. 아마 시덴을 신사에 풀어주러 간 게 아닌가 싶습니다."

치요메의 대답에 아리안도 틀림없을 거라며 작게 맞장구를 쳤다.

문득 자신과 치요메의 모습이 눈에 들어온 아리안은 둘 다 아직 장비를 몸에 걸친 상태임을 알아차리고 그녀를 2층 방으로 안내했다.

"치요메 양, 그만 쉬도록 하죠. 어차피 우리 장로님이 메이플에서 돌아오지 않으면 소용없을 거고, 오늘은 빈방도 있으니까요."

아리안은 앞장서듯이 치요메를 데리고 2층으로 이어지는 계단을 올라갔다.

잠시 치요메는 망설이는 기색을 보였지만, 곧 아리안의 뒤를 소리도 없이 쫓았다.

"……그렇게 하겠습니다."

작게 중얼거리는 치요메의 대답에 아리안은 미소를 지었다.

치요메를 빈방으로 데려다준 아리안은 자신의 방에서 가죽 갑옷과 검을 몸에서 떼어놓았다. 그리고 마을에서 엘프족이 일 반적으로 입는 독특한 문양을 새긴 옷을 꺼냈다.

"하아~."

아리안은 가죽 갑옷으로 단단히 조였던 커다란 가슴이 트여 크게 숨을 내뱉더니, 뒤로 묶은 머리를 풀어 내렸다.

곧장 편한 옷으로 갈아입고 침대에 쓰러지자, 오랜만에 자신 의 침대 냄새를 맡아 마음이 가라앉는 것을 알 수 있었다.

그러나 금세 아리안은 빈방에 치요메를 데려간 사실을 떠올 렸다. 움직이기 싫은 심정을 꾹 참은 아리안이 기합을 넣고 침 대에서 일어났다.

치요메를 보러 방을 나간 아리안은 벌써 장비를 벗은 치요메 가 따분한 듯이 복도를 어슬렁거리는 모습을 발견했다.

아리안이 치요메에게 말을 걸자, 그녀는 꼬리를 꼿꼿이 세우 고 돌아보았다.

"무슨 일 있어요, 치요메 양?"

"아뇨. 노잔 왕국의 동포들과 델프렌트 왕국에 들어간 고에몬 일행을 생각하니까, 왠지 안절부절못한 기분이 들어서……."

늘 빳빳하게 세운 머리의 고양이 귀를 조금 부드럽게 늘어뜨 리고 대답하는 치요메.

아리안은 치요메의 전체상을 바라보듯이 위에서 아래로 시선을 옮겼다.

토시와 각반 등 방어구는 벗었지만, 딱 맞게 껴입은 검은 닌자 복장은 그대로여서 전체적으로 불편할 듯싶었다.

그때 아리안은 머릿속을 스친 생각에 자신의 방으로 뛰어들더니, 꽤 오래전에 넣어둔 옷을 옷장에서 꺼냈다.

다시 치요메에게 돌아간 아리안은 손에 든 옷을 그녀의 앞에서 펼쳐 보였다.

"이거 어때요, 치요메 양? 내가 옛날에 입었던 옷인데, 이제 못 입으니까 치요메 양한테 줄게요. 이 옷으로 갈아입을래요?"

만면에 미소를 띠고 말한 아리안은 치요메의 손에 옷을 건네주었다.

뜬금없는 말을 들은 치요메는 푸르고 투명한 눈동자를 깜박이면서, 반강제로 받은 엘프족의 독특한 민족의상을 바라보았다.

"당장은 고민해도 어쩔 수 없는 일은 놔둬요! 그동안 마음을 추스르고, 맛있는 음식을 먹고, 푹 자요! 안 그러면 도중에 쓰러질걸요?"

아리안은 집게손가락을 세우고 치요메에게 말했다. 곧이어 장난스럽게 웃은 아리안이 어깨를 으쓱이며 덧붙였다.

"이건 할아버지가 했던 말이지만요."

치요메도 아리안이 자신의 기분을 달래주려는 것을 이해하고, 엘프족의 독특한 문양을 새긴 민족의상을 살펴보았다.

치요메 같은 수인족이 지내는 마을은 풍요롭지 않은 까닭에 꼭 필요한 옷만 입는다. 지금 손에 든 엘프족의 민족의상처럼 아름다운 색 무늬를 수놓지 않아서, 전반적으로 수수하고 어두운색의 옷이 많다.

아리안에게 얻은 옷을 흥미 깊게 어루만진 치요메는 매끄러운 촉감에 놀랐는지, 그녀의 머리에 달린 고양이 귀와 허리의 꼬리가 바쁘게 움직였다.

아리안은 그런 치요메의 반응에 부드러운 미소를 지었다.

──꼬르륵~.

그러나 어디에서랄 것도 없이 울린 소리에 그 자리는 쥐죽은 듯이 조용해졌다.

아리안은 자신의 배를 눌렀고, 치요메는 자신의 배에 시선을 떨어뜨렸다. 둘은 서로 얼굴을 마주 보았다.

"……배가 고팠나 봐요. 뭔가 먹을 게 없나 잠깐 엄마한테 물어보고 올게요."

부끄럽게 웃은 아리안은 그레니스에게 잰걸음으로 찾아갔다.

"엄마~ 뭐 먹을 거 있어요?"

약간 멀리서 아리안이 모친에게 묻는 소리가 치요메의 귀에도 들렸지만, 그 대답은 쌀쌀맞았다.

"아직 준비도 안 했다. 그보다 긴 여행을 마치고 왔으면 먼저 몸을 씻는 게 어떠니?"

여전히 아까 딜런의 일로 꽁해 있는지, 그레니스의 목소리에는 살짝 불만스러운 감정이 섞였다.

그러나 그레니스의 지적을 들은 아리안은 옷깃을 집어 올리고, 자신의 풍만한 앞가슴에 코를 바싹 가져가 몇 번인가 냄새를 맡았다.

그렇게 땀내는 나지 않지만, 역시 가죽 갑옷 속에 커다란 가습을 밀어 넣으면 후덥지근해지기 쉬운 점도 있다.

정말 허기를 채우기 전에 온몸을 개운하게 씻는 편이 좋으리라. 묘안이라고 여긴 아리안은 서둘러 치요메에게 돌아가서 어떤 제안을 했다.

그 제안은 요컨대——.

"치요메 양, 함께 목욕해요!"

——그런 말이었다.

아리안은 치요메가 대답할 틈도 없이 그녀의 손을 잡고 1층으로 내려갔다.

그리고 무엇 때문인지 저택의 현관문을 열더니, 바깥을 내다보고 주위를 살피기 시작했다.

"아리안 님, 왜 그러십니까?"

조금 전의 제안과 일치하지 않는 아리안의 행동에 치요메는 이상하다는 듯이 고개를 갸웃거리고 똑같이 현관문 밖을 내다보았다.

치요메의 질문을 등 뒤로 흘려들은 아리안은 눈썹을 찌푸린 채 주변을 노려보았다. 그러나 얼마 지나지 않아 포기한 듯이 크게 한숨을 내뱉고 현관문을 닫았다.

"으음~ 모처럼 아크한테 신사의 온천에 데려가 달라고 부탁할 속셈이었는데……. 왜 아직도 돌아오지 않는 걸까? 시덴을 풀어주러 갔다기에는 많이 늦네."

치요메에게 묻는다는 느낌이 아니라, 아리안의 혼잣말에 가까웠다. 그러나 치요메는 고양이 귀를 쫑긋거리며 생각을 굴렸다.

"짐작이지만 아크 님도 겸사겸사 온천에 들어가지 않았을까요?"

치요메가 아크의 행동을 예상하여 말하자, 아리안도 허공을 한 번 뚫어지라 보고 나서 머리를 흔들더니 어깨를 늘어뜨렸다.

"······치요메 양의 말이 맞겠네요. 어쩌면 금방 안 돌아올지도 모르겠어요."

이마에 핏대를 세운 아리안은 자신의 집게손가락으로 눈썹을 누르며 신음했다.

"어쩔 수 없지, 집에서 목욕할까?"

혼자 중얼거린 아리안은 치요메의 손을 잡고 이번에는 저택 안쪽으로 자리를 옮겼다.

아리안이 1층 안쪽 문을 열자, 저택 뒤뜰을 가로지르는 건널 복도로 이어졌다.

건널 복도에 벽은 없었지만, 비를 피하기 위한 지붕이 설치되어 있었다. 아리안과 치요메는 뒤뜰의 풍경을 바라보는 한편 지면에서 약간 높은 위치에 걸쳐진 나무 복도를 건넜다.

그리고 복도를 건넌 곳에는 저택과는 다르게 생긴 별채가 나타났다.

건물의 구조 자체는 이 마을에서 자주 볼 수 있는 형태였고, 절구통 같은 버섯을 떠올리게 하는 원형 모양이었다. 복도와 이어지는 출입문 너머에는 탈의실이 있었다.

치요메를 데리고 들어온 아리안은 문을 닫은 후 단단히 잠갔다.

"땀을 씻어내고 나서 식사하죠. 자, 치요메 양도 얼른 벗어요."

아리안은 그렇게 말하면서 자신이 입은 옷의 끈을 풀어 단숨에 벗어던졌다.

그 움직임에 맞추어 아리안이 가진 두 개의 거대한 덩어리가 튀듯이 흔들렸다.

"……."

치요메는 아리안의 가슴을 묵묵히 바라보고, 아직 성장 중인 자신의 앞가슴을 무의식적으로 조몰락거렸다.

"왜 그래요, 치요메 양?"

관능적일 정도의 몸을 아낌없이 드러낸 아리안이 여전히 잠자코 옷을 입은 채 서 있는 치요메를 보고 고개를 갸웃거렸다. 그러자 작게 머리를 흔든 치요메는 아리안의 말을 따라, 몸에 걸친 닌자복을 벗었다.

탈의실에 마련된 선반에는 덩굴로 엮은 바구니가 줄지어 있었다. 벗은 옷을 그 바구니에 넣은 치요메는 먼저 욕실에 들어간 아리안을 쫓아 안으로 발길을 내디뎠다.

불투명한 유리를 끼운 커다란 두쪽문을 연 치요메는 네모난 나무욕조에 찰랑거리는 뜨거운 물이 넘치는 광경을 눈앞에 접했다.

치요메가 밑에 깔린 약간 까칠까칠한 돌바닥을 찰박거리며 걷자, 미리 들어와 있던 아리안이 손짓으로 불렀다.

아리안 옆에는 금속관이 벽에 붙어 있었는데, 그녀가 손잡이를 돌리는 순간 머리 위에서 뜨거운 물줄기가 쏟아졌다.

치요메는 무심코 머리의 고양이 귀를 눕혔다. 그때 불쑥 뒤에서 뻗어온 아리안의 손이 치요메의 머리를 붙잡았다. 아리안은 먼지를 뒤집어쓴 치요메의 머리를 정성스러운 손놀림으로 씻겨주기 시작했다.

"아하하, 치요메 양 머리가 착 달라붙네요."

즐거운 목소리로 웃는 아리안이 치요메의 산발한 머리를 손으로 빗으며 두피를 자극하듯이 박박 문질렀다.

머리에서 느껴지는 어렴풋한 쾌감에 치요메는 눈을 가늘게 뜨고 꼬리를 흔들었다.

숨겨진 마을에서는 뜨거운 물이 귀하므로, 이런 사치는 부려 본 적이 없다.

하물며 남이 자신의 머리를 감겨주는 일도 처음이었다.

신사 뒤편에서 저절로 솟아나는 온천도 참을 수 없을 만큼 기분이 좋았지만, 이렇게 뜨거운 물이 쏟아지는 가운데 누군가가 머리를 쓰다듬듯이 감겨주는 행위는 치요메에게 미지의 쾌락이었다.

치요메는 자연스럽게 입가를 실룩이고 작은 숨을 토해냈다. 그러자 어깨에 잔뜩 실린 힘이 갑자기 풀리면서 가뿐해진 기분이 들었다.

아리안은 그런 치요메를 보고 그녀의 머리를 부드럽게 어루만졌다.

여동생이 생긴다면 이런 느낌이지 않을까 싶었던 아리안은 치요메의 윤기 나는 검은 머리를 손끝으로 만지작거렸다.

"치요메 양의 검은 머리는 너무 예뻐요, 부럽네요."

아리안의 입에서 흘러나온 뜻밖의 말에 치요메는 고개를 젓혔다.

길고 매끄러우면서 곧게 뻗은, 눈처럼 아름다운 아리안의 하얀 머리. 치요메는 이상하다는 듯이 고개를 갸웃거리고 입을 열었다.

"저는 아리안 님 같은 머리를 아름답다고 생각합니다만……?"

진심에서 우러나온 치요메의 말에 아리안은 웃으며 대답했다.

"고마워요, 치요메 양. 하지만 아무래도 남이 가진 건 부러운가 봐요."

"……."

아리안의 말에 치요메는 자신의 앞가슴을 다시 조몰락거리더니 가만히 그녀를 올려다보았다.

그 시선의 의미를 이해한 아리안은 쓴웃음을 짓고 자신의 커다란 가슴을 양팔로 떠받쳤다.

"왜요? 치요메 양도 이런 게 갖고 싶어요?"

재미있다는 얼굴로 묻는 아리안의 질문에 치요메는 '인심일족' 중에서 가장 발육이 좋은, 여섯 닌자의 한 명인 츠보네를 떠올리고 자신의 성장한 모습을 겹쳐보았다.

"무거운 데다 땀이 차서 꽤 성가셔요, 이거."

아리안은 어깨를 위아래로 움직이며 무거울 듯한 가슴을 흔들고 나서, 크게 어깨를 늘어뜨렸다.

몸을 다 씻은 아리안과 치요메는 나란히 욕조에 몸을 담근 후 살짝 숨을 내쉬었다.

조용한 욕조의 천장에서 이따금 물방울이 탕 속에 떨어지며 작은 물소리를 울렸다.

"……돌이켜 보니, 왠지 엄청난 일이 됐네요."

아리안은 잠시 침묵이 흐르던 자리에서 감회가 깊다는 듯이 중얼거렸다. 그 목소리는 욕실 내에 울려 퍼졌다.

치요메도 아리안의 말에 전면적으로 동의할 수밖에 없었던 까닭에 탕 속에서 고개를 끄덕였다.

그동안 인간족에게 학대를 받고 노예로 붙잡힌 동포를 구하기 위해 둘 다 여러 방면으로 활동을 해왔다. 그러나 광대한 인간족의 영역은 이동하는 것만으로도 벅차서, 도시에 잠입하여 동포를 찾아낸 다음 그들을 풀어주고 탈출시키는 일은 쉽지 않았다.

그런데 그 상황을 급격하게 바꾼 존재가 느닷없이 자신들의 앞에 나타났다.

다들 알고 있는 아크다.

아크가 가진 능력은 엄청나서, 사로잡힌 동포는 그의 도움으로 잇달아 풀려났다.

그리고 아무 데나 끼어드는 아크의 성격과 행동이 더욱 큰 문제를 불러왔고, 마침내 인간족의 국가에 직접 동포를 해방하는 요구까지 들이댈 수 있게 되었다.

"이번 싸움이 잘 풀리면, 돌아오는 동포의 수는 헤아리기 어렵습니다. 한동안 '인심일족'은 풀려난 이들의 이전과 그 때문에 생겨날 많은 문제에 대처해야 하겠죠."

치요메가 이후의 전망을 예상하여 말하자, 아리안도 고개를 끄덕이며 대답했다.

"힐크 교국이 힘을 잃는다면, 인간족 국가의 양상도 현재와는 조금 달라질지도 모르겠네요……."

"그럼 앞으로 미래는 좋아질까요?"

치요메는 뜨거운 물을 손가락으로 튕기면서, 가슴에 품은 의문을 입밖에 내뱉었다.

그 물음에 아리안은 작게 고개를 가로저으며 눈을 감았다.

"글쎄요, 어떻게 될까요? 지금보다는 나아질 거라고 믿지만……."

"아크 님은 이제 어쩌려는 걸까요?"

치요메의 질문에 아리안은 입가에 작은 미소를 띠었다.

"평소대로겠죠. 부탁받으면 도와주러 가고, 흥미를 느낀 대상에 이래저래 끼어들고, 마지막에는 전부 해결하고 끝내지 않겠어요?"

아리안의 작은 웃음소리가 욕조에 메아리쳤고, 이어서 치요메도 그녀를 따라 웃었다.

이윽고 욕조에 다시 적막이 찾아들자, 또 누군가의 배곯는 소리가 들렸다.

──꼬르륵~.

그때 아리안이 탕 속에서 벌떡 일어섰다.

"곧 배고픈 폰타랑 함께 아크도 오겠죠. 갈까요?"

아리안의 말에 치요메도 고개를 끄덕이며 욕조를 나왔다.

캐나다 대삼림, 엘프족 대부분이 사는 삼도 메이플.

그 한 구획에는 라라토이아의 장로인 딜런의 저택과 비슷한 형태를 띤 가옥이 여러 채 늘어서 있었다.

그처럼 거목과 저택이 융합한 가옥 한 채에 마련된 객실에는 딜런이 있었다.

그리고 맞은편에 앉은 유달리 우람한 다크엘프족의 남자는 이 저택의 주인이기도 하다.

옅은 자주색 피부에 다부지고 건장한 체구.

우락부락한 얼굴에 난 큰 흉터가 더욱 박력을 끌어냈다. 하얀 머리를 짧게 자른 다크엘프족의 남자는 턱수염을 손끝으로 어루만지며 건너편의 딜런을 힐끗 쏘아보았다.

캐나다 대삼림의 중앙원(中央院)에 소속하는 십대장로 중 한 명인 펑거스 프란 메이플.

아리안의 외조부이면서 그레니스의 부친이다.

요컨대 딜런의 장인이기도 하다.

"그랬군, 어느새 일이 그렇게 커져 버렸나……."

펑거스는 무거운 어조로 중얼거리더니, 통나무 같은 팔로 팔짱을 끼고 코웃음을 쳤다.

바로 조금 전까지 딜런으로부터 손녀 아리안과 동행자가 노잔 왕국으로 건너가서 일으킨 일련의 소동을 들었다. 그리고 그런 터무니없는 내용에 도무지 믿을 수 없는 기분이 들었다.

물론 눈앞의 남자가 농담할 위인이 아니라는 것은 잘 알지만, 그래도 당장 납득할지 어떨지는 다른 문제이리라.

"지난번에 로덴 왕국과 커다란 진전을 보인 지 얼마 되지 않았는데, 이번에는 서쪽의 노잔 왕국에 그런 조건을 내밀었을 줄이야."

신음을 흘리는 펑거스에게 딜런은 살짝 머리를 숙이고 사죄의 뜻을 나타냈다.

그러나 짙은 미소를 띤 펑거스는 입꼬리를 올릴 뿐 딜런을 비난하는 기색은 눈곱만큼도 없었다.

본래는 정말 제멋대로라고 할 만한 행위였지만, 사건의 자초지종을 고려하면 어쩔 수 없는 부분도 많다는 사실이 드러났다.

오히려 이야기에 나온 인간족 국가에 들이댄 조건은 설마 상대가 받아들일까 싶을 정도의 내용이다.

"우리 캐나다 대삼림 전체의 뜻은 아니라고 해도, 개인이 인간족의 국가에 밀어붙인 조건을 그쪽에서 동의했다면 별수 없지. 조건도 이쪽이 일방적으로 유리하다──라기보다, 지극히 당연한 권리를 주장해서 인정하게 할 뿐이니까 말일세. 도리어 약속을 한 인간족의 국왕이 자국의 귀족에게 이 조건을 지키도록 하는 게 어렵겠지."

우람한 체격과 흘러넘칠 듯한 무위는 어떻게 봐도 무인의 모습이었고, 인간족에 대한 깊은 조예는 역시 십대장로의 한 명이랄까.

딜런도 펑거스의 의견에 순순히 고개를 끄덕였다.

"확실히 그렇군요. 하지만 그들이 이 조건을 수용한다고 약속했으니, 우리 캐나다 대삼림은 왕족을 도와주기만 하면 됩니다. 그럼 인간족은 자신들의 힘으로 그 조건을 이행하겠지요. 이건 두 번 다시 없을 기회일지도 모르니까, 반드시 전사 파견을 통과시켜야 한다고 봅니다."

펑거스는 이야기에 귀를 기울이면서 자신의 턱수염을 매만지고 미간을 찌푸렸다.

이 이야기가 노잔 왕국과 그 이웃 나라 사루마 왕국의 브라니에령에 미치는 의의는 크다.

현재 알 수 있는 상황은 이후 사루마 왕국과 델프렌트 왕국이 역사의 무대에서 이름이 지워지게 되리라는 점이다.

두 나라 모두 압도적인 전력으로 왕도가 습격을 받았고, 한 쪽은 이미 함락되었다는 소식이 전해졌다.

설령 나라의 주요 인물이 살아남는다 한들, 앞으로도 똑같은 지배체제를 펼치기란 힘들 것이다.

그럼 어떻게 될까── 튼튼한 기반을 가진 나라가 주변 귀족을 통치하에 두든지, 아니면 그 나라의 밑으로 들어가 비호를 받든지 둘 중의 하나다──.

즉 이 싸움에서 노잔 왕국과 브라니에령이 남으면, 멸망한 왕국의 귀족은 주위 귀족을 끌어모아 소국을 일으키거나 좀 더 유력한 다른 영지에 몸을 맡기는 선택을 해야 한다.

노잔 왕국에 캐나다 대삼림의 엘프족이 참전하여 무사히 위기를 넘길 수 있다면, 타국도 엘프족과 교류하는 그들을 굳이 자극하는 짓은 섣불리 못 할 터다.

그리고 이번 조건에서는 엘프족뿐만 아니라, 스스로를 산야의 민족이라고 부르는 수인족도 해방된다.

이 조건은 로덴 왕국에서도 아직 협의를 진행하는 중인데, 유리아나 왕녀는 비교적 적극적인 반응을 보이는 반면 현 국왕은 소극적이다.

만약 이 조건을 이행하면 먼저 노잔 왕국에서 수인족의 노예 해방이 이루어진다.

그 영향이 로덴 왕국에 미칠 파급도 따져보지 않을 수 없다.

거기까지 생각한 펑거스는 천천히 고개를 들고 딜런과 시선을 주고받았다.

"흐음. 문제는 남겨진 시간이 적어서, 이쪽이 제시한 조건을 느긋하게 서면으로 조인하고 공표하지 못한다——라는 점인가. 그래서는 전사단을 파견한 우리가 사태를 수습한 후 저쪽이 조건의 이행을 무시할 가능성이 아무래도 높겠군."

굳은 얼굴로 신음하는 펑거스에게 딜런은 조용히 미소를 지었다.

"그것도 아마 문제없을 겁니다. 아크 군이 한 일을 돌이켜보면, 그의 비정상적인 능력을 목격한 자가 그런 어리석은 짓을 저지르지 않도록 간언할 테니까요."

딜런의 말을 들은 펑거스는 손녀의 동행자인 아크가 취한 행동과 그 결과를 상상하고, 무심코 웃음이 새어 나오는 감각에 휩싸였다.

"하지만 10만에 달하는 언데드의 군세를 고작 몇 분 만에 소멸시키는 힘을 가졌다니, 꼭 드래곤로드 같은 존재군. 아리안이 증언하지 않았다면, 갑자기 믿을 수는 없었겠지."

펑거스도 대장로가 되기 전에는 캐나다 대삼림에서 한 명의 전사로서 상당히 이름을 날렸던 인물이기도 하고, 지금도 젖비린내 나는 무리에게 뒤지지 않는 실력자다.

거구의 체격에서 뿜어나오는 공격은 정말 파괴적인 공격력을 지니지만, 드래곤로드와 어깨를 나란히 하는지 묻는다면 펑거스 자신이 먼저 틀림없이 부정하리라.

"저도 말로만 들었을 뿐입니다. 하지만 방문한 왕도 소우리아의 주변 상황을 보면, 드래곤로드님들의 힘에 맞먹는다는 얘기도 전부 거짓은 아니겠죠."

딜런도 아리안과 치요메로부터 들은 이야기여서 실제로 보지는 않았다. 그러나 왕도 주위의 압도적인 파괴 자국과 언데드들이 장비했던 갑옷의 잔해가 무수히 굴러다니는 평원을 접하자, 엄청난 위력이 똑똑히 전해지는 느낌이었다.

그 장면을 직접 본 이는 릴 왕녀를 비롯하여 원군으로 달려온 기사들과 기마대다.

더구나 왕도의 방어를 맡은 자들 중에서도 여럿이 그 광경을 목격한 모양이었다.

여전히 민중 대부분이 하늘의 사자에 의한 기적으로 믿지만, 나라의 상층부와 군 관계자들은 그런 인식을 부정하리라.

"아크 군이 지닌 힘의 일부를 알면, 대장로님들도 이번 조건을 받아들인 인간족의 국왕과 귀족이 간단히 약속을 어길 수 없는 근거의 하나로서 이해하지 않을까 싶습니다. 이어서 드릴 말씀은——."

딜런이 거기까지 말했을 때 펑거스는 하얀 이를 씩 드러내며 웃었다.

"그를 대장로회에 부르기 위한 메이플의 출입 허가겠지? 그런데 그자가 엘프족이라는 사실은 틀림없나? 이상한 체질 이외에는……."

"틀림없습니다. 여태껏 그를 지켜본 아리안의 얘기에서도 엘프족의 특징을 가진 듯했고, 무엇보다 이미 그를 저희 마을의 일원으로 맞아들였습니다."

그렇게 말하고 웃는 딜런에게 펑거스가 한숨을 내쉬었다.

"자네가 벌써 인정했다면, 내가 말하지 않더라도 괜찮지 않나?"

"아뇨, 아크 군의 특수성을 고려하면 저 이외에도 든든한 뒷배를 준비하는 편이 좋겠죠. 검은 머리, 붉은 눈동자에 갈색 피부, 그리고 육체를 되찾을 때의 그는 어떤 의미에서는 눈에 띄니까요."

그 말을 들은 펑거스도 납득했다는 듯이 고개를 끄덕였다.

"약간 머리색이 특이한 엘프족의 사례가 없지는 않지만, 확실히 그 아크라는 자의 특징은 사소한 문제로 처리하기 힘들만큼 겉모습의 차이가 크군."

과거에 같은 엘프족이라고 여겼어도 전체적인 특징에서 벗어난 자는 존재했다.

그 대표적인 인물이 캐나다 대삼림을 만들어낸 초대 족장 에반젤린이다.

그녀는 엘프족이면서 일반 엘프족의 여성과는 결정적으로 다른 점이 있었다.

바로 풍만한 가슴이다.

전체적으로 가녀린 몸매가 많은 엘프족의 여성은 다크엘프족의 여성처럼 육감적인 몸을 갖지 못한다. 그러나 에반젤린은 다크엘프족에게 지지 않을 정도의 몸매를 가졌다고 한다.

그 유전은 현재에도 그녀의 가계(家系)에 이어져서, 에반젤린가(家)의 여성은 풍만한 가슴의 소유자로도 유명하다.

그런 초대 족장의 사례에 더해 캐나다 대삼림은 여러 곳에서 쫓겨온 엘프족을 맞이한 역사도 있다. 그러므로 용모의 차이에 관해서는 다양성의 하나로 인정받을 소지는 충분하다.

더욱이 인간족의 사회에는 공공연히 밝혀지지 않았지만, 세간에서는 사라졌다고 알려진 드워프족이 존재하는 메이플은 주변의 마을보다 관용적이었다.

"그리고 그자가 지녔다는 전이마법의 유용성은 새삼스레 언급할 일도 아니겠군. 그렇게 따지면 일단 그자를 거부한다는 선택지는 없을 테지."

펑거스의 말은 정말 당연한 내용이었다.

왜냐하면 캐나다 대삼림에서 전이마법을 쓰고, 더 나아가 그 마법을 마도장치화하여 '전이사원'으로서 각지를 정비한 이도 초대 족장 에반젤린이었기 때문이다.

전이사원과 전이마법의 유용성은 엘프족에게는 피부에 와닿는 일상사였지만, 초대 족장 이래 전이마법을 다룰 수 있는 자는 나타나지 않았다. 따라서 전이사원을 추가로 설치하지 못한다는 상황 또한 아크의 존재를 긍정적으로 인식하게 해 주는 커다란 요인의 하나였다.

펑거스의 견해에 동의하는 딜런은 고개를 끄덕이며 마지막 문제를 그에게 꺼냈다.

"적의 수가 엄청난 이상, 원군을 조직할 캐나다 대삼림의 전사들만으로는 도저히 맞설 수 없겠죠. 그래서 드래곤로드님이 이번 싸움에 참전해 주시면 어떨까 싶습니다만."

딜런은 마지막 문제에 어떻게 대처할지 고민하며 난감한 표정을 지었다.

드래곤로드는 방금 이야기에도 나왔다시피, 한 번 휘두르는 힘은 강대하고 압도적이다. 이렇게 막대한 적의 수를 상대하여 힘을 빌릴 수 있다면 그만큼 믿을 만한 존재는 달리 없으리라.

그런 수호룡으로서 캐나다 대삼림을 보금자리로 삼은 드래곤로드는 네 명이다.

그러나 과거에 수호룡의 입장에서 드래곤로드가 참전한 싸움은 몇 번 되지 않는다. 그나마 전부 캐나다 대삼림에 침공한 상대를 격퇴할 때였다. 다시 말해 방어전에만 참전한 것이다.

주된 이유는 엘프족이 그동안 공세에 나선 적이 없었던 까닭이다. 그로 인하여 드래곤로드의 출진 전례도 남기지 않는 사태를 만들었다.

더구나 드래곤로드는 모두 변덕이 심해서, 뿔뿔이 흩어져 저마다 따로 지내는 탓에 바로 연락을 취하지 못한다는 사정도 있었다.

그러나 펑거스는 딜런을 보고 환하게 웃더니, 그의 어깨를 탁탁 난폭하게 두드렸다.

"그거라면 걱정 말게! 얼마 전에 드래곤로드 페르피뷔스로테 님이 이빈과 함께 메이플을 찾아왔네. 당장이라도 사정을 전하고 협력해줄 수 없는지 상담해보세."

딜런은 그 말에 약간 눈을 크게 뜨고, 짙은 미소를 띤 펑거스를 바라보았다.

"그게 정말입니까!? 하지만 설마 이런 시기에 페르피뷔스로테 님이 메이플을 방문하다니 다행이군요. 거기다 이빈이 동행했다니요?"

고개를 갸웃거린 딜런은 그의 또 다른 딸인 이빈의 행동에 의문을 품었지만, 금세 머리를 흔들고 지금 필요한 사항에만 관심을 돌렸다.

"아니, 그보다 장인어른은 족장님과 교섭해서 어떻게든 내일 대장로회를 소집할 수 있도록 부탁드리겠습니다. 저는 대장로님 몇 분을 만나, 미리 의견을 조정해서 준비를 마치죠."

"알았네, 그 일은 맡겨두게."

"그럼 내일 뵙겠습니다."

의자에서 일어난 딜런은 펑거스에게 살짝 고개를 숙이고 방을 떠났다.

딜런의 뒷모습을 지켜본 펑거스는 벽에 걸린 거대한 배틀 메이스를 손에 들고 힘차게 휘둘렀다. 그러자 주위의 공기를 가르는 둔탁한 소리가 울렸다. 펑거스는 마지막으로 찌르기를 하고 멈추었다.

"오랜만에 날뛰는 것도 좋을지 모르겠군……."

혼잣말을 중얼거린 펑거스는 입꼬리를 올리고 웃었다.

이튿날, 태양이 동쪽 산맥에서 얼굴을 내밀기 시작한 이른 아침.

지금 아크의 눈앞에 우뚝 솟은 건물은 라라토이아 마을의 전이사원이다.

딜런의 저택처럼 거목으로 이루어진 건물이었고, 멋진 가지와 나뭇잎을 사방에 뻗치며 그 아래에는 흔들거리는 그림자를 드리웠다.

그런 사원 앞에 아크를 비롯하여 투구 위에 올라탄 폰타, 아직 하품을 참는 아리안에 이어 오늘 행선지의 안내인이기도 한 이 마을의 장로 딜런이 서 있었다.

치요메는 산야의 민족이라는 이유로 삼도 메이플의 출입 허가를 받을 수 없어서, 그레니스와 함께 라라토이아에서 얌전히 기다리게 되었다.

전이사원에 들어가자 높은 통풍창이 내부를 관통했는데, 통층 구조를 떠받치는 여러 개의 기둥이 그 공간을 유지하기 위해 갖추어져 있었다.

원형무대를 배치한 공간 중앙에는 복잡하고 기괴한 마법진을 그려 놓았다. 마법진 자체도 옅은 빛을 띠며 발밑을 비추었다.

전이사원의 관리인이라는 엘프족 남자와 딜런이 뭔가 대화를 나누고 나서, 일행은 바로 전이진 위에 자리를 옮겼다. 그러자 전이진을 기동시켰는지, 아크는 마법진이 눈부시게 빛나는 순간 부유감을 맛보았다.

곧이어 빛이 가라앉은 후 일행은 낯선 장소에 서 있었다.

아니, 건물 구조와 주변의 풍경은 별로 바뀌지 않았다. 그러나 건물 규모는 더 컸고, 넓은 실내에는 여러 개의 마법진——전이진의 원형무대가 보였다.

조금 전과는 달리 많은 엘프족 경비들이 눈에 띄었고, 실내를 꾸민 여러 장식과 의장 등 겉모습을 통해서도 전이사원의 중심── 요컨대 삼도 메이플의 전이사원에 왔으리라는 예측을 할 수 있었다.

아크와 아리안을 안내하는 형태로 앞장선 딜런은 경비원이나 그 밖의 엘프족 몇 명과 이야기를 주고받았다. 그 후 뒤를 돌아본 딜런은 둘에게 따라오라는 듯이 말하고, 전이사원의 출구로 발걸음을 옮겼다.

"후우, 드디어 엘프족의 중심도시 삼도 메이플에 도착했군."

"큥!"

아크는 그동안 올 수 없었던 엘프족의 중심도시에 발을 내디뎠다는 사실에 이런 상황에서도 가슴이 두근거렸다. 그러자 아크의 심정이 투구 위의 폰타에게도 전해졌는지, 녀석은 기쁜 듯이 부풀린 솜털 꼬리를 좌우로 살랑살랑 흔들며 짖었다.

폰타── 정령수인 솜털 여우를 신기해하는 주위 엘프들의 시선이 모여들었다.

시선을 끄는 가운데 전이사원을 나오자, 풍경이 확 달라졌다.

한가로운 라라토이아의 경관과는 전혀 다른, 거대한 도시의 모습이 눈앞에 펼쳐졌다.

라라토이아에서는 수가 적었던 거목 건축물이 빌딩가처럼 즐비하게 늘어섰고, 그 아래에는 포장된 가도가 이리저리 뻗었다. 그 가도를 많은 엘프족이 지나다니는 광경은 그야말로 도시라고 해도 큰 차이가 없다.

상점이 줄지어 자리 잡은 대로는 이른 아침 시간인데도 호객을 하는 상인이나 물건을 구하는 손님으로 북적대서 무척 번화해 보였다.

인간족 도시의 시장을 뛰어넘는 열기를 느낄 정도였다. 아크는 오가는 이들을 보는 것만으로도 신기하게 기운을 차릴 듯한 기분마저 들었다.

그처럼 몹시 붐비는 엘프족의 인파 속에서 기묘한 이들이 몇 명 어른거렸다.

키는 약 130cm쯤이다.

그뿐이라면 단순히 어린아이일 터다. 그러나 통나무처럼 굵고 우람한 팔, 묵직하게 뿌리를 박은 그루터기 같은 몸, 허리 부근까지 뻗은 수염, 조금 뾰족한 귀 등 엘프족과는 한참 동떨어진 용모를 가진 이들이 여기저기 보여서 자연히 눈으로 좇게 된다.

"아리안 양, 저건⋯⋯."

아크의 입에서 나온 말에 아리안은 다음 질문을 예상하고 대답을 들려주었다.

"맞아요, 드워프예요. 인간족의 세상에서는 벌써 오래전에 사라졌다고 알려진 종족이지만, 이곳 메이플에서는 꽤 고참인 주민이죠."

아크가 아리안의 설명을 듣고 있자, 앞에서 걷던 딜런이 돌아보며 못을 박았다.

"여기서 저들이 지낸다는 사실은 당연히 인간족에게 비밀이네."

잠자코 동시에 고개를 끄덕이는 아크와 폰타의 모습에 만족

했는지, 딜런은 다시 등을 돌리고 앞장섰다.

딜런을 쫓아가던 아크는 아리안으로부터 그들 드워프족의 존재를 어째서 감추는지 역사 수업을 들으며 거목 빌딩 사이를 누비듯이 나아갔다.

"호오, 드워프족의 야금 기술을 얻기 위해 인간족이 그토록 뒤쫓은 건가…….'

아크가 아리안의 역사 강좌에 맞장구를 쳤다. 그러자 아리안은 집게손가락을 세우고 아크를 가리켰다.

"그런 드워프족을 초대 족장 에반젤린 님이 보호했어요. 그러니까 이 일을 외부에 흘리거나 하면 안 돼요. 알겠죠, 아크."

아리안은 다짐을 받듯이 아크의 얼굴을 올려다보면서 바싹 다가왔다.

"물론이지. 나도 이제 '라라토이아'의 이름을 가졌으니 말이오."

"쿵!"

아크는 갑옷의 가슴을 두드리며 무슨 말인지 알겠다는 뜻을 전했다.

폰타도 아크의 행동을 흉내 내 투구 위에서 가슴을 폈다.

아리안과 그런 대화를 주고받던 아크는 주위에서 쏟아지는 시선을 눈치채고 제정신을 차렸다.

백은의 갑옷 기사는 어디를 가더라도 눈에 띄는 듯해서, 주변을 둘러보면 다들 아크에게 눈길을 보내는 상태였다.

아리안은 그 시선이 싫었는지, 앞서가는 딜런을 빠른 걸음으로 뒤따랐다. 그리고 아크도 그런 아리안을 쫓다 보니, 결국 둘이서 달리다시피 그 자리를 떠나게 되었다.

삼도 메이플의 경치는 어느 곳을 봐도 아크에게는 신선한 광경이었다. 거목의 고층 건축물들은 그야말로 빌딩가를 떠올리게 했지만, 건물의 기능을 갖추고 늘어선 유기적인 식물은 환상적이면서 동시에 어딘가 미래적인 풍경을 자아냈다.

특히 거목의 구조물 사이에 설치한 공중 보도(步道)를 오가는 이들을 보면, 현대의 건축 기술로도 좀처럼 실현하기 어렵지 않을까 여겨질 정도다.

아크가 이곳저곳에 시선을 빼앗기자, 갈 길을 서두르려던 아리안이 그의 망토 자락을 붙잡았다. 그 때문에 아크는 강제로 끌려가듯이 딜런의 뒤를 쫓는 꼴이 되었다.

"삼도 견학은 다음에 또 하면 되잖아요? 지금은 치요메 양하고 그 외에 기다리는 사람도 많으니까, 먼저 끝낼 수 있는 일부터 하죠. 당신 마음은 알겠지만 말이에요."

"미안하오, 신기한 광경이어서 그만……."

아리안의 말에 아크도 들뜬 기분을 가라앉히고, 목적지로 향하는 발걸음을 다시 빨리했다.

이윽고 거목의 건조물들에 가렸던 시야가 트이면서 눈앞에 광대한 공간이 나타났다.

그 광대한 공간의 중심에는 거대한 탑을 생각나게 하는 건조물이 하늘을 뚫을 것처럼 우뚝 솟아 있었다. 여태껏 본 어떤 건조물보다도 훨씬 커다란 크기를 자랑한다.

나뭇갓은 별로 크지 않고 오히려 작다. 그러나 나무 둘레는 로드 크라운보다 굵고 큰 데다 높이는 고개를 젖혀야 할 정도다. 일반적으로 흔히 머릿속에 그리는 「수목」의 본래 형태를 벗어난 거대한 수목의 탑은 전체적인 형상만 보면 어딘가 바오밥나무를 연상시킨다.

"……꼭 신화에 나오는 바벨탑 같군."

아크는 입에서 불쑥 새어 나온 감상에 스스로도 「정말 그렇다」며 무심코 고개를 끄덕였다.

앞서가는 딜런은 곧장 거대한 수목의 탑으로 향하는 듯했다.

나무로 만들어졌다고 여겨지는 바벨탑의 아래, 정면의 넓은 현관문에는 경비를 위해 많은 전사를 배치해 놓았다. 일행이 가까워지자 그들에게서 경계의 시선이 쏟아졌다.

앞장서던 딜런이 경비 한 명에게 말을 걸어 뭔가 대화를 나눈 후 바로 지나갈 수 있게 되었다. 아크와 아리안은 그대로 건물 안에 들어갔다.

내부는 고급 오피스텔의 현관 로비 비슷한 분위기였는데, 입구 정면에 마련된 접수 카운터의 엘프족 여성이 생글생글 미소를 지으며 맞아주었다.

그리고 딜런을 발견한 접수 카운터의 여성이 뭔가 신호를 보내자, 안에서 다른 안내 여성이 나와 일행을 데려갔다.

그 안내 여성을 따라 일행은 안쪽에 있는 원통형 방이 여러 개 늘어선 구획으로 향했다. 안내 여성은 그중 하나의 방에 들어섰다.

원통형 방은 딱히 넓지는 않았다. 중심에는 받침대 같은 구조물을 설치했는데, 상부에는 수정구슬이 반쯤 묻혀 있었다.

왠지 점을 보는 마법사의 작은 방 같은 인상이었다. 안내 여성이 수정구슬에 손을 뻗자, 수정구슬은 조용히 빛을 뿜어냈다. 갑자기 부유감이 몸을 덮쳤다.

"오?"

아크의 놀란 목소리와 함께 원통형 방의 바닥이 떠올랐다. 소리도 없이 상승하기 시작한 둥근 바닥은 원통형 방의 상부로 빨려 들어가는 것처럼 움직였다.

정말 엘리베이터나 마찬가지다.

아니, 구조를 고려하면 이쪽이 더 고도의 문명인지도 모른다.

방 자체를 와이어로 매달리지도 않았는데, 바닥이 떠올라서 상승하는 것이다.

아크는 이런 엘리베이터를 SF 애니메이션으로 보았을 뿐이다. 그래서 실제로 접하게 되자 호기심에 이끌려, 상승하는 바닥을 무심코 이리저리 돌아다니며 신기한 감촉을 실컷 즐겼다.

그 모습에 안내 여성은 쓴웃음을 지은 반면, 아리안은 얼굴을 붉히고 이마를 짚었다.

이윽고 부유감이 희미해지면서 바닥의 움직임이 멈추자, 일행은 안내 여성을 따라 엘리베이터를 내렸다.

엘리베이터 밖은 거대한 수목의 탑 바깥 둘레에 설치한 건널 복도인 듯싶었다. 아크는 그곳에서 내다보이는 경치를 마음껏 시야에 넣었다.

"오오, 이 전망은 멋지다고밖에 할 수 없겠군……."

거목 건조물이 늘어선 거리의 광경이 발밑에 펼쳐졌고, 조금 벗어난 장소로 시선을 옮기자 원형 경기장을 닮은 건조물까지 있었다.

정면에는 어마어마하게 거대한 바다 같은 호수가 남북으로 뻗었고, 수면에 자욱하게 낀 아침 안개의 구름 속을 몇 척의 배가 하늘 위에 떠서 고기잡이하는 듯한 장면이 눈에 비쳤다.

그야말로 한숨이 나올 만큼 아름다운 풍경이어서, 개인적으로는 이 경치를 세계유산에 추천하고 싶을 정도다.

그러나 그 기준이라면, 이 세계에는 추천할 장소를 수없이 떠올릴 수 있었다.

거대한 대지가 갈라진 용의 턱이나 드래곤로드가 사는 로드크라운, 마수가 많은 점을 제외하면 칼카트 산악 지대의 산맥과 남대륙의 검은 숲도 아름다웠다.

아크가 이 세계에서 보아온 여러 자연 경관을 머릿속에 되살리며 한숨을 내뱉자, 갑자기 뒤에서 아리안이 그를 현실로 데려오는 것처럼 망토를 힘껏 끌어당겼다.

"저기요, 서두르지 않으면 놓고 갈 거예요."

아크는 목소리가 들린 방향으로 시선을 돌렸다. 그러자 아리안이 난감해하는 표정을 지었고, 이미 앞서갔던 딜런과 안내 여성은 아크가 따라오기를 기다리며 서 있었다.

"미안하오, 나도 모르게……."

아크가 눈썹을 찌푸린 아리안에게 사과한 후 다시 발걸음을 옮겼다. 얼마 지나지 않아 정면에 호화로운 문이 보였다.

목제 두쪽문이었는데, 문에는 식물에 담쟁이덩굴이 얽힌 의장을 선명하게 그려 넣었다.

딜런과 미리 협의한 대로 아크는 허리에 찬 물통을 꺼냈다. 그리고 오늘 아침에 갓 담아온 로드 크라운의 샘물을 짚 빨대를 사용하여 투구 틈으로 다 마셨다.

아크가 준비할 동안 안내 여성이 먼저 안으로 들어갔다. 이윽고 안에서 입실 허가가 떨어지자, 아크와 아리안은 딜런을 따라 실내에 발을 들여놓았다.

내부는 호화로운 문과는 확연히 다르게 차분한 분위기였고, 화려한 장식도 적었다.

꽤 넓은 실내에서 가장 존재감을 뿜어내는 대상은 방 중앙에 놓인 거대한 테이블이었다. 그리고 그 테이블을 둘러싸듯이 열한 명의 남녀가 자리에 앉아 있었다.

상석도 말석도 없는 원탁회의 비슷한 것일까.

자리에 앉은 인물은 대부분 엘프족이었지만, 그중에는 다크 엘프족으로 여겨지는 냉혹한 무인 같은 자나 오늘 아침에 거리에서 본 드워프족도 있었다.

착석한 인원으로 짐작하건대 그들이 이 캐나다 대삼림의 정점에 서는 자들――.

요컨대 십대장로와 3대째 족장이리라.

그들은 방으로 들어온 일행을 보고, 가까이 앉은 이들끼리 저마다 말을 주고받았다.

아크는 시선들이 거의 자신에게 향하는 사실을 알았지만, 겉모습이 전신 갑주 차림의 상대라면 당연한 반응이리라. 이 자리에서는 잠자코 화젯거리에 오르는 수밖에 없다.

"오랜만――이라고 할 정도는 아니겠군, 딜런 장로."

떠들썩한 실내에서 제일 처음 말을 꺼낸 이는 안쪽 자리에 앉은 엘프족 남자였다.

40대 정도로 보이는 얌전한 인상의 남자는 녹색이 섞인 긴 금발을 복잡한 색의 무늬를 입힌 끈으로 묶었고, 갖가지 귀금속을 몸에 걸쳤지만 신기하게 혐오스럽지는 않았다.

언뜻 봐도 알 만한 엄숙한 분위기에 관록이 느껴지는 그 남자—.

그가 바로 제3대째 족장, 브리안 보이드 에반젤린 메이플이리라.

브리안 족장의 목소리에 실내의 웅성거림이 수그러들었다.

딜런은 브리안 족장에게 가볍게 고개를 숙이고 나서, 그 자리에 있는 다른 대장로들을 향해 인사말을 건넸다.

"오늘은 제 부탁으로 모여주신 여러분께 진심으로 감사드립니다. 이번에 각별한 배려를 해 주신 브리안 족장님께도 깊은 감사의 말씀을 올립니다."

그렇게 말하고 또 머리를 숙이는 딜런 장로에게 브리안 족장은 웃으며 고개를 저었다.

"아닐세, 이 일은 나도 좋은 기회라고 받아들였네. 그래서 이 자리를 마련하여 모두에게 결의를 묻기로 결정했을 뿐이지. 자네는 뜻대로 제안해 주면 되네."

브리안 족장의 말에 대장로 몇이 그를 보고 놀란 시선을 보냈다.

자신들이 잘못 들은 게 아니라면, 브리안 족장은 딜런이 꺼낼 제안에 솔깃한 태도를 보인 셈이다.

회의 시작 전에 족장의 한마디로 저울이 꽤 기운 꼴이었다.

그 점은 당사자인 딜런도 이해했는지, 입가에는 여유로운 미소를 띠었다. 그리고 브리안 족장에게 살짝 고개를 숙인 후 그 자리에 모인 대장로들을 둘러보았다.

"그럼 우선 얘기를 하기에 앞서, 최근 우리 마을에 들어온 새로운 동포를 소개하지요. 아크 군."

딜런 장로의 말에 몇몇 대장로가 의아해하는 표정을 지었다.

이름을 불린 아크는 한 걸음 앞으로 나아가 투구에 손을 얹었다.

투구에 올라탄 폰타가 아크의 어깨로 내려왔다. 곧이어 아크가 투구를 벗자 주위에서 작은 웅성거림이 일어났다.

"내 이름은 아크 라라토이아라고 하오. 이후 잘 부탁드리겠소."

간단하게 이름만 밝힌 아크가 고개를 숙였다가 들었다.

폰타는 아크가 묵례할 때 떨어지지 않기 위해, 어깨에서 등으로 다시 등에서 어깨로 옮겨 다녔다. 대장로 몇 명은 그 광경을 흐뭇하게 바라보았다.

"이건 또 그동안 본 적이 없는 동포로군."

"갈색 피부에 붉은 눈동자, 검은 머리라니 정말 동포인가?"

"귀 모양을 보면 확실히 엘프이지만, 몸은 다크엘프네요."

"생각 이상으로 우리하고 차이점이 많군……."

자리에 앉은 열 명의 대장로들이 육체를 되찾은 아크의 몸을 보고 저마다 소감을 늘어놓았다.

솔직하게 감탄을 내뱉는 자, 엘프족이라는 사실을 의심하는 자, 왠지 뜨거운 시선을 보내는 이, 그리고 이 자리에 아크라는 존재를 소개하리라는 것을 미리 알았을 자까지.

그런 여러 감상이 오가는 중에 딜런은 다음 단계로 화제를 바꾸었다.

"실은 그와 제 딸 그리고 또 한 명, 산야의 민족의 소녀를 어떤 사정 때문에 루앙숲으로 보낸 구조대의 배에 동승시켰습니다. 그 후 이들이 인간족의 나라, 노잔 왕국으로 갔을 때 왕족 한 명을 구출하게 되었습니다."

딜런이 말하는 이야기에 대장로들이 고개를 갸웃거리며 그를 쳐다보았다.

"여기서는 자세한 내용을 생략하지만, 일행은 그대로 인간족의 왕족에게 조건을 붙여 의뢰를 받았습니다. 물론 그 의뢰를 훌륭히 완수하여 인간족의 나라를 구했고요."

분명하게 말한 딜런은 품에서 꺼낸 접힌 종이를 펼치더니, 원탁 중앙에 올려두고 한 지점을 가리켜 보였다.

"간단한 지도입니다만, 그들이 힘을 빌려주어 위기를 벗어나게 해준 나라가 이쪽의 노잔 왕국이죠. 그리고 이곳은 루앙숲, 우리 동포의 마을인 드란트가 위치한 장소입니다."

딜런이 지도를 가리키면서 설명했지만, 대장로 한 명이 눈썹을 찌푸리고 고개를 들었다.

"이 지도와 방금 얘기가 무슨 관련이 있나? 좀 더 요약해 주기 바라네."

그러나 안쪽 자리에서 미소를 띠며 앉은 브리안 족장의 시선이 느껴지자, 그 대장로는 더 이상 아무 말도 하지 않고 팔짱을 낀 채 딜런을 재촉하듯이 턱을 치켜들었다.

"감사합니다. 그럼 다시 얘기를 되돌리겠습니다. 애당초 드란트가 큰 피해를 본 탓에 캐나다 대삼림에서 구조대를 파견한 일은 다들 아실 겁니다. 하지만 그처럼 심각한 피해를 준 존재가 무엇인지 파악하는 분은 계십니까?"

딜런은 일단 그쯤에서 말을 끊고 회의에 참석한 자들의 얼굴을 살폈지만, 딱히 아무도 끼어들지 않았으므로 금세 이야기를 이었다.

"드란트를 습격한 대상—— 처음에는 마수라고 알려졌지만, 그 정체는 강력한 인조 언데드 부대임이 밝혀졌습니다."

딜런의 보고에 대부분의 대장로들이 놀라서 눈을 휘둥그레 떴다.

"인조 언데드라고!? 인간의 손으로 만들어졌다는 건가!?"

"그럴 리가!? 언데드를 제작하는 기술이라니!?"

"잠깐, 잠깐! 어떻게 이 시점에서 인간의 짓이라고 단정할 수 있나?"

딜런은 경악한 목소리를 내는 자나 의문을 품는 자 등의 물음에 대답하지 않고, 하던 이야기를 마저 들려주었다.

"인위적이라고 단정한 이유는 언데드를 이용하는 조직의 간부가 흘린 정보에 기인합니다. 하지만 그 간부란 힐크 교국의 추기경—— 굳이 우리와 비교하자면 이 자리에 앉을 수 있는 대장로님들 같은 지위를 가진 자였기 때문입니다."

딜런의 말을 들은 대장로들은 얼굴을 마주 보고, 이야기의 진위를 서로 눈짓으로 물었다.

"그리고 그 추기경은 인조 언데드로 노잔 왕국을 습격했지만, 아까 말씀드렸다시피 여기 있는 아크 군 일행의 손에 의해 저지되었습니다. 이때 정보를 들어서 알았는데, 인간족 국가의 상황은 예상보다 훨씬 나빴습니다…….”

딜런은 노잔 왕국 위아래에 접한 저마다의 나라, 사루마 왕국과 델프렌트 왕국의 왕도로 여겨지는 두 장소를 자신이 가져온 펜으로 지도에 표시를 남겼다.

“힐크 교국은 미리 준비한 언데드 군단을 조직해서 벌써 사루마 왕국의 왕도를 공격했습니다. 그 수는 대략 20만에 달하는 대군세입니다. 그리고 이 20만에 속한 선견대가 앞서 말한 드란트를 덮친 부대의 정체이기도 했습니다.”

브리안 족장은 딜런의 이야기에 크게 한숨을 내뱉고 눈을 감았다.

반응을 보건대 이미 알고 있는 보고이리라.

그러나 지금 이 자리에서 그 내용을 듣게 된 이들은 대부분 눈을 크게 뜨고 제대로 말을 잇지 못했다.

다만 대장로 중 몇 명은 브리안 족장과 비슷한 반응을 보였는데, 사전에 이 이야기를 전해 들은 데다 사실이라는 인식을 갖고 회의에 참석한 까닭이리라.

그런 그들이 딜런의 보고를 거짓으로 여기지 않는 시점에서, 나머지 대장로들은 뚜렷한 판단 자료를 보이며 반론할 수 없을 것이다.

“드란트를 덮친 게 방금 언데드 대군의 선견대라고 했나? 그 얘기가 맞다면 앞으로 언데드 대군이 드란트에도 몰려온다는 뜻인가?”

대장로 한 명의 물음에 딜런은 그저 묵묵히 고개를 끄덕일 뿐이었다.

"마찬가지로 델프렌트 왕국의 왕도도 사루마 왕국과 큰 차이 없는 적의 대군에게 침공을 당해 진작에 함락되었습니다. 우리가 구원해야 하는 드란트도 물론 그렇지만, 노잔 왕국은 현재 남북으로부터 총 40만 남짓한 적이 포위망을 좁혀오는 상황입니다."

딜런은 다시 지도를 가리키면서 이야기를 이었다. 그러나 대장로 한 명이 이상하다는 얼굴로 손을 들며 의문점을 솔직하게 말했다.

"좀 이해하기 어렵군. 우리 동포를 구해야만 할 상황임은 알겠지만, 그대의 말을 듣건대 인간족의 나라인 노잔 왕국도 구원 목표에 들어가는 건가? 그건 무엇 때문인가?"

그 대장로의 말에 다른 이들도 동의하며 고개를 끄덕였다.

"이쯤에서 아까 아크 군이 이 나라를 도와주었을 때 제시했다는 조건을 말씀드리죠. 그가 노잔 왕국에 제시한 조건은 『엘프족과 수인족의 모든 노예 해방, 이후 두 종족의 부당한 예속화 엄벌』입니다. 노잔 왕국은 이 조건을 받아들였습니다."

그 말에 놀란 대장로들은 아크와 딜런의 얼굴을 번갈아 쳐다보았다.

"설마 인간족의 나라가 그런 조건을 받아들일 줄이야! 대체 뭘 어떻게 해서 그 나라에 그만한 조건을 밀어붙일 수 있었나!?"

그렇게 반응하는 것도 무리는 아니다.

딜런은 이번 일을 이야기할 때 아크 일행이 노잔 왕국에서 10만의 언데드 대군을 소멸하고 정화한 사실은 알리지 않았다.

처음부터 이토록 허무맹랑한 내용을 꺼내면 전체 이야기에 신빙성이 떨어진다는 판단이었다. 그래서 딜런은 그 부분을 의도적으로 감추고 말했다.

"더구나 이웃 나라의 이 광대한 영지를 소유하는 인간족의 영주도 똑같이 조건을 받아들이겠다는 뜻을 밝혔습니다. 저는 이 조건에 동의한 나라가 이대로 소멸하기를 바라지 않습니다. 벌써 두 나라는 힐크 교국이 보낸 언데드 군단에게 멸망했다고 봐야겠지요. 그럼 이 땅에 남는 인간족의 지배자는 둘입니다. 그들을 그냥 무너지게 놔두면 우리 엘프족과 수인족의 미래에도 손실이 큽니다."

딜런이 대장로들에게 열변을 토하는 가운데, 브리안 족장도 그의 말을 거들어 주었다.

"그것도 그렇지만 가장 큰 이유는 이걸 기회로 눈엣가시 같은 힐크 교국의 약체화를 꾀할 수 있기 때문이네. 인간족의 두 지배계급에게서 힐크교의 간부인 추기경과 교황을 없애기 위한 언질은 얻어낸 모양이더군. 우리는 거리낌 없이 힐크교를 공격해도 된다는 뜻일세."

브리안 족장의 발언에 몇몇 대장로들은 찬성하듯이 고개를 끄덕였다.

그런 와중에 한 명의 대장로가 브리안 족장의 눈치를 살피면서도 주뼛거리고 물었다.

"하, 하지만 인간족의 군주들이 이 조건을 정말로 이행할까요? 저는 녀석들이 했던 말을 금방 뒤집지 않을까 우려스럽습니다만……."

그러자 옆자리의 대장로가 살짝 미소를 띠고 그 의견에 반론을 폈다.

"그럼 딴마음을 품지 못할 정도의 무력을 상대에게 보여 주면 괜찮지 않겠어요?"

그녀의 발언에 대장로들 몇 명이 고개를 끄덕였다.

그때 딜런이 마지막 쐐기를 박는 듯한 말을 꺼냈다.

"애당초 우리가 인간족에게 협력을 하든 하지 않든, 인조 언데드와의 싸움을 피할 수 없습니다."

딜런의 발언에 대장로들은 진의를 묻고자 저마다 얼굴을 마주 보았다.

"생각해 보십시오. 힐크 교국은 무슨 방법을 썼는지, 인조 언데드의 생산을 가능하게 만들었습니다. 어떤 사악한 마법인지는 자세히 모르겠지만, 저는 그 마법을 펼칠 때 필요한 게 반드시 있을 거라고 확신합니다."

딜런이 말을 끝내자, 주위는 적막에 휩싸였다. 모두의 시선이 일제히 딜런을 향했다.

그러나 이어서 입을 연 이는 딜런과는 반대쪽에 앉은 브리안 족장이었다.

"사체로군."

브리안 족장의 한마디에 실내에는 불길한 긴장감이 감돌았다.

이 자리에 있는 누구나 그 사실을 눈치챘으리라.

아크 일행이 그동안 본 언데드 병사의 알맹이는 해골이었다. 그런데 그 몸에 금속 갑옷을 장비시켜 한 명의 언데드 병사로 부렸던 것이다.

언데드 병사를 제조하는 데에 필요한 재료를 가정한다면, 갑옷은 물론이고 유체—— 해골을 빠뜨릴 수 없다.

그리고 적당한 수의 해골을 준비할 경우, 그 조달처를 어디에서 구할까.

상대가 힐크교이므로 제일 먼저 떠오르는 대상은 장례 후의 시신이나 묘지에 묻힌 시신이다.

또 이번처럼 침략 전쟁에서 전사한 자의 시체와 습격을 받고 멸망한 도시 주민들의 시체다. 언데드를 하루에 얼마나 제조할 수 있는지는 확실하지 않지만, 그들이 도시를 함락하고 시쳇더미를 쌓을 때마다 힐크 교국의 언데드 군단이 비약적으로 늘어난다는 사실은 쉽게 상상이 간다.

기하급수적으로 불어나는 언데드 군단.

엘프족과 수인족을 학대하는 교리를 가진 힐크 교국이 주위의 인간족 국가를 집어삼킨 후, 공격의 화살을 두 종족에게 향하지 않는다고 과연 잘라 말할 수 있을까.

아리안은 그 점을 이제야 깨달았는지, 황금색 눈동자를 크게 뜨고 아크를 올려다보았다.

다른 대장로들도 얼굴을 찌푸리며 딜런에게 눈길을 던졌지만, 그가 내놓은 방책 이외에는 마땅한 해결책을 바로 떠올리지 못했다. 그저 잠시 침묵의 시간이 흘렀을 뿐이다.

지금의 힐크교를 내버려 두면 내버려 둘수록 나중에 대처하기 어려워진다는 것은 간단히 예측할 수 있다. 따라서 싸우지 않는다는 방안은 이미 무너졌다고 해도 좋으리라.

그때 대장로 한 명이 작게 헛기침을 하고, 싸우게 될 경우의 문제를 거론했다.

"이제 와서 힐크 교국을 방치하기란 힘들겠지. 이해하네. 그런데 여기서 어떻게 전력을 보낼지 고민해야 하네. 소집한 전사들을 새스커툰과 랜드프리아에서 선박으로 수송하려면 타고 갈 배가 별로 없을 텐데?"

그 대장로의 물음에 이어 또 한 명의 대장로도 우려 사항에 대해 목소리를 높였다.

"수송 문제도 그렇지만…… 우선 급한 건 전력이겠죠. 합쳐서 40만 언데드 대군에 맞서 우리 캐나다 대삼림 내의 모든 마을에서 전사를 소집하더라도 1만에 미칠지 어떨지. 딜런 장로의 말대로 인간족과 협력한들 어디까지 통용될지."

두 대장로의 지적에 그 자리의 모두가 저마다 의견을 주고받았다.

그런 와중에 딜런은 계속 앞으로 기울인 자세를 바로잡고 아크에게 시선을 옮겼다.

──나설 차례인 모양이군.

"그 두 가지 문제에 관해서도 어느 정도 목표를 세웠습니다. 일단 수송은 우리 마을에 새로 들어온 아크 군이 맡아주기로 했습니다. 아크 군."

딜런은 주변의 대장로들을 둘러보면서, 아크의 이름을 천천히 부르고 신호를 보냈다.

고개를 끄덕인 아크는 곧 마법을 발동시켰다.

"【디멘션 무브】."

주목을 모으던 아크는 그 자리에서 휙 사라지더니, 다음 순간 가장 안쪽에 있는 브리안 족장의 뒤에서 나타났다. 거의 모든 대장로들이 두 눈을 휘둥그레 떴고, 방금 아크가 서 있던 장소를 이리저리 살폈다. 다들 눈앞에서 자취를 감춘 아크를 찾았다.

"사라졌다고!?" "말도 안 돼!"

대부분 경악한 목소리를 질렀다. 전이한 아크의 위치를 곧바로 파악한 이는 거구의 다크엘프족 대장로, 아리안의 말에 따르면 그녀의 외조부라는 펑거스와—— 어깨 너머로 돌아보고 몹시 흥미롭다는 듯이 웃는 브리안 족장 둘뿐이었다.

"전이마법이라, 초대 족장 이래의 능력자겠군…….."

브리안 족장의 말을 듣고 겨우 아크가 어디에 있는지 알아차린 대장로들은 일제히 경악한 표정을 지었다. 딜런에게서 미리 사정을 전해 들었을 터인 인물마저 놀란 감정을 드러냈다.

역시 듣는 것보다 직접 눈으로 보는 게 충격이 크기 때문일까.

흥분한 대장로 한 명이 몸을 들이대며 질문을 던졌다.

"정말 전이마법이라면 이렇게 근사한 일은 없네! 그래서 자네의 전이마법을 쓰면 실제로 어디까지 가고, 얼마만큼 물자를 옮길 수 있나!?"

빠르게 지껄이는 그 물음에 대장로들도 흥미를 느끼는지, 눈을 빛내며 아크의 대답을 기다렸다.

"내가 다루는 전이마법은 두 가지, 단거리와 장거리요. 조금 전처럼 단거리는 눈으로 보이는 범위 내에서만 쓸 수 있소. 반면 장거리는 그동안 가 본 장소여야 하는 데다, 그곳의 뚜렷한 기억을 지녀야 한다는 제약을 받지. 그리고 수송 가능한 물량은 여태껏 계산한 적이 없어서 불확실하오."

아크가 대장로 한 명의 질문에 순서대로 설명하자, 주위의 대장로들도 흥미진진하다는 듯이 이야기에 귀를 기울였다.

그 와중에 한 명의 여성 대장로가 아크에게 천천히 다가오더니, 갑자기 손끝으로 『벨레누스의 성스러운 갑옷』을 어루만졌다. 그리고 촉촉한 녹색 눈동자를 깜박이며 물었다.

"이봐요, 지금 여기서 어딘가 다른 장소로 이동할 수도 있나요?"

대장로라는 명칭과는 반대로 그녀의 외모는 30대쯤일까. 단정한 용모에 엘프족인 그녀의 진짜 나이는 겉모습만으로는 판단할 수 없었다.

그런 그녀와 가만히 있는 아크를 매섭게 쏘아보는 이는 아리안이었다.

"나도!" "나도!"

그 밖에도 손을 드는 대장로들을 본 아크는 딜런에게 어떻게 할지 묻는 시선을 보냈다.

딜런은 고개를 한 번 끄덕여 보였다. 아무래도 그들의 소원을 이루어주고, 직접 몸으로 체감시키는 게 빠르다는 생각이리라.

"그럼 세 분은 내 옆으로……. 일단 드란트로 가겠소."

아크의 말에 희색을 띠며 몸을 바싹 붙인 여성 대장로는 어깨에 올라탄 폰타의 턱을 손가락으로 가볍게 쓰다듬었다.

"큐~웅."

그녀의 손끝이 마음에 들었는지, 폰타는 느긋한 목소리로 울음소리를 냈다.

그리고 아크의 옆에는 아까 전이마법을 실제로 체험하겠다고 나선 대장로 두 명에 이어, 어째서인지 브리안 족장과 아리안의 외조부 펑거스도 팔짱을 낀 채 서 있었다.

보아하니 다섯 명이 가게 된 듯싶었다.

딜런도 그 모습에 쓴웃음을 지었다.

일단 그들을 데리고 드란트로 전이하려면 이곳에 돌아올 필요가 있으므로, 실내의 풍경을 기억해 두어야 한다.

커다란 원탁과 차분한 분위기의 넓은 실내 덕분에 일시적으로 머릿속에 그리는 것쯤은 문제없으리라── 아크는 드란트의 특징적인 경치를 마음속으로 떠올렸다.

"그럼 가겠소, 【게이트】."

아크를 중심으로 발밑에 빛의 마법진이 전개되자, 대장로들은 뚫어지라 그 마법진을 바라보고 감탄사를 내뱉었다. 이윽고 실내가 빛에 둘러싸인 순간, 시야가 어두워졌다. 곧 눈앞에는 다른 경관이 펼쳐졌다.

"오오! 저 특이한 세 그루 나무, 틀림없군! 저건 드란트다!"

대장로 한 명이 우뚝 솟은 세 그루의 거목과 그 아래에 늘어선 거리를 가리키며 흥분한 듯이 환성를 올리고 아크를 돌아보았다.

또 한 명의 대장로는 왠지 주변을 두리번거리더니, 근처에 자라난 풀 한 포기를 뽑아 아무렇게나 입에 넣어 씹었다.

"……쓰군. 환각이나 그와 비슷한 종류는 아니라는 건가……."

그 대장로는 뭔가 혼잣말을 중얼거리면서 주위의 관찰에 여념이 없는 듯했다.

"아니, 이건 정말 멋지군."

그리고 만면에 미소를 띠며 말하는 이는 브리안 족장이었다.

드란트를 멀리서 바라보는 브리안 족장은 마을에서 전투 준비를 하는 시끄러운 소리가 바람을 타고 흘러오는 기척을 긴 귀로 민감하게 느끼는 모양이다.

옆에서 주변을 엄중히 감시하듯이 서 있는 펑거스 대장로도 마찬가지다.

"딜런 님도 기다릴 테니, 오늘은 이쯤에서 돌아가겠소.【게이트】."

아크는 이리저리 서성거리려는 대장로들을 말리고 다시 전이마법을 발동시켰다. 이번에는 조금 전까지 있던 메이플의 거대한 수목의 탑에 있는 실내를 떠올렸다.

그러자 방금 그 광경이 거짓말이었던 것처럼, 놀란 얼굴로 일행을 맞이하는 대장로들과 쓴웃음을 짓는 딜런 그리고 한숨을 내쉬는 아리안의 앞으로 돌아왔다.

"쓰다……. 역시 이 전이마법은 진짜로군."

그렇게 중얼거린 이는 드란트 마을이 있는 루앙숲에서 풀을 뜯은 대장로였다.

갖고 온 풀을 한 번 더 입에 넣어 그게 가짜인지 아닌지를 살폈다.

"귀중한 체험, 즐거웠어요."

한편 여성 대장로는 아크에게 추파를 던지며 귓가에 달콤한 목소리로 속삭였다.

"큥?"

아크는 폰타가 뭔가에 반응한 울음소리를 냈나 싶었는데, 갑자기 뒤에서 잡아당기는 힘을 느끼고 그대로 끌려가듯이 물러났다.

"어서 와요, 아크."

아크가 뒤돌아보자, 왠지 아리안이 가시 돋친 목소리로 말을 건넸다.

"그럼 이제 수송면에서 아크 군의 능력이 보여줄 유용성은 납득하셨으리라 믿습니다. 다음으로 전력 문제는 드래곤로드 님의 힘을 빌릴 생각입니다. 몇 분은 이미 아실지도 모르지만, 페르피뷔스로테 님이 지금 이쪽에 와 계십니다."

딜런의 말을 들은 대장로들이 환희로 들끓었다.

"오오, 페르피뷔스로테 님이 힘을 빌려주신다면 아무런 불안도 없지!"

"드래곤로드님 중에서도 가장 흉악하다고 일컬어지는 그분의 힘을 빌릴 수 있다는 건가!"

"그런데 용케 페르피뷔스로테 님의 협력을 얻어냈군……."

대장로들이 저마다 기쁘게 이야기를 주고받는 가운데, 약간 미묘한 반응을 보인 이도 있었다.

"……실은 힘을 빌리는 데에 조금 문제가 생겨서."

그런 말과 함께 눈꼬리를 내린 이는 이 제안을 꺼낸 당사자인 딜런이었다.

그 자리에 있던 대장로들은 딜런의 한마디에 얼굴이 어두워지면서 또 웅성거리기 시작했다.

대장로들의 시선을 받은 딜런은 아크에게 난감하다는 눈길을
보냈다.

 실내의 분위기가 우울해졌다. 그때 문을 사이에 두고 또렷하
지 않은 기묘한 목소리가 모두의 귀에 들렸다.

 『이제야 내 차례가 왔나. 참말 목이 빠지라 기다렸다, 딜런.』

 대장로들이 무슨 일인가 싶어서 실내를 둘러보는 찰나, 벌컥
열린 입구의 두쪽문을 통해 돌풍이 들이쳤다.

 "웃!?"

 "큥!?"

 "!?"

 아크는 허리를 살짝 낮추어 앞으로 나섰고, 아리안은 그의
등 뒤로 돌아가서 바람을 막았다.

 순간적으로 폰타가 바람에 날아갔지만, 금세 바닥에 내려서
더니 아리안을 향해 맹렬하게 달렸다. 잽싸게 아리안의 등에
달라붙은 폰타는 거칠게 부는 돌풍에 어떻게든 맞섰다.

 실내에 불어닥친 바람이 그치자, 비로소 입구에 서 있는 두
명의 인영을 다들 알아차렸다.

 활짝 열린 문을 당당한 태도로 들어와 모습을 나타낸 존재는
꽤 몸집이 큰 여성——이라고 여겨졌다.

 신장은 2m쯤 되었다. 그러나 옆머리에 난 두 개의 비틀린 검
은색 뿔이 저마다 하늘을 찌를 것처럼 우뚝 솟은 까닭에 여성
을 더욱 크게 보이도록 했다.

 여성은 청자색의 긴 머리를 바람에 나부꼈고, 실내에 있던
자들을 머리와 똑같은 색의 눈동자로 훑어보았다. 파충류를 떠

올리게 하듯이 세로로 긴 동공이었다.

등에 달린 작은 날개, 인형같이 하얀 피부를 지닌 풍만한 몸, 아낌없이 드러낸 가슴 부위와 배는 좋든 싫든 남자의 시선을 끌었다. 그러나 그런 대담한 자태와는 달리 여성의 어깻죽지에서 팔, 허리에서 아래는 중장갑 비슷한 검은 비늘 갑옷으로 뒤덮였다.

그리고 여성의 허리 뒤에는 그녀의 신장을 웃도는 갑옷 꼬리가 뻗어 있었는데, 끝부분은 수정으로 만들어진 듯한 검의 형태를 띠었다.

그 모습을 보건대 인간이 아니라는 사실은 명백하다.

조금 전의 이야기 흐름과 여성의 말, 그리고 그녀와 닮은 존재를 알고 있으면 눈앞에 선 이의 정체도 자연히 짐작이 간다———.

"드래곤로드, 페르피뷔스로테 님인가…….."

그 혼잣말을 들은 여성은 아크를 시야에 넣더니, 입가를 올리며 생긋 미소를 지었다.

"정~다압~. 아아, 이럴 때는 뭐라카더라. *불러줘서 나타났다, 짜자자자~안, 이랬나. 맞나?"

여성은 집게손가락을 턱에 대고 고개를 갸웃거렸다.

관능적인 육체에 빈틈없는 갑옷을 걸쳤고, 시선은 타인을 압도하는 위압감을 뿜어냈다——— 그러나 그런 인상과는 반대로 늘어지는 교토 사투리 같은 말투를 써서 상당히 강렬한 개성을 자랑했다.

---

*일본 애니메이션 '재채기 대마왕'에서 재채기 대마왕의 등장 대사.

아크가 아는 또 한 명의 드래곤로드 윌리어스핌처럼 누가 봐도 정점에 선 종족이라는 어조와 분위기는 여성에게 없었다.

그러나 여성의 압도적인 존재감은 피부로 느낄 수 있었다.

아크의 등 뒤에 숨은 아리안도 그 여성을 앞에 두고 작게 숨을 삼켰다.

곧이어 드래곤로드 페르피뷔스로테의 뒤에서 나타난 또 한 명은 아리안과 마찬가지로 다크엘프족의 여성이었다. 머리는 어깻죽지 정도의 길이로 다듬었고, 황금색 눈빛으로 아크를 뚫어지라 노려보았다.

아크는 다크엘프족 여성의 용모가 어딘지 그레니스를 닮았다는 감상을 품었다.

"언니!?"

그러나 아리안이 내뱉은 말에 그 수수께끼는 금방 풀렸다.

아리안의 언니, 분명 이름이 이빈—— 이빈 그레니스 메이플이었던가.

딜런은 느닷없이 등장한 페르피뷔스로테를 향해 쓴웃음을 짓고 나서, 그 시선을 아크에게 옮기더니 살짝 고개를 숙였다.

딜런의 행동을 지켜보던 드래곤로드 페르피뷔스로테는 만면에 미소를 띤 채 아크에게 관심을 돌렸다.

"흐~웅, 니가 아크 라라토이아구나. 확실히 재밌는 존재네. 영혼의 형태가 좀 별나다. 에바하고 같은 존재겠어."

페르피뷔스로테가 중얼거린 말에 반응한 브리안 족장이 아크의 눈에 비쳤다.

그러나 페르피뷔스로테는 브리안 족장을 거들떠보지도 않았다. 긴 꼬리를 느긋하게 흔들고 아크에게 다가오더니, 주위를 천천히 돌며 발끝부터 머리끝까지 살폈다.

"거기 있는 딜런한테 얘기는 들었다. 이번 싸움에 내 힘을 빌려주는 건 걱정 마라. 다만 좀 내하고 어울려주면 좋겠는데. 어떻나?"

페르피뷔스로테는 길쭉한 동공을 가늘게 뜨고 아크를 바라보았다.

아크는 페르피뷔스로테의 신장이 자신과 거의 차이도 없고 눈높이가 같기도 해서 시선을 피할 수 없었다.

"흐음, 내가 할 수 있는 일이라면 협력하지. 그런데 내게 뭘 하라는 건가?"

아크가 눈앞의 페르피뷔스로테에게 대답하자, 그녀는 그 말에 양 입꼬리를 올리며 미소를 지었다.

"니는 얘기가 빨라서 좋네에~. 괜찮다, 괜찮아. 잡아먹거나 그러지는 않으니까. 니가 내하고 여흥을 즐겨주면 된데이."

투박한 토시 형태의 갑주에 둘러싸인 손을 살랑거린 페르피뷔스로테는 손끝을 자신과 아크에게 가리켰다.

아크가 페르피뷔스로테의 요구에 고개를 갸웃거리자, 그녀는 느릿느릿 꼬리를 들어 올려 끝부분에 달린 수정검을 발밑에 꽂았다.

"여기 메이플에 있는 투기장에서 내하고 놀아줬으면 싶다. 내가 재밌게 즐기면 싸움에서도 조금은 분발할 텐데? 우짤래?"

기분 나쁜 미소를 지은 페르피뷔스로테는 풍만한 육체를 비비 꼬면서 아크에게 물었다.

덕분에 페르피뷔스로테의 흘러넘칠 듯한 가슴이 아주 가까이에서 흔들렸고, 이야기의 내용을 머릿속에서 까맣게 잊을 뻔한 아크는 가까스로 버티면서 그녀를 쳐다보았다.

평소 이 상황이라면 아리안이 옆에서 끼어들 법도 하지만, 드래곤로드 페르피뷔스로테를 앞에 두고서는 아무리 그녀라도 얌전해질 수밖에 없는 모양이다.

아크는 페르피뷔스로테와 대화를 나누는 자신에게 뚫어지라 눈길을 보내는 기척이 뒤에서 느껴졌다.

어쨌든 페르피뷔스로테가 제시한 조건은 투기장이라는 이름을 붙인 시설에서 함께 어울리는 것이다. 따라서 둘이 모래로 소꿉장난하며 놀지 않으리라는 정도는 알 수 있다.

딜런의 눈치를 보니 이 이야기는 이미 전해 들었던 상태이리라.

사전에 딜런이 페르피뷔스로테에게 이번 싸움에 참전하도록 타진했을 테지만, 이야기의 흐름이 어떻게 바뀌었는지 자신에게 흥미를 보인 그녀가 그런 조건을 꺼냈을 터다.

딜런이 그 사실을 바로 조금 전까지 말하지 않았던 이유는 자신이라면 페르피뷔스로테와 대등하게 싸울 수 있다고 예상했기 때문일까, 아니면 미리 선택지를 없애기 위해서일까. 혹시 눈앞의 드래곤로드에게 입막음 당한 걸까.

드래곤로드 페르피뷔스로테가 의심스럽게 싱긋 웃었다.

페르피뷔스로테는 아까 자신을 보더니 「에바와 같다」고 말했다.

에바란 아마 메이플의 창시자인 초대 족장 에반젤린이리라.

페르피뷔스로테는 그런 에반젤린과 자신이 같은 존재일 거라고 했다.

말투를 들어보건대 딜런에게 이야기를 들었을 때 벌써 자신의 존재를 대충 짐작한 모양이다. 그렇다면 페르피뷔스로테의 관심이 어떻게 해도 아크 자신에게 쏠리는 것은 당연하다.

그쯤에서 아크는 일단 크게 한숨을 토해냈다.

"승부의 규정과 일시는 어쩌겠소? 페르피뷔스로테 님."

아크가 그렇게 묻자, 드래곤로드 페르피뷔스로테는 만족스럽다는 듯이 고개를 끄덕였다.

삼도 메이플에 지어진 투기장은 상당히 거대한 건축물이다.

외관은 로마의 유명한 원형 투기장 콜로세움을 떠올리게 하지만, 외곽벽에는 동일한 간격으로 우뚝 솟은 기둥 같은 거목이 석재벽과 융합하여 독자적인 부분도 있다.

그리고 내부도 분위기는 꽤 다르다.

우선 투기장의 총면적에 비해, 관객석이라고 할 만한 장소가 적다.

2층이나 3층과 맞먹는 높이에 관람석을 마련했지만, 투기장의 무대를 둘러싼다기보다는 오히려 외곽벽과 투기장 무대 사이의 공간을 객석으로 삼았다는 표현이 옳다.

투기장의 무대가 면적 대부분을 차지하는 까닭은 애당초 오락을 즐기려는 목적으로 건축되지 않았다는 점에 기인하리라.

아리안의 이야기에 따르면 원래 이 투기장은 전사들을 훈련시키는 게 주된 의도이지, 구경거리 등 유희의 용도로 쓰이는 경우는 적은 듯하다.

훈련에 사용하는 설비 중 하나로서, 투기장의 동서에 설치한 문을 거론할 수 있다. 서쪽 문은 튼튼하게 만들어진 통로를 지나, 삼도 메이플의 바깥—— 요컨대 캐나다 대삼림으로 이어진다고 한다.

대삼림에서 꾀어낸 마수를 투기장 내로 끌어들여, 전투 훈련을 하거나 습성을 관찰하려는 이유 때문이다.

물론, 문을 활짝 열어둔 상태에서 안에 들어온 마수를 처치한다는 일종의 실력 검증을 겸한 여흥에도 쓰이지만, 전사단에서 이루어지는 행위일 뿐 구경꾼을 불러들이기 위해서는 아니다.

그러나 지금 눈앞에 보이는 투기장 무대 주위에 있는 부실한 관람석에는 많은 구경꾼이 밀려들어 여기저기에서 흥분한 목소리가 들렸다.

엘프족, 다크엘프족, 그리고 드워프족까지 관객석에 앉아 투기장 무대를 향해 뜨거운 시선을 보냈다. 그들은 대체 어디에서 이 소식을 들은 걸까.

조금 전 삼도 메이플에 있는 거대한 수목의 탑—— 딜런의 말에 따르면 중앙원으로 불리는 듯하지만, 그곳의 회의실에 갑자기 나타난 드래곤로드 페르퍼뷔스로테는 참전 조건으로 아크에게 자신과 검을 주고받는 여흥의 자리를 요구했다.

준비할 시간도 걸릴 테니 정오를 지날 즈음 투기장에 오라는 말을 따랐는데, 보다시피 벌써 이런 상황이었다.

페르퍼뷔스로테 자신이 소문을 퍼뜨리고 다녔는지 아니면 오락에 굶주린 이들이 많았는지 몰라도, 아무튼 이렇게 된 이상 그녀의 바람대로 여흥에 어울려 주는 수밖에 없으리라.

언데드의 대침공을 막으려면 두 곳에서 적을 쓰러뜨려야만 한다.

델프렌트 왕국 침공 방면의 적과 사루마 왕국 침공 방면의 적, 이 양쪽을 치려면 한 곳은 자신이 주력으로 나서고 나머지 장소는 또 한 명 강력한 아군이 필요하다.

페르피뷔스로테는 대면했을 때의 어조나 말투는 몹시 기묘했지만, 그녀를 감싼 분위기는 온천에서 얼떨결에 코로 물을 빨아들이고 목이 메이는 드래곤로드 윌리어스핌과는 격이 다르다.

페르피뷔스로테의 의욕을 끌어내기 위해서는 그녀를 최대한 즐겁게 해 주어야 할 테지만, 과연 그게 가능할지 어떨지——조금 불안한 이유는 이 세계에는 진짜 실력자가 많이 존재하기 때문이다.

드래곤로드 페르피뷔스로테, 그녀도 그중의 한 명이리라.

아크가 주위의 관람석을 둘러보자, 다른 자리보다 더 높은 곳에 아리안과 그녀의 언니 이빈을 비롯하여 딜런 장로는 물론 브리안 족장에 이어 열 명의 대장로들마저 관전을 하러 왔다.

그리고 녹색 털 뭉치, 폰타는 아리안의 가슴에 안긴 채 이빈에게 쿡쿡 찔리고 있었다.

그들을 올려다본 아크는 투기장의 동문을 지나 무대 중앙으로 발걸음을 옮겼다.

아직 페르피뷔스로테는 모습을 드러내지 않았다.

아크가 무대에 나타나면서 관객들의 반응이 커졌다.

구경꾼의 대부분은 전사 차림의 엘프족이 많았다. 어쩌면 이번 싸움에서 어깨를 나란히 하는 자도 있을 테니, 너무 꼴사나운 광경을 보여서는 앞으로 난처해지리라.

아크는 무대 중앙으로 나아가, 『테우타테스의 하늘방패』를 들고 『칼라드볼그』를 뽑았다.

그러자 갑자기 기다렸다는 듯이 하늘을 향해 회오리바람이 거칠게 불어댔다. 곧이어 투기장 상공에 등의 작은 날개를 펄럭이며 날아다니는 인간의 형상을 띤 드래곤로드 페르피뷔스로테가 등장했다.

아무래도 용 형태로 싸우지는 않는 모양이다.

페르피뷔스로테의 용 형태가 얼마나 큰지는 모르지만, 윌리어스핌 이상의 크기라면 투기장에서 날뛸 만한 수준은 아니리라.

최악의 경우, 투기장이 잔해더미로 바뀐다는 것은 쉽게 상상할 수 있었다.

——어쨌든 당장은 안심해도 괜찮은 셈이다.

페르피뷔스로테가 투기장의 무대에 내려서자, 회오리바람이 그쳤다.

그때 투기장의 구경꾼들이 올리는 환성이 페르피뷔스로테를 맞이했다.

"좀 떠들썩해졌는데, 여흥은 즐겨야겠지? 후후후. 그라믄 슬슬 시작해볼까."

페르피뷔스로테는 말을 끝내기 무섭게 지면을 박차고 아크와의 거리를 단숨에 좁혔다.

아니, 그 속도는 거리를 좁힌다기보다도 미사일처럼 파고든다는 표현이 옳으리라. 페르피뷔스로테는 갑옷 같은 토시에 덮인 손으로 찌르기를 했다.

순간의 판단—— 아크는 왼쪽 방패로 그 공격을 튕겨낼 셈이었지만, 몸을 덮친 충격에 방패와 팔이 꺾일 뻔했다. 무심코 뒷걸음질 친 아크에게 곧바로 다음 공격이 이어졌다.

"크읏!?"

투기장 내에 중량급 금속 덩어리가 서로 부딪치는 듯한 충격음이 울려 퍼졌다.

"봐라봐라, 막기만 해서는 끝이 안 날 텐데?"

페르피뷔스로테의 들뜬 목소리를 들은 아크는 불현듯이 머릿속을 스치는 불길한 예감에 반사적으로 몸을 뒤로 날렸다.

그 예감은 옳았다. 페르피뷔스로테의 허리에서 길게 뻗은 갑옷 꼬리, 그 끝에 달린 수정검이 휙 덮치나 싶더니 머리 위로부터 떨어져 내렸다.

아크는 종이 한 장 차이로 일격을 피했지만, 페르피뷔스로테가 내리친 수정검이 투기장의 무대 바닥을 부수며 파인 듯한 구멍을 만들어냈다.

"어라, 사각을 찌른 줄 알았는데. 반응은 꽤 좋네."

깔깔 웃은 페르피뷔스로테는 다시 꼬리를 휘둘러 공격했다.

저런 일격을 얻어맞으면 아무리 아크라도 멀쩡하지는 않으리라.

아크는 닥쳐오는 수정검을 검으로 맞받아치며 또 한 걸음 물러났다.

방어만 해서는 압도적으로 자신이 불리하다.

상대는 양손과 더불어 꼬리를 자유자재로 움직인다. 더구나 페르피뷔스로테의 공격 능력이라면 양다리조차 치명적인 일격을 뿜어내리라. 공격 횟수가 다르다.

노도처럼 밀려드는 페르피뷔스로테의 일격을 그럭저럭 피할 수 있는 이유는 아크의 뛰어난 동체시력과 그레니스에게 받은 전투 훈련 덕분이라고 해도 지나친 말은 아닐 것이다.

일격, 일격이 거인의 공격 같은 충격을 안겨주었다.

한 번 훌쩍 뒤로 물러선 아크는 페르피뷔스로테가 자신을 쫓아오려는 찰나, 똑같이 앞으로 나서며 손에 든 『칼라드볼그』를 휘둘렀다.

격렬한 불꽃이 튈 줄 알았는데, 페르피뷔스로테가 갑옷을 두른 손으로 검날을 쥐었다.

보통의 마수라면 순식간에 두 동강을 낼 만한 신화급 무기이자, 같은 드래곤로드인 윌리어스핌의 몸도 베었던 검이다. 그러나 페르피뷔스로테의 갑옷에는 전혀 소용이 없는 듯했다.

금속끼리 부딪치는 귀에 거슬리는 마찰음이 투기장에 울리며 귓속에서 삐걱거리는 소리를 냈다.

구경꾼 대부분이 그 소리에 얼굴을 찌푸리는 모습이 아크의 눈에 비쳤다.

아크는 잔뜩 힘을 주었지만, 페르피뷔스로테는 한쪽 팔을 버팀목 삼아 다른 한쪽 팔로 검을 붙잡은 채 기분 나쁜 미소를 지었다.

"참말 내 힘에 정면으로 맞서다니, 진짜 놀랐는데?"

아직 페르피뷔스로테에게는 신장을 뛰어넘는 긴 꼬리가 남았다── 이처럼 팽팽한 대치 상태는 그녀가 만든 빈틈이다.

그 호의를 충분히 받아들일 필요가 있다.

"【록 팽】!"

페르피뷔스로테의 주위에서 솟아오른 지면이 잇달아 엄니 형태의 바위로 변하여 그녀를 덮쳤다.

그러나 페르피뷔스로테는 그 공격을 여유로운 동작으로 공중제비를 돌아 피했고, 이어서 자신을 노리는 바위 엄니를 꼬리 끝부분에 달린 수정검으로 그었다.

고작 그 반격만으로 모든 바위 엄니가 잘리면서 주변에 잔해를 흩날렸다.

페르피뷔스로테의 방어력이라면 첫 일격을 피하지 않아도 되었을 테지만, 착실하게 아크의 공격을 피함으로써 이 싸움을 즐기는 것이리라.

그야말로 페르피뷔스로테에게는 여흥의 자리이다.

"순간의 마법 발동, 제법이네. 뭐, 위력은 좀 모자라다만."

처음에는 상대를 다치게 할지도 모른다는 생각이 들었지만, 싱긋 웃는 드래곤로드를 보자 완전히 쓸데없는 걱정은커녕 그녀에게 상처 하나 입히지도 못했다는 사실을 깨달았다.

망설이지 않아도 괜찮다는 뜻이리라.

"【와이번 슬래시】!"

어느 정도 멀어진 중거리, 페르피뷔스로테의 꼬리 공격 범위를 벗어난 아크는 충격파를 동반한 참격을 날렸다. 더욱이 두 번, 세 번 【와이번 슬래시】를 페르피뷔스로테에게 퍼부었다.

그러나 페르피뷔스로테는 참격들을 팔로 쳐내거나 꼬리로 베어서 아크의 공격은 그녀에게 닿지 않았다.

참격의 충격파를 페르피뷔스로테가 상쇄할 때 넘쳐난 힘이 근처의 흙을 날려 버렸다. 곧이어 부연 흙먼지 속에서 페르피뷔스로테의 모습이 사라졌다.

이쪽에서 보이지 않는다면 맞은편도 마찬가지일 터——.

"【라이트닝 다운퍼(電擊豪雨)】!!"

아크는 물리특성이 높은 지계통으로는 페르피뷔스로테의 방어를 뚫을 수 없다는 판단에 전격계 공격을 시도했다.

근처의 기압이 급격히 달라지며 주위의 공기가 소란스러워졌다.

다음 순간, 공기를 가르는 천둥소리가 지면에 떨어지는 충격으로 귀청을 찢는 굉음이 울렸고, 주변 일대에 눈 부신 번개가 쏟아졌다.

아크는 투기장이 상당히 넓은 까닭에 관람석의 관객에게는 맞지 않을 것이라는 짐작으로 마법을 사용했다. 그러나 조금 전의 섬광과 굉음에 의한 2차 피해가 많이 발생한 모양이었다.

구경꾼 대부분이 귀를 누르며 웅크려 앉았다.

귀가 좋다는 엘프족의 특성이 역효과를 냈는지도 모른다.

그리고 정작 중요한 페르피뷔스로테는 그녀를 둘러싼 지면이 여기저기 시커멓게 탔는데도, 발밑만 깨끗한 원 형태로 멀쩡히 남아 있었다.

그 모습을 보건대 전격을 막는 방벽 같은 수단을 펼쳤으리라.

아크는 드래곤로드와 싸우니 뭐든 나오는구나…… 라고 속으로 중얼거리며 이후의 방책을 고민했다.

"하아아, 깜짝 놀래라. 참말로. 근데 니 위력을 살짝 낮췄제?"

"으음……."

청자색의 긴 머리에 묻은 먼지를 털어낸 페르피뷔스로테는 아크의 마법 공격에서 느껴지는 미세한 위화감마저 알아차리고 지적했다.

너무 광범위한 공격은 주위의 피해를 늘린다는 우려에 무의식적으로 제동을 걸었는데, 그 사실을 꿰뚫어 본 듯했다. 대체 어떤 감각을 지닌 걸까.

아크가 그런 생각을 하고 있자, 이번에는 페르피뷔스로테가 먼저 덤벼들었다.

"그라믄 이제 내도 간다!!"

그 말과 함께 페르피뷔스로테로부터 빛의 구슬 여섯 개가 떠오르더니, 눈 깜짝할 사이에 가속하여 아크를 향해 일직선으로 날아왔다.

공기를 순식간에 가른 빛의 구슬은 둔탁한 소리를 울리면서 잇달아 아크를 덮쳤다. 아크가 그 공격을 피하자, 빛의 구슬은 그대로 투기장의 무대에 착탄하며 소규모 폭발을 일으켰다.

아크는 자신을 노리는 빛의 구슬을 어떻게든 떨쳐냈지만, 사방은 폭발로 인하여 곳곳이 움푹 파였다. 점점 피할 장소는 줄어들었고, 발을 헛디딜 정도가 되었다.

페르피뷔스로테의 주변에서 계속 생겨나는 새로운 빛의 구슬이 자신에게 쇄도하는 광경이 눈에 비쳤다.

——이대로는 사격의 과녁이 될 뿐이다.

"【디멘션 무브】!"

단거리 전이마법을 발동시킨 아크는 페르피뷔스로테의 사각인 대각선 후방으로 이동했다.

사라진 아크가 페르피뷔스로테의 뒤쪽에서 갑자기 나타나자, 관람석의 관객들이 경악하는 목소리가 이곳저곳에서 들렸다.

"【칼라드볼그】!"

파란 번갯불을 뿜은 빛의 띠 같은 검신이 평소보다 두 배 이상 길어지면서, 장대한 번개의 검으로 탈바꿈했다. 주위의 공기를 침식하듯이 파지직거리는 소리가 손잡이에서 들렸다.

"으응? 그거 재밌네."

벌써 아크의 위치를 파악한 페르피뷔스로테가 번개의 검을 보고 씩 웃었다.

그와 동시에 만들어진 빛의 구슬이 일제히 아크에게 날아왔다. 그러나 아크가 『칼라드볼그』를 휘두르자, 튕겨 날아간 빛의 구슬 몇 개는 투기장 내에 흩어져 폭발했다.

아침 안개처럼 떠도는 흙먼지가 바람이 부는 방향으로 서 있던 페르피뷔스로테에게 흘러갔다. 둘도 없는 기회라고 여긴 아크는 전이마법으로 단숨에 페르피뷔스로테의 사각을 파고들어 거리를 좁혔다.

"【디멘션 무브】."

이미 번개의 검을 쥐고 베려는 자세—— 아크는 전이마법을 여러 번 되풀이하여 이동한 끝에 페르피뷔스로테의 뒤에서 번개의 검을 내리쳤다. 그러나——.

파치이이잉!

페르피뷔스로테는 길게 뻗은 번개의 검을 붙잡아 아크를 돌아보았다.

"안 된다, 안 돼. 그리 커다란 소리를 울리고 기습하는 건 무리잖나? 뒤쪽에서 공격하는 게 비겁하다고는 안 하겠는데, 좀 더 머리를 짜내 보믄 어떠냐?"

조용히 웃는 페르피뷔스로테를 아크는 손에 든 검을 쥔 채 바라보았다.

"크읏, 어떻게 『칼라드볼그』의 검을 맨손으로 잡을 수 있는지 물어봐도 괜찮소?"

아직 번갯불을 두른 검신은 만지는 것은 물론, 물질적인 검이 아닌 부분을 거머쥐기란 보통은 불가능하다. 그러나 눈앞의 페르피뷔스로테는 단단히 움켜잡았는데도 검신에 서린 번개의 영향을 받지 않고 멀쩡했다.

어렴풋이 페르피뷔스로테의 온몸이 희미한 빛을 띠었다. 이건——?

공격을 가로막혀 움직임이 멈춘 아크는 상대의 상태를 똑똑히 인식하게 되자, 페르피뷔스로테와 시선이 마주쳤다.

"우리 드래곤로드 비늘은 그리 쉽게 상처는 안 난다. 그라고 이 비늘이 진짜 진가를 발휘하믄, 이래 정령력을 씌워서 마법도 튕길 수 있데이. 그거 알았나?"

페르피뷔스로테가 웃는 순간, 그녀의 꼬리는 구불거리듯이 고개를 쳐들었다. 곧이어 꼬리 끝의 수정검이 아크를 덮쳤다.

아크는 페르피뷔스로테에게 붙들린 검을 빼내기 위해 무심코 모든 힘을 주어 맞섰다. 그러자 검이 두른 번개가 국소적으로 팽창하여 페르피뷔스로테의 손을 쳐냈다.

"읏!?"

페르피뷔스로테의 표정이 경악에 물들었고, 저마다 그때의 반동으로 멀찌감치 비켜났다. 아크는 자신을 공격하는 수정검을 아슬아슬하게 번개의 검으로 맞받아쳤다.

검의 충돌은 그 자리에 날카로운 비명 같은 소리를 울렸고, 거리를 조금 벌린 아크와 페르피뷔스로테는 서로를 노려보았다.

실체가 없는 번개의 검이 맨손에 잡힌다는 말은 마법 공격이 페르피뷔스로테의 몸에 닿지 못한다는 사실을 단적으로 드러내는 증거이리라.

온몸에 엷은 빛을 띤 드래곤로드는 마법으로 분류되는 공격을 높은 정밀도로 무효화시킨다. 그렇다면 그 상태에서는 일반적인 물리 공격도 거의 통하지 않는다는 뜻이다.

공격이 막힌 시점에서 아크에게 승산은 없지만, 과연——.

방금 페르피뷔스로테의 반응—— 그녀의 예상과 어긋났기 때문이라고 봐도 괜찮을까.

그러나 이제 거기에 희망을 거는 방법 외에는 별로 뾰족한 수가 남아 있지 않다.

아크는 여태껏 마법의 위력을 될수록 억누르는 연습을 거듭해 왔다.

이 세계에서는 게임과는 달리 마법에 위력을 쏟으면, 그만큼 강력해져서 다루기 몹시 힘들어지는 까닭이다.

통제를 잃은 마법은 자신의 의사와는 상관없이 표적 이외에도 피해를 준다.

그러므로 신사나 라라토이아에서는 쉬는 시간에 위력을 줄이고 제어하는 훈련에 중점을 두었다.

그러나 가벼운 마법으로는 페르피뷔스로테가 자랑하는 철벽 갑옷의 비늘을 뚫을 수 없다.

이때는 일격필살을 써야 한다――.

손에 든 방패를 내던진 아크는 검의 손잡이를 양손으로 거머 잡고 상대를 겨누었다.

"오라, 시간의 파수꾼이여! 【아이온】!!"

아크의 발밑에 거대한 마법진이 빛을 내며 나타났다. 기계식 시계처럼 여러 개의 용수철로 이루어진, 소환을 위한 마법진이 규칙적으로 돌아가기 시작했다.

곧이어 발밑의 마법진이 크게 휘어지자, 사자의 머리를 가진 커다란 뱀이 모습을 드러냈다.

뱀사자는 그대로 천천히, 그러면서도 재빨리 아크의 발에 얽혀서 온몸을 친친 감은 상태로 기어 올라왔다.

페르피뷔스로테는 그 광경을 재미있다는 시선으로 바라보았다.

강자의 여유는 아니리라. 각자의 기술을 관중에게 보여 주는 것이야말로 여흥이다.

이윽고 사자의 머리가 어깻죽지까지 올라오더니, 날카로운 엄니를 보이며 단숨에 목덜미로 파고들었다.

동시에 뱀사자가 백은의 갑옷에 휘감기는 듯한 문양으로 변했고, 전신이 은은한 무지갯빛을 뿜었다.

시간의 파수꾼이 술자의 시간을 멈추고 모든 장해를 3분간 물리친다―― 터무니없는 소환수 중 하나이지만, 소비 마력도 높은 데다 효과 시간도 짧다. 비용 대비 효과는 눈에 띄게 나쁘기는 해도, 현실에서는 무적 시간을 조금이나마 만들어내는 파격적인 능력이라 할 수 있다.

페르피뷔스로테의 공격을 일일이 막아서는 버티지 못한다——그걸 대비한 【아이온】이다.

그리고——.

"【칼라드볼그】!"

아크는 자신이 지닌 마력을 한 점에 집중하는 기세로 평소보다 더 많이 쏟아부었다. 이어서 검에 달라붙은 번갯불이 부풀어 오르며 사방으로 눈부신 섬광을 비추었다.

아크가 무한정 커지는 검신을 원래의 형태로 멈추기 위해 마법의 제어에 전력을 기울였다.

"으으으으옷!!"

아크는 몸부림치는 듯한 번개의 검을 매섭게 쏘아보았다. 그리고 얼마 전에 강림시켜 기억에 새로운 『미카엘』이 사용한 전투 기술을 떠올렸다.

미카엘이 쓴 전투 기술의 하나인 【루브룸 플람마】. 극대의 홍염집행검(紅焰執行劍)

마법을 두른 화염의 검이면서, 미카엘의 의지에 따라 정확하고 견줄 데 없는 힘을 발휘했다.

당시의 감각을 어떻게든 끌어내는 한편 지금 상황에 맞추어 전력을 다하면서 간신히 그 힘을 제어한다—— 이런 상반된 느낌의 다툼은 정말이지 말로는 설명하기 힘들다.

번개의 검이 어느 정도 안정적인 형태를 갖추었지만, 이 상태를 유지하기란 어렵다——.

"그럼 가겠소!"

기합을 지른 아크는 양손으로 쥔 검에 더욱 힘을 주어, 정면에서 페르피뷔스로테를 향해 돌진했다.

더는 전이마법을 쓸 여력조차 남아 있지 않았다.

페르피뷔스로테는 그런 아크를 보고, 정말 즐겁다는 미소를 지었다. 페르피뷔스로테의 주위에 아까와는 차원이 다른 수의 빛의 구슬이 생겨나더니, 일제히 아크를 노리며 퍼붓듯이 날아왔다.

아크는 수많은 유성 같은 광탄의 폭풍우 속을 방어도 하지 않고 있는 힘껏 파고들었다.

착탄한 광탄이 조금 전보다 큰 위력으로 폭발하며 주변의 모든 것을 휩쓸었다.

광탄을 직격당해도 【아이온】에 의해 펼쳐진 시간의 장벽이 모조리 튕겨냈다. 그러나 갑자기 일어난 흙먼지와 폭발의 여파로 앞이 전혀 보이지 않았다.

"우오오오오오오오오오오옷!!!"

아크는 보이지 않는 공포를 떨쳐내듯이 고함을 지르면서 무작정 돌진했다.

그때 흙먼지 속에서 나타난 광탄이 아크의 머리를 스치고 폭발했다. 그 충격으로 아크가 쓴 투구가 벗겨지며 뒤로 날아갔다.

【아이온】의 효과가 끊긴 것이다.

『칼라드볼그』의 제어에 애를 먹어서, 남은 시간이 상당히 짧아진 모양이었다.

다음 광탄을 맞으면 막을 수 없다—— 그렇게 판단한 순간, 눈앞의 시야가 확 트이더니 흥분한 것처럼 씩 웃는 페르피뷔스로테와 시선이 마주쳤다.

페르피뷔스로테의 꼬리에 달린 수정검이 눈에 보이지도 않을
정도의 속도로 반응하며 아크와 엇갈렸다━━.

"크윽……."
페르피뷔스로테의 수정검이 아크의 목덜미에 살짝 파고들었
다. 피가 몸에 튀는 감촉은 있지만, 치명적인 상처는 아니고 약
간 피부를 베인 느낌이다.

반면 아크가 쥔 『칼라드볼그』를 감싼 번개는 진작에 사라졌
지만, 페르피뷔스로테는 복부에 검신이 절반까지 박힌 채 피를
흘렸다.

그 광경에 아크는 물론 관람석에서 숨을 삼키고 지켜보던 이
들도 경악한 표정을 지었다.

무심코 검의 손잡이를 놓은 아크는 페르피뷔스로테의 피로
붉게 물든 자신의 떨리는 손을 가만히 응시했다.

페르피뷔스로테는 그 자리에서 고개를 떨구듯이 무너져 내리
며 양무릎을 꿇었다.

"아크!! 뭐하는 거예요!? 회복 마법!! 빨리요!!"
새하얘진 머릿속으로 몹시 크게 울리는 귀에 익은 목소리.

아크가 시선을 돌리자 필사적인 얼굴로 외치는 아리안의 모
습이 시야에 들어왔다. 그제야 조금 제정신을 차린 아크는 허
둥지둥 페르피뷔스로테에게 달려갔다.

그러나 당장에라도 쓰러질 듯싶었던 페르피뷔스로테가 자신

의 복부에 깊숙이 꽂힌 『칼라드볼그』를 아무렇게나 뽑아내더니, 무방비한 상태로 다가오는 아크를 향해 힘껏 휘둘렀다.

가이잉!

느닷없이 코앞에 닥친 칼등을 피하지 못한 아크는 그 공격을 맨얼굴에 정통으로 얻어맞고 쓰러졌다.

이번 여흥을 앞두고 마신 로드 크라운의 샘물이 지닌 효과로 육체를 되돌린 상황이었다. 그 때문에 금속 덩어리 같은 검으로 얼굴을 가격당해 코피가 터졌다.

아크는 무슨 일이 벌어졌는지 몰라서 고개를 쳐들었다. 그러자 『칼라드볼그』를 느긋하게 어깨에 올린 페르피뷔스로테가 손가락으로 아크를 가리키며 미소를 띠었다.

"빈틈~ 생겼네?"

"!?"

아크가 혼란스러운 머리로 페르피뷔스로테의 복부——『칼라드볼그』에 깊이 찔린 부위를 살폈다. 그러나 어디에도 상처는 보이지 않았고, 아름다운 배꼽만 아낌없이 드러나 있었다.

"……대체 이게 어떻게 된 거요??"

아픈 얼굴과 코를 누르면서 겨우 상반신을 일으킨 아크가 페르피뷔스로테를 올려다보았다.

그 물음에 페르피뷔스로테는 짓궂은 미소를 짓고, 대수롭지 않다는 듯이 자신의 배를 어루만졌다.

"우리 드래곤로드의 인간 형태는 좀 특수하거든. 그만한 상처는 대수롭지 않다. 자세한 사정은 비밀이지만, 절대로 흉내 내지 못할 걸?"

아크는 페르피뷔스로테를 보고, 문득 드래곤로드는 불사신일까 하는 의문을 떠올렸다.

"미리 말해두는데, 불사신은 아니데이?"

페르피뷔스로테가 속마음을 읽은 것처럼 대답하자, 아크는 끝 모를 두려움을 품고 몸서리를 쳤다.

"하지만 뭐, 충분히 즐겼으니 여흥은 이쯤에서 끝낼까."

페르피뷔스로테는 어깨에 걸친 『칼라드볼그』를 바닥에 꽂은 후, 시선을 높이 들어 관람석에 앉아 있는 브리안 족장을 바라보았다.

"그라믄 이제 앞으로 벌일 싸움이나 얘기하자!!"

페르피뷔스로테의 말에 브리안 족장이 크게 고개를 끄덕였고, 주위의 대장로들도 따라서 일어났다.

"우리는 지금부터 캐나다 대삼림이 만들어진 이래 가장 큰 싸움을 하게 된다! 이 싸움은 동포와 이웃을 비롯하여 우리 자신의 마을을 지키기 위한 선택이기도 하다!!"

브리안 족장이 투기장의 관람석에 몰려든 이들을 향해 시작한 이야기는 그에게 열광적인 반응을 안겨주었다.

어쨌든 전력의 확보라는 중대한 임무를 마쳤다. 벌렁 드러누운 아크는 얼굴에 회복 마법을 걸면서 커다란 한숨을 내뱉었다.

"흐~음, 오늘은 꽤 지치는군……."

아크는 투기장의 무대에서 혼잣말을 중얼거리며, 맑게 갠 푸른 하늘을 응시했다.

 종장

그 날, 전세계에 충격을 안겨준 발명이 발표되었다.

'Parietal association cortex Connection Terminal'

통칭 PACC 단자라고도, 뉴런 액세스 단자라고도 불린 그 주변 기술을 포함한 혁신적 기술.

그동안 그 분야는 아직 미래의 기술로 인식되었지만, 미국의 뛰어난 기술자를 스카우트한 캐나다의 어떤 벤처기업이 개발하고 발표하여 세간을 놀라게 했다.

그 기술은 개발된 단자용 모듈을 간단한 임플란트 수술로 인간의 후두부에 심어 PACC 단자를 통하여 외부기기에 접속함으로써, 두정부 연합영역(Parietal Association Area)에 작용한 후 가상 공간을 머릿속에 구축하고 영상도 재생시킬 수 있는 것이다.

이 기술에 의해 가상 공간은 두정부 연합영역에 작용하여 사물을 만지는 감촉과 냄새를 맡는 후각, 맛을 느끼는 미각 등 인간이 지닌 오감을 머릿속에서 재현하고 현실 공간 같은 체험을 할 수 있게 해 주었다.

발표 당초에는 여러모로 이 기술의 위험성과 윤리적인 문제도 많은 지적을 받았다.

 그러나 이 기술을 모든 분야에서 활용하기 시작했다.

 사실적인 체감을 얻는다는 점 때문에, 다양한 직종에서 훈련용으로 쓰였다.

 우주비행사의 선외활동 훈련이나 각각의 상황에 맞춘 위기회피 훈련.

 머릿속에서 구축된 가상 공간 훈련은 실제 미션과 아무런 차이도 없었다. 그러나 사고를 일으켜도 죽지 않아서, 높은 정밀도의 훈련을 실현할 수 있었다.

 소방수의 화재훈련, 경찰의 기동훈련, 더 나아가 스포츠 선수의 자세 교정 등 반복을 요구하는 훈련에서 몸을 망가뜨리지 않고 머릿속에 이상적인 자세를 만들었다. 그리고 머릿속에서 익힌 기술을 현실로 재현하여 눈부신 활약을 펼쳤다.

 한때 문제가 된 사항은 병사의 PTSD 완화 프로그램이었다. 실제 전쟁터와 흡사하면서 통증은 최소한도로 억제한 가상 전장 훈련이다. 이 PACC 단자를 이용하여 훈련한 병사는 전장에서도 지나친 스트레스를 얻지 않은 채 임무에 임할 수 있다고 화제에 올랐다.

 그러나 진짜 전장에서도 죽음을 떨쳐내게 된 병사는 그런 훈련에 참여하지 않은 동료 병사의 눈에는 이상하게 비쳤다. 급기야 정부는 세뇌 병사를 양산한다는 규탄을 받는 사태에 이른다.

 다만 정작 PACC 단자를 써서 훈련한 해당 병사들은 이 훈련의 성과를 높게 평가해서, 근절파에게는 세뇌 병사라는 인상을 더욱 강하게 심어주었다. 그 갈등은 근절파와 유지파의 커다란 논쟁으로 번지게 되었다.

그 때문에 전 세계적으로 PACC 단자 이용이 줄어들었고, 어느 시기에는 이 기술의 진보가 제자리에 머물렀는데 어쩔 수 없는 일이었으리라.

그리고 세계가 PACC 단자의 취급을 국제표준화 기구——ISO에 맡겨 공동규정을 책정하기로 하여, 여러 문제를 품으면서도 늦은 진전을 보였다.

그러나 그 해, 개발자인 캐나다의 벤처기업이 PACC 단자를 이용한 새로운 기술을 실용화시켰다.

＊'Spirit and Time Room System'

개발자 중에 열렬한 일본 만화의 팬이 있었는지, STR 시스템이라고 이름을 지은 그 기술은 실제 시간보다 가상 공간 내에서 지내는 시간을 길게 느끼게 한다.

요컨대 STR 시스템이 구축한 가상 공간에서 피험자는 체감적으로 세 시간의 체험을 했다고 여기지만, 현실에서는 한 시간밖에 지나지 않은 상황을 이루어낸 것이다.

그야말로 꿈의 기술이었다. 그동안의 훈련 시간을 보다 압축하는 한편 숙달 속도를 비약적으로 향상할 수 있게 되었다.

단, 뇌에 극도의 부하를 더해줄 우려로 인하여 시간 압축비는 세 배로 고정했다.

얼마 지나지 않아 PACC 단자의 활용은 전문적인 분야에서

---

*정신과 시간의 방 : 드래곤볼에 등장하는 수련장소로, 밖에서의 하루가 그 안에서는 1년에 해당한다.

일반적인 분야로 넓어졌다.

그중 하나가 오락 게임이었다.

모듈 임플란트 수술을 받아야 해서 PACC 단자를 이용하려면, 몸이 다 자라는 18세 이상만 가능하다는 단점이 있다. 그래도 진짜와 조금도 다름이 없는 체험을 할 수 있는 차세대 VR로서의 미지의 체험은 사람들을 매료하는 잠재적인 요소를 충분히 갖추었다.

그리고 그런 PACC 단자를 이용한 차세대 VR 게임에 열광한 남자가 한 명 있었다.

아직도 PACC 단자 관련 기재는 고가여서 일반적인 보급률을 보여준다고 하더라도, 그에 걸맞은 환경을 마련하려면 수술비를 포함하여 신형 차 한 대 정도의 금액을 거뜬히 필요로 한다.

그 요인의 하나가 PACC 모듈 임플란트 수술이 보험적용 대상이 아니라는 사실 때문일까.

건강한 신체에는 필요 없는 고급 기기를 심어 넣으므로, 남자도 지극히 당연한 일이라고 생각했다.

애당초 남자는 매일 만원 전철을 타고 회사에 출근하여, 쥐꼬리만한 월급을 받아 좁은 아파트에서 악착같이 지내는 부류는 아니다.

남자의 입장에서는 그런 생활을 보내는 사람은 이야기 속에 나오거나 지식의 한쪽 구석에 처박힌 등장인물이었다.

그래서 남자는 PACC 단자를 사용한 게임이 개발되고 테스트 유저를 모집할 때 아무런 망설임 없이 응모할 수 있었다.

게임 개발자는 유럽의 PACC 단자 보급개발기구였는데, 그곳과 제휴한 게임 개발 회사가 PACC 단자를 사용하여 새로운 VR 게임을 개발하는 중이었다.

기본 배경이 판타지인 가상 세계에서 플레이어가 한 명의 마왕이 되어 자신의 영토를 넓히고 다른 플레이어 마왕의 지배 영역을 침략하는 등, 자군(自軍)의 세력을 확장시켜 나간다는 어딘가 색다른 내용의 RPG 게임이었다.

마왕의 형태는 아직 테스트 단계인 사정도 있어서 그 수는 적었지만, 인간 마왕을 비롯하여 엘프 마왕에 이어 고블린 마왕까지 폭넓은 종류를 자랑했다.

남자는 그중에서 언데드를 주력으로 하는, 원래는 인간이었다는 설정을 가진 마왕 캐릭터를 골랐다. 그리고 인간의 영지를 지배하여 그곳의 인간을 재료 삼아 자군을 강화하면서 놀았다.

남자는 그 게임을 최근 한 달쯤 체험 플레이를 되풀이했고, 미래의 최첨단에 서 있다는 사실을 몸으로 음미하며 즐겼다.

게임 세계의 인간이 너무 현실적으로 죽자, 다른 플레이어로부터 좀 더 표현을 간략화하는 게 좋다는 의견이 나왔다. 테스트 유저인 남자는 PACC 단자를 사용한 본격적인 첫 게임으로서, 주어진 상황에 만족하면 안 된다는 반대 의견을 개발 회사에 열심히 보내기도 했다.

이 게임은 모처럼 현실에 가장 가까운 비현실의 세계다. 그런데 개발 초기 단계부터 재미없게 만드는 이유를 남자는 참을 수 없었던 것이다.

남자의 캐릭터는 주된 공격 방법이 마법 공격이었다. 따라서 사람을 죽이더라도 그다지 거부감을 느끼지 않는다는 점이 그런 인식에 큰 영향을 끼쳤는지 모른다.

아무리 진짜같이 보여도 그곳은 가상 세계—— 남자는 그렇게 생각했다.

그리고 그 날은 찾아왔다.

남자는 평소처럼 밖에서 식사를 마친 후 자택 맨션으로 돌아오더니, 재빨리 PACC 단자를 후두부에 설치한 플러그에 접속하여 개발용 게임 기기를 가동했다.

조용한 구동음을 들으면서 남자는 늘 하던 대로 침대에 누워 눈을 감았다.

그 날 이후, 그 방에서 남자의 모습은 홀연히 사라졌다——.

침대에서 죽은 듯이 잠들었던 인물이 갑자기 움직이기 시작했다.

호화로운 법의를 몸에 걸쳤고, 머리에는 힐크교의 성인(聖印)을 새긴 커다란 모자를 썼다.

또 그 아래에는 얼굴 전체를 숨기는 면포를 덮어서 민낯을 꿰뚫어 볼 수는 없었다.

어느덧 잠이 들어 꽤 옛날 꿈을 꾸었다며 반쯤 남의 일처럼 여긴 남자는 손을 허공으로 치켜들고 특정한 움직임을 보였다.

그러나 남자의 눈앞에는 그가 바라는 화면이 나타나는 일은 없었다.

로그아웃——은커녕 게임 화면조차 오래전에 사라졌다.

벌써 100년 남짓한 시간이 흐르지 않았을까.

아마 어떤 버그로 STR 시스템이 장애를 일으켰으리라.

덕분에 거의 일생의 시간을 게임 속에서 보내게 되었고, 대체 현실에서는 며칠이나 지났을지 짐작할 수도 없었다── 그러나 별로 불안하지 않은 이유는 무엇 때문일까?

현실에서 수십 일이나 경과했다면, 그동안 물을 마시거나 음식을 먹지도 않은 본체는 이미 죽었을 터다. 그러나 남자는 자기 자신이 여전히 이 세계에 존재하므로 현실 세계에서도 무사하다는 확신을 했다.

남자는 침대에서 일어나더니, 창가로 다가가 바깥의 풍경을 바라보았다.

까마득한 과거에 거점으로 결정한 힐크 교국, 알사스 중앙대성당.

남자의 이름은 타나토스 실비웨스 힐크──.

이 힐크 교국에서 교황으로 군림하는 자였다.

곧이어 교황은 문득 어떤 사실을 알아차렸다.

"권속 한 명이 또 당했나…… 이건 역시."

혼잣말을 중얼거린 교황은 면포 속에서 웃음소리를 냈다.

게임의 세계에서 대량생산한 장기말, 즉 최하급 스켈레톤 나이트는 현지 NPC에게조차 쓰러질 가능성은 있다.

그러나 직속 권속을 처치할 만한 NPC는 존재하지 않는다.

게임 구조상, 직속 권속을 죽일 힘을 가진 이는 플레이어뿐── 다시 말해 아주 가까운 곳까지 다른 플레이어가 접근한 것이다.

외부와 연락을 취할 수 있을까—— 아니면 상대도 똑같이 시스템 장애에 휘말린 걸까.

어쨌든 아무리 재밌는 게임도 100년이나 계속하면 슬슬 질리기 마련이었다.

처음에는 일단 심심풀이로 몹시 얄궂게도 언데드의 보호를 받는 살아 있는 자의 나라를 만들고 놀았다. 다음에는 그 나라의 국민이 죽으면 모두 언데드군으로 바꾸어 담담히 수를 늘려 나갔다. 그리고 얼마 전에 비로소 대침공의 준비를 끝냈다.

본래는 진작에 때려치워도 좋았을 텐데, 잠자코 준비하는 과정이 마음에 들었던 걸까. 한동안 같은 작업을 되풀이하는 단조로운 나날을 보냈다.

마침내 만날 수 있을지 모르는 동포—— 흥분되기도 했지만, 모처럼 저쪽이 친절하게 권속을 없애고 선전포고를 해 주었다.

조금만 더 이 게임을 즐기고 나서도 늦지 않는다.

타나토스 교황은 창밖에 펼쳐진, 자신이 쌓아 올린 영지를 보고 만족스럽게 웃었다.

높은 산간지대에 세운 장엄한 알사스 중앙대성당—— 그 깊숙한 곳에 자리 잡은 어느 방의 창문을 통해 산간부 특유의 강한 바람이 몰아치며 타나토스 교황이 덮어쓴 면포를 벗겨냈다.

면포 너머로 나타난 타나토스 교황에게는 표정은 물론 얼굴마저 없었다.

암흑색을 띤 어두운 눈구멍 속에 붉은 도깨비불 같은 두 개의 불빛을 지닌 인간의 두개골만 보일 뿐이었다.

그런 얼굴에서는 표정의 미묘한 변화를 읽을 수 없었지만, 해골의 입으로부터 낮은 웃음소리가 달그락달그락 터져 나왔다. 산간에 울리는 그 웃음은 줄곧 섬뜩한 소리를 연주했다.

후기

「해골기사님은 지금 이세계 모험 중VII」을 구매해 주셔서 진심으로 감사드립니다. 저자 하카리 엔키라고 합니다.

마침내 이 이야기도 7권까지 이르렀습니다. 늘 응원해 주시는 독자 여러분에게 다시 인사 말씀을 올립니다. 감사합니다.

그리고 소설판 7권과 동시에 만화판 코믹스 1권도 발매가 결정됐는데, 책을 읽는 독자분 중에는 이미 구매한 분도 계실지 모릅니다.

이 이야기가 누구나 가볍게 읽을 수 있는 코믹스로도 나오기 때문에, 더욱 친구에게 추천하기 쉬워지지 않았나 생각합니다. 모쪼록 잘 부탁드립니다.(웃음)

또한 이번에도 담당 편집자님과 일러스트를 담당하는 KeG 님, 교정자님 등 여러 분들에게 민폐를 끼치는 한편 많은 도움을 받아 이렇게 무사히 해골기사님 7권을 발매할 수 있었습니다. 정말 감사드립니다.

앞으로도 「해골기사님은 지금 이세계 모험 중」을 응원해 주시기를 잘 부탁드립니다.

그럼 다음 권에서도 독자 여러분과 다시 만나기를 바라며 이만 줄이겠습니다.

2017년 7월 하카리 엔키

인제야 내 차례가 왔나.

목이 빠지라 윽수로 기다렸데이.

페르피뷔스로테 (드래곤로드)

엘프족의 수호를 약속한 최초의 수호룡. 천 년 이상을 살았고, 그 실력은 다른 드래곤로드와는 일선을 긋는다. 본래의 모습은 전신 갑주 같은 비늘을 두른 거대한 흑룡이지만, 인간화의 주술을 써서 사람과 비슷해 보인다. 호기심이 왕성하며 분방한 성격이고, 약속한 일은 꼭 지키는 두터운 의리를 가진 면도 있다.

역자 후기

해골기사님 7권, 다들 재밌게 읽으셨나요?

일곱 명의 추기경 중 벌써 두 명이 탈락했습니다.

지금 전개되는 내용으로 보면, 아크와 타나토스 교황의 싸움이 주요 스토리가 될 듯싶습니다. 나머지 에피소드들은 큼직한 곁가지고요. 한 권당 추기경 한 명씩 처리한다는 단순 계산으로는 교황까지 포함할 경우 앞으로 6권 정도의 분량이 남았을까요? 4권에서 작가님이 겨우 반환점에 들어섰다고 했는데 그 계산이 맞다면 8권이 완결이겠죠. 하지만 현재 진행 중인 이야기를 봐서는 여전히 많이 남은 듯해서 기쁩니다. 독자 여러분도 같은 마음이신가요?

지난 6권을 읽으면서 한 가지 마음에 걸리는 부분을 발견했습니다. 아마 눈치 빠른 독자분이라면 벌써 알아차렸을지도 모르겠네요. 바로 명왕의 존재입니다. 4권에서 아크가 육체를 되찾는 과정에 떠올렸던 과거의 기억. 똑같은 해골 몸이지만 기사가 아닌 마법사의 힘으로 수많은 인간족을 학살했었죠. 현재로서는 그게 명왕의 기억인지 아니면 별개의 기억인지는 모르겠지만, 충분히 의심을 살 만하다고 생각합니다. 그런데 아크는 다크엘프와 해골기사로 플레이했던 기억만 언급합니다. 그럼 해골 마법사의 기억은 대체 뭘까요?

그리고 드디어 7권 종장에서는 아크나 타나토스 교황이 어떻게 이세계로 오게 되었는지 짐작할 수 있는 내용이 나왔습니다. 덕분에 어느 정도 궁금증은 풀렸지만, 그래도 여전히 떡밥은 남아 있네요.

너무 궁금해서 웹사이트에서 연재 중인 작가님의 글을 읽으려 했지만, 7권 내용까지 연재를 마무리한 작가님이 아직도 다음 내용을 올리지 않아 8권 발매는 좀 더 늦어질 것 같습니다.

그럼 작가님의 건필을 바라며 저는 독자분들과 다시 만나기를 기다리겠습니다.

해골기사님은 지금 이세계 모험 중 VII

2018년 02월 07일 제1판 인쇄
2018년 06월 08일 2쇄 발행

지음 하카리 엔키 | **일러스트** KeG | **옮김** 이상호

펴낸이 임광순 | **제작 디자인팀장** 오태철
편집부 황건수 · 신채윤 · 이병건 · 이홍재 · 김호민
디자인팀 박진아 · 박창조 · 한혜빈
국제팀 노석진 · 엄태진

펴낸곳 영상출판미디어(주)
등록번호 제 2002-000003호
주소 21311 인천광역시 부평구 평천로 132 (청천동)
전화 032-505-2973(代) | **FAX** 032-505-2982

ISBN 979-11-319-7232-8
ISBN 979-11-319-5122-4 (세트)